参花红

一翎◎著

中国社会出版社
国家一级出版社 · 全国百佳图书出版单位

图书在版编目（CIP）数据

参花红／一翎著．—北京：中国社会出版社，2018.7
ISBN 978－7－5087－5606－6

Ⅰ．①参…　Ⅱ．①一…　Ⅲ．①长篇小说—中国—当代
Ⅳ．①I247.5

中国版本图书馆 CIP 数据核字（2018）第 172953 号

书　　名：参花红
著　　者：一　翎

出 版 人：浦善新
终 审 人：王　前
责任编辑：杜　康

出版发行：中国社会出版社　　**邮政编码：**100032
通联方式：北京市西城区二龙路甲 33 号
电　　话：编辑部：（010）58124864
　　　　　　邮购部：（010）58124848
　　　　　　销售部：（010）58124845
　　　　　　传　真：（010）58124856
网　　址：www.shcbs.com.cn
　　　　　　shcbs.mca.gov.cn
经　　销：各地新华书店

中国社会出版社天猫旗舰店

印刷装订：中国电影出版社印刷厂
开　　本：170mm×240mm　1/16
印　　张：15.5
字　　数：250 千字
版　　次：2018 年 9 月第 1 版
印　　次：2018 年 9 月第 1 次印刷
定　　价：49.00 元

中国社会出版社微信公众号

编辑手记

在诸多的长篇小说里，作为编辑，我将《参花红》郑重地推荐给广大读者，是因为这本书与众不同。它有一种沉静而磅礴的力量，让人读后能静寂浮躁，惜时感恩，有勇气去坚守最初的梦想，去追寻、创建、开拓自己的精神世界和事业领空。

这是一本能唤醒初心，激励斗志，充满积极力量的励志小说。

时下，许多年轻人好逸恶劳、心浮气躁，缺少吃苦耐劳、脚踏实地的实干精神。本书中的主人公王安水，在退伍之后，人生陷入低谷的时候不气馁、不怨天尤人，不管在什么岗位上，始终以军人的要求自立自强、助人为乐，以朴实无华的品性为人处世。在他的奋斗史中，磨难沉淀下来的力量让他沉稳而从容、坚毅而果断。他谦虚上进，懂得感恩，不忘初心，用坚定不移的信念和行动报效家国。他是小人物，身上却体现出华夏子孙应有的美德；他是一介农夫，却把平凡的事业做成壮观的产业，在那个贫困的年代，他突破了个人的局限性，靠坚韧和努力，为自己、为乡亲们打开了致富之门。他的故事将激励更多的读者不畏艰难，勇于实现自己的人生梦想。

这是一部根据真实人物的典范人生，抒写出的不忘初心、坚守梦想的写实小说。

全书情景交融，以真实的时代背景、人物原型、创业史实为创作基础。小说生动地再现了民风的古朴和乡村生活的宁静以及自然的魅力，在这种魅力的展现下，人与人、人与自然、人与社会之间那种美好而真淳的情感尤其感人。

这是一本固本清源、追溯时光，反映农村经济健康发展的创业小说。

主人公王安水吃苦耐劳，克服重重困难将西洋参种植产业发展壮大的故事，表现了父辈开拓进取的精神。这种进取的精神符合当下的时代精神，在执着中充满坚韧的信念，在沉静中充满磅礴的力量，促使读者静下心来自省，调整自我，挑战未来。同时，这部小说全方位地描写了农村淳朴自然的民风民俗，反映了劳动人民勤劳致富、大力发展农村经济的现状。

这是一本视角独特，对人生进行感悟和反思的哲理小说。

不迷茫、不怀疑、不恐惧、不犹豫、不放弃，平常心态，锐意进取，这些优秀的品质正是我们应该坚守的、应该被继承的精神。让人生在进取中造福他人、造福社会，这样的人生才充满力量和意义。本书以从容、优美、深刻的笔墨再现了这样的主题，人物形象丰满，情节自然生动，引领读者对人生进行感悟和反思。

这是一本以小见大、体现惠民政策、讴歌时代精神和主旋律的现实小说。

小说讲述了在党的惠农政策下，在中国山东一个偏远乡镇农村里，一个西洋参种植产业的先驱人，艰苦创业，带领乡亲们勤劳致富的故事。小说所反映的主题正契合了“军民一家”“大力发展农村经济”“城乡一体”等精神。它以西洋参产业的发展史、现状和未来发展方向为创作背景和主线，体现在国家和当地政府惠农政策下，广大人民与时俱进、奋发图强的精神面貌。弘扬创业者美德，讴歌积极进取的时代精神，反映了当下举国上下共筑中国梦的自强、互助、共进的风貌。

读一本好书，如同结识一位好友。

我们需要阳光向上、给我们希望和力量的好友，这本书就是。

目录

第一章

1980年夏。

烈日炎阳，酷暑难耐。

村后起伏的山脉浓绿中透着黑，在静止中泛着燥热的焦渴。知了藏在繁枝密叶间歇斯底里地喧嚷着短促的生命。

山前平地上，十余户人家的黑瓦房显得无精打采。村前大片焦黄的土地上，裂纹交错纵横，如老妪历经沧桑布满褶皱的脸，带着愁苦和无奈，怨愤地仰望着冷漠的天空。

这是张家产镇口子李村，一个藏在大山沟里的小村庄。

连年的干旱让贫穷的村庄雪上加霜，连孩子们的嬉闹都销声匿迹——饥饿与贫穷让恐慌的情绪无限蔓延，大人们唉声叹气，孩子们噤若寒蝉。人们眼巴巴地盼着一场淋漓的雨，好让地里蔫倒的庄稼起死回生，好让苟延残喘的生活重焕生机。

村民们三五成群地聚集在大队过道子里，百无聊赖地东拉西扯。

“主任，镇上昨天让你去拿的什么信？跟救灾有关？”村民周东海问村主任赵建民。

赵建民磕了一下烟袋锅，“不是。是王进东家的老三退伍了，发了个通告。”

旁边一直没吭声的老人陈月明抬起昏花的老眼看了一眼村口，苍老而沙哑的声音像拉不动的风箱，“还回来干啥呀？进东两口子去年就走了，俩姑娘也嫁到外村了，家里就剩两间破房子，估计都住不了人了。”

脸庞黝黑的赵建民抹了一把胡楂儿参差的下巴，“谁说不是？这不还得看看给他安排个活儿，村里这么个样儿，有什么活儿好安排的？”

周东海扑哧一声笑了，“人家回家是结婚的，可不是给村里干活的。”

赵建民眼一瞪，“结婚？结啥婚？你问问月明哥，他家的小闺女可不是跟他早断弦了？”

周东海一愣，看向一旁拎着旱烟袋的陈月明，眨巴了两下眼，“真的吗，月明叔？你家小闺女不跟进东家老三了？”

陈月明斜了他一眼，撇了撇牙床萎缩的嘴，“等他回来我小闺女就饿死了。”

几个村民闻言笑成一片。

周东海刚要说什么，一闪眼，就见通往村口的黄泥道上，有个人拐过来。他眯着眼看了两眼，指着问其他人，“你们看看，那个可是安水？”

众人看去，陈月明哆嗦着两条瘦腿站起来，提起板凳就走。

赵建民拉住他，“怎么就走呢，月明哥？好歹打个招呼。”

陈月明甩开赵建民的手，“还打招呼，我这老脸挂不住。我小闺女跟他订了婚，可他家穷成这样，我小闺女等不起跟别人好了，我怎么跟他说？他要是知道了跟我吵吵，我生不了那个气。”说完，陈月明急火火地往外走。其他人面面相觑，不约而同看向那位年轻而强壮的退伍军人，每个人脸上都写着同情和怜悯。

那条路杂草丛生，蜿蜒曲折地通往破败黯淡的村庄。王安水穿着一身绿军装，瘦削笔直的身影像一株挺拔的树，坚定的步履不急不缓，踏在黄土铺陈的路面上，时而扬起小片的烟尘。他的身后是贫瘠的土地和苍莽的群山，头顶是瓦蓝的天空和洁白的云朵。他昂首阔步，挺拔的身姿裹着一往无前的气度。

炙热如火的骄阳不知何时收敛了狂妄，躲在云层里不见了。

“咦？怎么看着像要下雨？”有人看了看天，一脸狐疑。

“想得美！哪儿那么巧？他来家就下雨？当他是及时雨？”有人笑骂。

人群里又是一阵哄笑。

可是，老天爷似乎有意回应这哄笑声，毫无征兆地响起了两声霹雳，紧接着就疾速地扯起漫天云障。

人们诧异地仰望天空，笑意沉寂在脸上，变成了紧张的期盼。

“像是真要下雨啦！”

“别做梦了，又不是头一次光打雷不下雨。”

“王安水回来就下雨，那村后他家的老房子该塌了。”

“那还真说不准……”

就在人们议论纷纷的时候，天空乌云翻腾，电闪雷鸣，一场久违的雨倾盆而降！

山川、河流、土地、村庄欢声雷动，伴着哗哗的雨声共同奏响最动听的交响乐。

人们冲进雨里，伸长手臂又蹦又跳，任由滂沱的大雨冲刷荡涤。人们在雨里互相拥抱，手舞足蹈、得意忘形，一时忘了困窘的生活带来的烦恼，忘了迎接王安水……

王安水站在乡间小路上，透过迷蒙的雨帘，百感交集地看着这片养育他的土地。

在连天扯地的雨幕中，灰瓦石墙断壁残垣，旧屋老树衰草枯藤，屋舍寥落的村庄显得那么破败和颓唐，却也那么亲切可爱。这里承载着他童年的记忆，家乡的温情隔着久远的时光，像甘霖般滋润着他的心田。他深情地凝望着这里熟悉又有些陌生的一切，夺眶而出的泪水混着雨水一起流淌。

他稍微停顿了一会儿，又迈开大步，循着那边的欢呼声走去。

大雨肆意滂沱，豆大的雨点打在身上，带着沁凉的微疼，让原本燥热的身心感到无比的舒畅。雨声缠绵多情，如从梦境里飘遥而出的歌谣，欢迎着久别归来的游子。

军装被淋透了，鞋子里灌了水，这些丝毫不影响王安水的好心情。他笑着冲向村庄，冲向乡亲们。他想念他的爹娘姐妹，想念未婚妻陈晓云。在他的期盼里，他退伍归来的岁月将充盈着亲情的温暖与爱情的甜蜜。

可是，当他融入欢乐的人群，被乡亲们嘘寒问暖，却没有看到他的爹娘和陈晓云。脸上的笑意悄然冷寂，他站在人群中，隐隐的不安浮荡上来，他的目光不由透出疑惑和焦灼。

“建民叔，我爹妈呢？还有晓云，他们怎么都没在？”王安水忍不住问赵建民。

热闹的人群瞬间安静下来，善良的人们你看看我，我看看你，神色窘迫局促，一个个欲言又止。最终，赵建民叹了口气，拍了拍他的肩膀，“孩子，你先家去看看吧!”

王安水一愣，转身大步走出村大队，往村后自家的三间房子跑去。

推开年久失修的木门，王安水冲进门——空荡荡的屋子里散发着陈腐的味道，墙角挂着残破的蛛网，到处落满灰尘，显然已经许久没人住了。

王安水愣愣地看着，走去里屋，土炕上铺着一张破旧的草席，乌黑中透着火烧般的焦黄色；炕前地上靠墙的衣柜敞开着，里面的隔板已折断塌陷，只放着件洗得发白、满是补丁的床单；衣柜一角的米罐里一粒米都没有，敞口向上，像张饥饿的嘴巴，接着从屋顶泻漏的雨水……

他看了一圈，惶惶地冲去厢房，窗棂上裱糊的麻纸只剩下可怜的几绺，被雨打湿黏在黑乎乎的窗格子上。雨水淋湿了窗台，汇聚成流，顺着窗台旁的土墙往下淌，地面已经泥泞不堪。摆放在墙角的农具生满了锈，另一边的灶台上，一只碎裂的瓷盆乌青中透着灰，敞着锅盖的锅里同样锈迹斑斑。

家徒四壁，满眼萧瑟，一片凄凉!

没有父亲慈爱的目光，没有母亲温和的笑脸，这个昔日洋溢着欢声笑语的家，此刻是这样寒凉、冷清、破败，触目惊心。

“安水，你爹前年就走了，你娘支撑着把你姐和你妹嫁出去了，过完年也走了。大伙把他们埋在村后山的坟场，简简单单竖了个木碑，等雨停了，你去祭拜一下。”

身后，村主任赵建民叹了口气说道。

子欲养而亲不待。离家时，爹妈健在，爹给他收拾被褥，妈给他缝补衣褂。时隔三年，竟已是物是人非，阴阳两隔。王安水看着空荡破旧的家，想着离家前的种种情景，不由得伤心欲绝，泪如雨下。

“安水呀，人有生老病死，这也是没办法的事。你也是个大小伙子了，凡事想开些。你回来就安心住下，这雨下过了，地里的庄稼能活过来不少，今年秋天多少有点儿收成，冬天不至于挨饿。有我们大家吃的，自然也就有你吃的，饿不着你。不过，你的姐妹嫁得远，一个嫁去了宋村西格庄，一个嫁去了米山下徐家，各人有各人的日子，你也指望不上，以后的日子还得靠你自个儿好好打算，别让你爹妈在那边为你操心。”赵建民语重心长地叮嘱。

王安水忍泪点点头，转头看向站在院子里的乡亲们，忍不住问：“建民叔，晓云呢？”

赵建民看了看他，微微皱了下眉头，“晓云她爹刚才也在，怕跟你不好交代先回家去了。他让我告诉你，晓云等不起你，另找人家了。”

王安水一怔，张了张嘴，想说什么，一句话也说不出来。

赵建民四下看了看，又仰着脖子看了看漏雨的屋顶，眉头皱得更紧了，“安水，这屋眼看住不了人，你晚上去大队厢房住着吧，等雨停了找大伙帮着把房子修修再住。”

王安水站在那里，像听不到他的话，只是目光空蒙地看着窗外的雨幕。

赵建民看他伤心，也不知再说些什么好，转身冲院子里的乡亲们摆了摆手，“散了散了，都回家去吧！”

乡亲们陆续散了，留下满院子凌乱的脚印和污浊的积水。

满心的期盼和欢喜转眼变成了失望和悲痛，王安水一时无法接受眼前的一切，可残酷的现实就摆在眼前，由不得他不信。他愣愣地站了许久，突然想起什么，走出屋子，脚步沉重地往村后的坟场走去……

雨势凶猛，瓢泼如注，冲刷着树木山石，把树叶淋得锃亮，把山石洗得煞白，又顺着山间的沟壑横冲直撞下去，在山下汇成浩荡的水流。

王安水跌跌撞撞地往山下跑，等他看到爹妈的坟堆时，坟头已经被雨水冲平了。那块木碑歪倒在稀泥里，晃了几晃，还是被水流击倒，很快顺着流水离去了，他想抓住都难。

他心急如焚地看着那飘远的木碑，说不出的悲伤溢满胸膛。他站在半山腰上，站在滂沱的雨里，忍不住号啕大哭。

亲情和爱情同时背弃了他，他甚至来不及挽留，就孤身独影成了一个无所依傍的人。天地同悲，日月同泣，悲伤如眼前绵延无尽的雨幕，铺天盖地牢牢攫住了他。他哭倒在雨地里……

他哭了很久，翻涌的悲痛终于慢慢平息。他抬头看向雨雾中苍莽的群山，耳畔浮荡起一阵阵铿锵有力的誓言：退伍后，我会永远牢记自己曾是一名军人，永远拥护党的正确领导，保持军人的革命本色，发扬军队的优良传统和作风，为家乡建设发展再立新功！

伴着哗哗的雨声，他退伍时面向国旗、党徽的庄严宣誓一遍遍回响在耳边。他因悲伤而迷茫的双眼变得明澈，闷塞的胸膛豁然开朗。他擦干了泪水，抬首挺胸站直了腰杆，向着爹娘的坟茔，向着家乡的山山水水，慢慢地举手，五指并拢敬军礼。

没有了爹妈，还有姐妹和可亲可爱的乡亲；未婚妻离弃了他，还会有更好的姑娘爱他。军人流血不流泪，无论遭遇什么困境，都要以乐观主义精神勇敢地面对！

王安水长久地向他深爱的家乡敬礼，那如泣如诉的雨声，就是他送别爹妈的悲啼；那响彻天宇的雷电，就是他心中的呐喊。如果不是贫穷，爹妈不会饱受苦楚早离人世；如果不是贫穷，陈晓云不会背信弃义改嫁他人！也就是在那一刻，他发誓要找到一条脱贫致富之路，让这片土地不再贫瘠，让乡亲们不再穷困。

王安水转身，迎着风雨攀上山顶。他看着山下村子里的十余户人家零星地散落着，宛如破碎的棋盘，各自为营彼此孤立；他看见村前平旷的田地里，萎黄的庄稼匍匐着，饱受了大旱的蹂躏，又遭受水涝的摧残，眼见将颗粒无收；他看见先前在雨中欢腾的人群，静默地站在村前的空地上，看着汪洋大海一样的田地肃立成惊惧的雕塑……

雨还在下，不见收势。

王安水悲悯地看着暴雨倾盆中的村庄，他似乎听到人们经年累月的哀叹，看到人们欲哭无泪的脸庞……在人们殷切的祈盼中，他的悲痛和愁苦微不足道——他不能浪费时间去悲痛和沮丧，他要像战胜敌人一样战胜贫穷，去做那个力挽狂澜、带乡亲们脱离苦海的人。

他往山下走去，走向他的村庄，走向他的家。

从山上俯冲下来的水流像山洪暴发般气势汹汹，似乎随时会淹没这个村庄，毁灭他的家园。可那些看起来羸弱的灰瓦房像漂在海上的船，经风历雨，仍然坚韧地矗立。它们就像世代守护着这村庄的乡亲们，带着对美好生活的向往，不肯屈服。

这个村庄已经承载了太多的苦难，满目疮痍，百废待兴。

王安水的心情沉痛而激昂，他紧皱着眉头，思索今后该走的路。因为没有注意脚下，猝不及防，他被一截树根绊倒了。他手脚并用，赶紧爬起来，可是，草丛被水流冲刷得像青苔一样油滑，泥土混着山石呼啸而下，他刚刚站起来又滑倒了，身子收势不及，被水流冲着翻了两个跟头。他的手臂和腿不知被什么划伤了，火辣辣地泛着疼。

这样太危险了，可他一时无处着力，无法稳住身形，不由心急火燎。就在这时，一双有力的手伸过来，牢牢抓住他的胳膊，把他从急冲而下的水流里拉起来。

“安水，总算找着你了。赶紧走，这雨看着一时半会儿停不了，越等越难走！”

王安水的耳边传来一声暖心的叮嘱，他抹了把脸上的雨水，看清救助他的人是同班同学王松元的父亲王继坤。

老人浑身衣服早就湿透了，黝黑的脸上眉眼慈祥，他说：“我看见你往山后走，寻思你是去看你爹妈的坟了。山后的雨比山前还大，山势又陡，沟坎又多，我怕你有个闪失，就过来找你。还好你没事。”

王安水点点头，想道谢，泪水先夺眶而出。老人身子板弱，稍微有些驼背，拄着根粗木杖，在雨里瑟瑟地抖，似乎随时要被山风山雨吹折打弯。可他竟然不顾自己的安全，上山来找他，他心里暖融融的，一下子似乎有使不完的力气。

“继坤叔，我背你下山吧！”王安水说着就蹲了下去。

“背什么呀？赶紧下山！”王继坤拉着王安水，急吼吼地喊。

王安水赶紧搀扶着他，两个人互相照应着，小心翼翼地往山下走。

雨水冰凉，可是，王安水紧握着王继坤的手，看到半山腰还有几个一起来找他的乡亲们，感激的热流像炽热的岩浆，涌荡在他的血液里，透着火焰的暖。他痛失亲情和爱情的感伤消弭无踪，形影相吊的孤独感也不复存在。他流着泪看着他可亲可爱的乡亲们，藏在内心深处的志向更加坚定。

他一定要好好回报乡亲们，回报这片贫瘠而温暖的土地！

由夏到秋，中间似乎只隔了三天两夜的大雨。

第三天傍晚，雨停了，清风袭来，带着凉爽的秋意。

王安水从大队厢房里走出来，去看自己家那栋老房子。

房子像苟延残喘的病人，呻吟着倒塌下去，无比狼狈地匍匐堆叠。碎裂的瓦片，脱落的墙皮，散乱的石块，惨不忍睹。

王安水站在门口，平静地看着满地狼藉，他的脑海里浮现出城市里整齐漂亮的红瓦房。他想，有一天，他要在这旧宅基上盖上和城里一样的红瓦房，雪白的墙壁，亮堂堂的窗户，自来水、电视电话一应俱全。

他转头看向村庄，想象着一排排整齐的红瓦房拔地而起的景象，神往地微笑起来。

“安水，你别伤心过劲儿了，怎么还笑起来了?”村主任赵建民担忧地看着他，连声安慰，“你家的房子塌了不要紧，你就住在大队厢房里。没处吃饭，随意到哪家，哪家只要有饭吃就少不了你的。”

王安水收回目光，看着满脸关切之情的村主任，感激地点点头，“好。”

那天早晨的早饭仍然是在王继坤家吃的。

“松元在广东当兵，来信说是不回家了，要考军校。家里就剩下松钰了，安水，你就认我当干爹，以后跟我们过吧。”王继坤慈爱地说。

王安水放下碗筷，“继坤叔，你家的存粮也不多了，我怎么好在你家混吃混喝?”

王继坤正要说话，王松钰从外面回来。

王继坤赶紧迎上去，帮女儿把装满野菜的篮子拿下来放在地上，“一大早就上山，饿了吧？快洗手，和你安水哥一起吃饭。”

王安水抬头一看，王松钰穿着件朴素的淡蓝花色短袖衫，亭亭玉立地站在那里，两条油光发亮的麻花辫垂在两肩，眉清目秀的脸庞白里透红，淌着晶莹的汗珠。

看到王安水，王松钰也不由一愣，有些羞怯地垂下头，“爹，安水哥怎么变模样了?”

王安水一听，也乐了，比画着，“还说我，我离家去当兵那年，你才这么高。”

王松钰红了脸，跑进里屋去了。

王继坤呵呵笑，“闺女大了，知道害羞了。别管她了，你多吃点儿。”

王安水站起来，“我吃饱了，继坤叔。这两天我想过了，我得出去找活儿干。”

王继坤一愣，“你要出去？去哪儿？找什么活儿?”

王安水：“什么活儿赚钱干什么活儿，反正我有的是力气。”

王继坤叹了口气，“你自己拿主意吧，我不强留你。你是个实诚人，自己一个人去外面闯荡，凡事多长个心眼儿，能让着别人的地方尽量让着，别逞一时意气……”

王继坤絮絮地叮嘱着，王安水认真地听着。他想起自己的爹妈在世的时候，也总把他当成长不大的孩子，总这样反反复复地告诫，时过境迁，那种久违的亲情似失而复得，他听着听着，不由得红了眼眶。

“爹，你真能唠叨，人家安水哥又不是小孩子。”王松钰在里屋听着都不好意思了，走出来嗔怪父亲。

王继坤打住话头，憨厚地挠了挠后脑勺，朴实地笑了，“是呢，说多了。安水是当过兵的人，什么理儿都懂。我净瞎操心。”

王安水含泪握住他的手，“继坤叔，怎么会是瞎操心？你对我好我知道，你说的话我都记住了。”

王继坤欣慰地点点头，“我和你爹是自小长大的兄弟，你爹走的时候交代我，你回村后让我多照看着。我没拿你当外人，你出去要是不顺心，随时回来，咱们好歹有地种，有粮吃。”

王松钰在旁边笑嘻嘻地补充，“是啊，安水哥，我爹还种草药。只是这两年天旱，草药苗都干死了，要不然，咱家可是村里的富户！”

王继坤说：“是啊，这不也下过透山雨了，回头地里的水渗下去了，又能下种出苗了。实在不行，你就回家来跟我种草药。”

“好，我记住了。”王安水感激地答应着。

回家不到一个星期，王安水又要走了。

天还没大亮，晨曦初透的天空泛着鱼肚白，绚丽的朝霞给远处的群山镶上了一道金边儿。村后树林里早起觅食的鸟儿叽叽喳喳地叫着，成群地飞起，在空中四散而去。

王安水回头看了看身后的村庄，它在晨光中静默着，衬着山的巍峨，烘托着土地的宽广，笼罩在绿树浓荫之下，显得那么寂寥空落。

“安水哥，这些是我爹给你打点的，你拿着。”王松钰送出这么远，一直跟在他身后不吭声，这会儿把一个包裹递过来，含羞带怯地看着他，“我爹说你要好好照顾自己……”

王安水转过身来，接过包裹，看着矮自己一头的少女，心中充满离别的感伤。

王松钰仰着脸，偏着头，眨着好看的大眼睛，“安水哥，其实你可以不走，我爹昨天晚上都没睡好，舍不得你呢。”

王安水哑然失笑，“小妹，你送我走出这么远，怎么才跟我说这个？”

王松钰的脸慢慢地红了，像白玉染了胭脂，“我……我也舍不得你走……”

王安水年轻的心蓦然一跳，有种陌生又强烈的喜悦漫上来。他看着有些慌乱的王松钰，也不由得局促不安起来。

两个人就那么僵直地站在杂草丛生的小路上，站在微风吹拂的晨光里，半晌不知所措。

那种喜悦迅速发酵，像腾空的焰火，照亮了王安水的心空。他回过神来，长叹了一口气，把目光掠向远方，不自在地说：“小妹，你……赶紧回去吧，挺凉的，你别冻着。”

王松钰疑惑地看着他，琢磨他这么结结巴巴憋出来的话到底想表达什么意思。他这是心疼她呢，还是急着赶路不耐烦听她啰唆？

王安水的心慌慌地跳荡，似乎随时会冲出喉咙。王松钰那黑白分明的眼睛波光潋滟，像静水深潭，又像夜空最闪亮的星辰。她这样专注地凝视他，他觉得又甜蜜又紧张，以至于词不达意，越发狼狈，“小妹，我走了，你不用再送了。”

王安水迈开大步，逃似的走远。他不敢回头，怕回头看到王松钰俏丽的身影，会动摇，会停留，会安于贫困的生活不思进取。

王松钰看着他挺直的背影，始终没有看到他回头，不由怅然若失。她看不到他勾起的唇角，看不到他洋溢着笑意的眼睛。

王安水能感觉到，王松钰还站在原地看着他。她温柔的目光一直追随着他，带给他喜悦和希望。只是，那样的好姑娘应该拥有更好的生活，丰衣足食，无忧无虑。而这一切，他暂时给不起，可总有一天，他能给得起。

王安水昂首挺胸，大步向前，和几天前回村那样，走在蜿蜒的乡间小路上。

路旁的土地喝足了雨水，干涸的裂缝消失不见，湿润地泛着柔和的光。

死而复活的庄稼苗稀稀疏疏地伸展着枝叶，焦黄的叶子已悄然转绿，透出无限生机。

空气里弥漫着泥土和青草的气息，清新而芬芳，沁人心脾。远处的丘陵游龙般连绵起伏，又像极了浮荡着音符的五线谱……

王安水深情地看着这一切，先前的离情别绪一扫而空。他带着希望离开，将带着收获回来，一定会回来。

王松钰看着他，直到他的身影消失在村口，被路边的绿树遮住了，她才慢慢转身往回走。少女的心，从此有了期待。

她不知道，王安水藏在村口的绿树后，看着她的背影久久失神。而后，他转过身去，步履坚定地走向远离家乡的城市……

第二章

王安水怎么也没想到，他会这么快碰到陈晓云。

他在车站等公共汽车，一个女人抱着个婴儿急火火地从他眼前走过，他开始并没在意，只是淡淡地看了一眼，就把目光投向了那边的停车场。

车站里人来人往，下车的，等车的，买票的，接人的，络绎不绝，摩肩接踵。王安水为了看清楚车次，往前面的候车区靠了靠，就在这时，他听到了一个男人大声呵斥，“你死哪去了？怎么才来？”

女人委屈的声音响起，“孩子发着烧，我先抱她去打针了……”

男人没等女人说完，就不耐烦地吼起来，“发烧打针不用花钱吗？多喝点水就能退烧，偏要去花那个冤枉钱，我娶你算是倒了八辈子霉了！”

人多，男人的嗓门又大，很多好热闹的人看过来。女人脸上挂不住，低眉顺眼唯唯诺诺，再没出声，只是她怀里的孩子被惊着了，哇哇地哭起来。

男人越发火冒三丈，“个熊孩子哭什么哭？两个丧门神！我刚下车这还没到家你们就给我哭丧，欠打是不是？”

女人一边惊惶地哄着孩子，一边胆怯地看着男人。

这么大的动静，王安水不注意都不行。他皱着眉头看向那个粗野的男人，却一眼看到脸上挂着泪珠的陈晓云。她抱着孩子，消瘦蜡黄的脸上嵌着一双痛苦迷茫的眼睛，被散乱的头发遮挡着半边脸，身上的衣服皱巴巴脏兮兮的，一双褪色的黑布鞋沾满了泥浆。

两个人在对视的一瞬间都不由愣怔。

也许是眼前的陈晓云和记忆里的陈晓云相差太大，也许是在这样的情况下突然相遇她无所适从，王安水张口结舌地站在那里，难以置信地盯着陈晓云，都没注意到那个男人敌视的目光。

陈晓云同样惊诧，只是，她很快回过神儿来，窘迫得恨不得找个地缝儿钻进去一样，使劲地埋着头，急火火地往外走。

她的丈夫手疾眼快，一把把她拽过来，指着王安水冷颜厉色地问：“他是谁？你认识他？像干了什么见不得人的事儿一样！”

陈晓云无地自容，根本不敢看王安水，慌乱地摇着头，狼狈不堪地解释，“我不认识他，我不认识他。”

男人眼睛瞪得滚圆，“不认识跟人家眉来眼去的，要不要脸？”

陈晓云咬着嘴唇，一张脸涨得通红。

王安水看不下去，冷冷地看了她男人一眼，“我们不认识，我刚才只是听见孩子哭，多看了孩子两眼。”

男人闻言，上上下下打量了王安水两眼，愤怒的目光像带着锋利的刀子，“我闺女哭关你屁事！”

王安水不想跟他计较，转身走向另一边。

身后，男人骂骂咧咧地拖着陈晓云走了。

透过重重的人影，王安水看到陈晓云被拖得踉跄的背影。他收回目光，胸口堵闷得难受。虽然陈晓云背信弃义，可看到她过成这样，他没有一丝幸灾乐祸。相反，他有种负罪般的沉重，如果他家里不那么穷，如果他早些退伍，也许陈晓云就不会过这样的日子。

他乘坐的公交车到站了，他上了车，坐在最后一排靠窗的位置。他长久地看向窗外的人群，脑海里浮现出陈晓云曾经清纯甜美的模样……

他和陈晓云是村里王姨说的媒。相亲那天，陈晓云穿着件城里女孩时髦的格子连衣裙，束腰的款式衬得她窈窕婀娜姿容出众。她大大方方地冲他伸出手，脆生生的嗓音像欢快的铃声。

王安水记得，当时不善言辞的自己紧抿着嘴唇，拼了命都说不出话来。他盯着陈晓云白嫩纤美的小手全身僵硬，连伸胳膊握手这样简单的动作都不会做了。

陈晓云好笑地看着他，主动探过身来握住他的手，抖了两下，松开，又笑盈盈地跟他说着话。

他当时乱成一团，明明她就坐在他身边，他只看着她红润的嘴唇不停地翕动，却无法集中精神听清她说了些什么。她身上若有若无的少女芬芳，还有握手时那种神奇绵软的触感，让他像中了魔似的神不守舍。

后来，陈晓云又主动来找过他两次。他和她在一起的时候，总是像喝醉了酒似的晕眩着。他很少说话，也不敢主动去拉她的手，只会傻乎乎地笑。直到他们真的订了婚，他都云里雾里如坠梦境，总觉得能有这么好的女人一点儿都不真实。

可陈晓云确确实实和他订婚了。他常常在睡梦中笑醒，在黑夜里睁大眼睛，看着窗外天幕上的繁星，想念她白皙姣好的模样。正因为有这样甜蜜的想念，当兵的几年里，他过得很开心。一想到退伍就可以回村娶陈晓云，两口子相亲相爱生儿育女，同甘共苦地过日子，他就发自内心地笑出来……

可惜，终究还是一场梦。

王安水轻轻地摇了摇头，坚毅的唇角浮上一丝苦涩的笑意。他制止自己继续回想，因为除了徒增感伤，没有任何意义。那是贫困带给他的耻辱和警告，他连伤心痛苦的资格都没有。

公共汽车驶离了车站，在车站大门口儿，他看到陈晓云抱着孩子蹲在路边，她的丈夫一手叉着腰，一手指着她，仍然大发雷霆怒骂不止。

只是一瞬间，他们就掠过去了。

就像曾经所有的回忆不动声色地掠过去一样，再也寻不见踪影。只是，他这一生，会努力避免贫穷的践踏，会努力争取圆满的幸福……

一年的时间似乎漫长如一个世纪，又似乎只是弹指一挥间。

又是枫叶流丹，芦花翻白的时节。澄蓝如洗的天空上，大雁排行布阵，渐行渐远……

王安水坐在工地上的路基旁，把目光从远去的雁行上收回来，掠向正干得热火朝天的工友们，他们有的在那边砸石子，一次次扬起铁锤把大石块砸成核桃大小的碎石子；有的用箩筐装石子，用推车运或者扁担挑，送到铁路路基上，倒下石子，摊平；有的扛枕木；有的抬钢轨。劳动的号子伴着淋漓的汗水飞腾，空气中弥漫着尘土和人们粗重的喘息声。工友们的背脊和脸膛被阳光炙烤得脱了皮，被扁担压得红肿的肩膀，载着艰辛的时光分分秒秒地煎熬，触目惊心。

那边六七个人抬着用铁棒横穿、吊系着粗绳的钢轨，一个个额上青筋暴突，脸色涨红。他们一喊一挪，一挪一喊，蚂蚁撼树般举步维艰。铁杠子深深地嵌进肩胛里，似乎随时能把脆弱的骨头压折。在他们的身后，枕木整齐地排列着，钢轨向远方的高山间延伸。许多工友弯腰屈膝安装成千上万的道钉、扣板、弹条、地脚螺栓、轨距挡板等配套零件……

王安水悲悯地看着这一切，看着自己腿上皮肉外翻、鲜血直流的伤口，紧抿着嘴唇压制着满心的焦灼和迷茫。

他们的工程队已经在工地上风餐露宿了两个多月，铁路铺过地势险峻的路段，速度稍微加快，可还是慢得让人着急。这样的日子日复一日，单调又乏味，而寥寥无几的工资更让人沮丧。

理想如秋天萎黄的蒿草，在萧瑟的寒风中颤抖着，嘲笑他曾经的满怀豪情。他的脑海中，浮现出家乡庄稼枯瘦委顿的土地，浮现出王松钰崇敬爱慕的目光，浮现出陈晓云忍气吞声神色悲凄的脸，他攥紧的拳头里，指甲剜痛手心。

这样下去，他要到何年何月才能出人头地，才有能力带领乡亲们脱贫致富？如今他自己都朝不保夕，贫困度日，又拿什么给王松钰幸福，给陈晓云救助？

王安水正心乱如麻，工友郑少平拿着水壶和药箱走过来。郑少平把水壶递给王安水，蹲下来打开药箱，拿出消毒水和棉花球给他处理伤口，“怎么这么不小心，裂这么大个口子，还好没有伤到骨头。”

王安水喝了口水，感激地看着给他包扎伤口的工友，“防不胜防啊，一铁锤砸下去，石头崩裂了，石刃子戳过来，躲都躲不及。”

郑少平点点头，一边忙活，一边说：“这还是小伤，前些日子，刘壮子扛枕木，腿软打了拐，枕木掉下来把他脚指头都砸烂了，现在还在工棚里躺着，一时半会儿是下不了地了。”

伤口传来钻心的痛，王安水咬着牙不能吭声，泪水在眼眶里打了两个转儿，硬是给憋回去了。他认识刘壮子，人如其名，壮得像头牛，可铁打的汉子也经不起成年累月地透支体力。刘壮子是扛枕木的老手，别人扛一捆，他扛三捆，走得一点儿不比别人慢。时间长了，大家都给他起了个外号叫“刘铁汉”。刘壮子向来以力大过人自得，每个月领工钱他拿得最多。他常在歇工时提着小酒壶灌上两口，有意无意在工友们面前炫耀。他那隆起的腱子肉在汗水和酒水的滋润下油光发亮，散发着蓬勃旺盛的生命力。谁会想到，就是这样的“刘铁汉”会有倒下的一天。他不过打了个拐，就被砸烂脚趾成了残疾人，这辈子恐怕都不能扛枕木了。

兔死狐悲，物伤其类，王安水黯然神伤。他看着自己被包得跟粽子似的腿，紧锁着眉头忍着痛。

“好了。”郑少平收捡好药箱，“你这个样子得养几天了。明天我们去前面山下爆破，你就别来了。”

王安水摇了摇头，“我在工棚里待着烦闷，跟你们一起去。”

郑少平想了想，“也行，你腿上有伤，就负责举旗传令吧。”

“好。”

郑少平笑笑，低头拎药箱的时候，一张照片从他上衣口袋里掉了出来。那张黑白照片像片叶子飘落在王安水面前。他把它拾起来，看了看，上面是个扎着麻花辫、满脸笑容的女人。

王安水把照片递给郑少平，“你妹妹？长得真好看。”

郑少平的脸上闪过一丝羞涩，“不是我妹妹，是我刚过门的媳妇。”

“原来是嫂子。想不到你都结婚了，真行啊你。”王安水不好意思地笑了。

郑少平拿着那张相片深情地看了一会儿，语气沉重地说：“行什么啊？刚结婚就让人家独守空房，家里的老人也全仗着她伺候，成天让她吃苦受累的。我这个主劳力一年就寄回去那么几个钱，想想都觉得愧对人家。”

王安水沉默了。他懂得那种愧疚，那是一种心有余而力不足的无奈感。它像一把钝刀锉着人的心，一天天残酷地冷却满腔热血，让人不得不对贫困垂下高傲的头颅，放弃徒劳无功的挣扎，屈辱地俯首称臣。

一大早，太阳还没升起来，大家就已经聚集到要爆破的山丘前。

铁道需要穿山而过，大家要把山炸出洞来，再慢慢打通，让铁道得以延续。

王安水拿着小红旗站在离爆破点不远的地方，看着工友们手拿着各种工具快速撤离到远处，不由紧张得手心出汗。

郑少平走过来拍了拍他的肩膀，安慰他，“没事，我在前面点炮，你只需要看着进展挥旗示警就行。”

王安水更紧张了，两条腿不由自主地抖起来了。他看着郑少平方正的国字脸上炯炯有神的眼睛，想说什么，动了动嘴唇却没发得出声音来。他想阻止郑少平去点炮，可施工进度不允许拖延，他更不能因为自己莫名其妙的担忧和胆怯打乱工友们的工作计划。他暗暗咬了咬嘴唇，努力支撑着受伤的腿，紧紧握着小红旗，冲郑少平点了点头。

郑少平拿着火柴走过去。乱石杂草间，他瘦削的背影坚定地向前移动，冷冽的山风吹乱了他的头发。

“少平！”王安水忍不住喊他。

郑少平回头，静静地看着他。

“小心些！”王安水缓缓地举起小红旗。

郑少平扯起唇角，不以为然地笑了笑，“我又不是头一次点炮，没什么要紧。”说完，他就转过身去，继续往前走了一段，到达爆破点，他找到炸药包的引线，蹲下去点炮。

那一刻间，强烈的不安像凌空砸下的巨石，来势汹汹地击中了王安水。他甚至来不及思考，就做了所有人都意外的举动——他猛地扔下了小红旗，疯了似的冲向郑少平！

说时迟那时快，就在所有人目瞪口呆、王安水扑到郑少平身边的时候，轰的一声震天响，一股浓烟冲天而起！

人群哗然，大家惊惶地向爆破点冲去。谁都知道，正常情况下，引线被点燃后需要等一会儿才会引爆炸药，给点炮员一个撤离的空歇，可刚才，每个人都眼睁睁地看着，郑少平似乎还没来得及点燃引线，炸药包就炸了。

郑少平和王安水是不是已经被炸成灰了？几乎每个人的脑海里都浮现出两具焦黑的尸体来。大家赶到爆破点处一看，山体中间被炸开了一小部分，旁边的山石却被炸得支离破碎，哪里还有郑少平和王安水的影子？

“怎么回事？人都给炸没了？”一个工友声音颤颤地问其他人。

没有人回答。大家惊恐地四下查看，就在这时，有人听到从山石堆里传来了微弱的呼救声！

“快！他们被埋在下面了，快挖！”那人惊喜地大叫。

工友们喜出望外，七手八脚地扒开那堆山石。就见王安水护在郑少平身上，人已经晕过去了。郑少平侧身卧倒在地上，一脸的血，看着像脑袋被砸伤了。众人不敢轻举妄动，看着两个人愣住了。不想，郑少平把眼睛睁得老圆，吼得地动山摇，“别看了，不是我的血！我没事儿！你们赶紧轻点儿把安水抬出去！”

大家这才稍稍松了口气，把王安水抬到一旁放在平地上。大家看到王安水的右手手背到胳膊伤痕累累，血肉模糊。他紧闭着眼睛，一动不动地躺在地上，似乎已经死去。

郑少平声泪俱下，扑过去扶起他千呼万唤，“安水！安水！你不能死啊！我的命不值得你拿命换啊！”

王安水没有反应。

大家一看都慌了。

郑少平紧紧抱着王安水号啕大哭，正不知所措，王安水皱了皱眉头，慢慢睁开眼睛。郑少平一下哑了声音，惊喜得愣住了。其他人也屏住呼吸，紧张地看着王安水，生怕他是回光返照。

首先映入王安水眼中的是蔚蓝的天空。它平展展得像一大块被熨烫过的蓝色绸缎，纯净而崇高。他长久地看着，眼睛里蓄满泪水。

十月的阳光收敛了夏日的狂躁，祥和而温柔，让人浑身暖洋洋的。他就躺在郑少平的怀里，在工友们反常的沉寂里牵起嘴唇，扯出一个比阳光还要灿烂的笑容，他说：“还能看见天空真好。”

工友们一看，不约而同欢呼起来。郑少平更是喜极而泣，哭得像个孩子。

王安水挣扎着站了起来，甩了甩晕沉的脑袋，拍了拍身上的灰尘，看了看右手臂上面目狰狞的伤口，又看向那边的爆炸点，劫后余生的惊悸和庆幸让他的灵魂受了洗礼一样，之前一直焦灼的心蓦然开朗——人只要还好好活着，无论遇到怎样的困境，都应该心存感激。

王安水揽住哭得一把鼻涕一把泪的郑少平，拍了拍他的肩膀，对大家点点头，“我没事，让大家跟着操心了。”

郑少平抱住王安水，心有余悸地擦着眼泪，愤愤地说：“那是什么炸药？我还没点火就炸了？”

大家这才想起这个问题，不由疑惑万分。

负责爆破技术的张和庆副总工小心翼翼地凑过去看，捡起一些炸药包碎屑看了看，不由感慨：“可能是这边石头上的引线被旁边的玻璃碎片反光聚焦给引燃了，也可能是别的什么原因，不管怎样，没伤着人真是万幸。少平，安水，你们的命可真大啊。”

工友们唏嘘不已，王安水和郑少平更是感慨万千。有人拿来药品箱，郑少平给王安水处理胳膊上的伤口时，忍不住又是一阵呜咽。

“没事。”王安水忍着痛安慰他。

“还说没事！你腿上的伤还没好，胳膊又伤成这样了……”郑少平眼睛都哭红了。

王安水憨厚地笑了笑，“少平，你还能给我包扎，我还能感觉到疼，挺好。”

郑少平一愣，点点头，泪珠子吧嗒吧嗒，“嗯。安水，咱们是过命的兄弟了，以后不分彼此。”

王安水扯了扯嘴角，笑得比哭还难看，伤口太疼了。刚才可能是还没有从惊骇中回过神儿来，没觉得怎么样，这会儿，只觉得被人拿着刀生生剜下一块肉似的，痛得他全身冒冷汗。

郑少平心颤手抖，折腾了半天，还是在别人的帮助下，才把王安水胳膊上的伤口包扎好。可是鲜血一时半会儿止不住，很快洇湿了药棉和绷带。

这里离城镇远，也没有更好的医疗条件，大家看着流血不止的王安水，又心疼又无奈。郑少平的眼泪怎么止都止不住，王安水却不以为然，“别当个事儿，流一会儿它就不流了，已经没那么疼了。”

张和庆走过来，检查了一下王安水的胳膊，“要不让少平和小周先送你去医院？”

王安水摇摇头：“不用。去县城往返得三四天，太耽误工夫。我们的人手本来就不够，别因为我一个人拖延了工程进度，我于心不安。”

张和庆的眼圈不由得红了，拍了拍王安水的肩膀，沉重地点点头，赞赏地看着他，“安水，你是个了不得的人，好人有好报，你大难不死，必有后福。”

“托你吉言。”王安水的脸红了。

张和庆让小周扶王安水到一旁休息，拍了拍手招呼大家，“我知道大家惊魂未定，我这心里也跳得慌，可今天我们必须按工程进度成功爆破，一次不行两次，两次不行三次。这次，谁来点火？”

没人应声。

刚才的情景还历历在目，一想起来就让人胆战心惊。何况眼所见处，到处是被炸药炸飞的碎石块儿，附近的灌木丛被炸得一片焦黑，看着头皮都发麻，更别说再去冒险了。

“少平，你去！他们都没有爆破经验，你有。”张和庆满怀期待地看着郑少平。

郑少平缩着脖子，吭哧了半天，声音像蚊子叫，“我家里上有老下有小，我……”

张和庆看了他一眼，叹了口气，目光焦灼地看着其他工友，“你们谁去？”

工友们或东张西望心不在焉，或者低着头装没听见，没有一个人吱声。

张和庆恼恨地捶了一下自己的腿，“唉，都是我不顶用，要是这条腿没毛病，我谁也不用！”

工友们同情又胆怯地看着他，他那条腿当初就是被炸飞的石块击中了膝盖落下的残疾。他不提他那条腿还好，这一提，本来有心上前的工友打了退堂鼓。

“我去。”坐在一旁的王安水站了起来。

“你去？”所有人脸上都是不可思议的神情，就连张和庆都不同意，“你腿上有伤跑不快不说，右手也伤了，怎么点火？你不要命了？”

王安水神色郑重，丝毫没有说笑的意思，他紧抿着唇角，微微皱着眉头，一瘸一拐地走到张和庆面前，语气恳切地说：“咱们工程队里就我家里没有牵挂，我爹妈都走了，我也没有结婚，而且我当过兵，应该我去。张总工放心，我是左撇子，左手干活比右手更麻利。”

张和庆看到王安水这样坚定，又恨铁不成钢地看看其他人，重重地点了一下头，“好，你去吧。刚才我已经认真检查过了，引线和装置都没有问题，但你一定要小心，点着了快点儿闪到安全的地方。”

大家长久地静默下来，许多人红了眼圈。

郑少平涨红了脸，咬了咬牙，拉住王安水，“安水，你跑不及，这是去送死，还是……还是我去吧。”

王安水摇摇头，“我去。你放心，我自有办法。”

工友们的心都提到了嗓子眼儿，目光随着王安水的背影移动，他踱着脚不紧不慢地往前走，每走一步都像踏在工友们的心上。

“你们别愣着了，赶紧去山坡那边趴着！”张和庆命令大家，从郑少平手里一把夺过小红旗。不想，手里的小红旗又被郑少平一把夺了回去。

“我去！”郑少平不等张总工同意，就追着王安水去了离爆破点不远的警示点。

张和庆两眼冒火地盯着郑少平，刚要说话，被旁边的工友拉在一旁，按在山坡上。

有的人不敢看，索性把脸埋在工友的背后。

张和庆紧皱着眉头，目不转睛地盯着王安水，额头上青筋暴突，冷汗淋淋。

离王安水最近的郑少平腿肚子直打哆嗦，举着小红旗的胳膊又酸又麻，像一截棍子似的不听使唤。他咬着牙，好歹把胳膊举了起来，小红旗迎风招展，火红的颜色像跃动的火苗。

王安水找到引线看了看，受伤的手臂痛得他全身发软，可他不能有一点儿马虎。他死死咬着嘴唇，努力集中精神，小心翼翼地将引线点燃，然后飞快地往旁边一倒，就地一滚，滚到旁边地势低凹的土沟里。

郑少平紧张得忘了挥旗，看到工安水倒下了，不明所以的他毛骨悚然，丢了红旗抱着头鬼叫着冲下来，就在这时，他的身后传来轰的一声巨响！

郑少平两腿一软，一下子栽倒在地上，又惊又怕之际，被巨大的轰响声震晕了过去。

一时间，地动山摇，烟尘腾起……

烟尘消散之后，众人赶紧冲上去看。

只见山体中间被炸开了一个大洞，不偏不倚，正是先前计划选中的位置！

大家没有心情高兴，一些人七手八脚地唤醒郑少平，另一些人四处找王安水。

“我在这。”王安水顶着一身一脸的烟灰躺在土沟里傻笑。

大家愣了愣，随即发出潮水般的欢呼声……

第三章

王安水躺在工棚里，额头上、右胳膊、左腿上都缠着纱布。

旁边的一张床上，躺着脚趾被砸伤了的刘壮子。他的右脚肿得青紫，连着脚踝也肿得发亮。他连翻身都难，不时发出一两声呻吟。

王安水看着都替他疼，正想着该怎么减轻他的痛苦时，从工棚外风风火火冲进来一个姑娘。

王安水一愣，“松钰？你怎么来了？”

王松钰杏眼圆睁，一脸怒气，冲上来看看他的头，又看看他的胳膊腿，黑白分明的大眼睛眨巴了两下，瞬间蓄满了泪水。她撇着嘴，气呼呼地看着他，眼泪在眼眶里直打转，就是不肯流下来。

王安水的心被拧了把似的，窘迫地解释，“小妹，我没事，你别这样……”

王松钰哇地一声哭开了，“就你的命不是命？就你不怕死？别人都不去点火，你为什么去？万一你被炸死了，我、我怎么向我爹交代？”

王松钰又哭又吼的气势，让王安水又震惊又感动，一股暖流涌上心头，一时不知道说什么才好。

这时，追着王松钰的郑少平冲进了工棚，看到王松钰苦大仇深地看着王安水，上前挡在王安水面前，气喘吁吁地问：“你这个姑娘真不讲理，我告诉你不能随便进工棚，你就是不听！你要找安水的麻烦我不答应！”

王松钰看看郑少平，又看看王安水，委屈得只顾直哭。

王安水不忍心她哭，刚要替她解释，一直躺在旁边床上的刘壮子精神十足地坐起来，眉开眼笑地看着王松钰，没头没脑地问：“小姑娘，你是工程队跟上面要来的女护士吗？我伤得比安水重，你给俺看看。嘿嘿，你别跟他生气，我比他懂事，比他听话。”

王安水匪夷所思地看向刘壮子，这家伙刚才还痛得死去活来，这会儿怎么跟没事人一样？

王松钰抹了一把脸上的泪水，抬眼看了看刘壮子，解释："我不是女护士。俺爹让我来找安水哥回家。"

刘壮子不好意思地挠了挠后脑勺，"你看我长得比较壮实，会干农活，你不如找我吧。我愿意给你家当倒插门女婿。"

王松钰一听，羞恼得小脸通红。

王安水横了刘壮子一眼，"胡说些什么？"

刘壮子大大咧咧地笑着，"我说的是正经话，安水，你妹子长得俊，我一表人才，我俩是天造地设的一对。索性请你做个媒，撮合我俩成事得了。"

王安水看他越说越没正经，刚要抗议，王松钰板着小脸说："这位大哥别说这样的话了，我是安水哥的媳妇！"

王安水、郑少平、刘壮子全都愣了。

郑少平最先回过神儿来，捅了王安水一下："还说无牵无挂，弟媳都找上地上来了。"

王安水脸上一烧，有些窘迫地看着王松钰，心里却甜滋滋的。

刘壮子愣了半晌，原本眉开眼笑的脸阴云密布，身子一松，又仰倒在床上，哀伤地叹了口气，"我就知道老子没这么好运气！王安水，你不够意思，怎么不早说？"

王安水扫了他一眼，转头问王松钰："小妹，怎么突然要叫我回家？家里有什么事？"

王松钰眼睛又红了，"我爹病了，我哥在部队上，我里外忙不过来，我爹让我来找你回家帮忙。"

王安水脸色一变，"继坤叔病了？那我们赶紧走。"

王松钰转悲为喜，点点头，上前扶着王安水往工棚外走。

郑少平从衣兜里掏出二十块钱塞进王安水手里，"安水，我的一点心意，你拿着，回去给大叔买点好吃的。"

王安水哪会要？把钱还给郑少平，"我有。你家里等着用钱的人更多，你寄给他们吧。"

推来推去，郑少平拗不过王安水，只好把钱收好，依依不舍地说："安水，咱们兄弟这就算分开了，你回家伺候老丈人，我也不干了，回去守着老婆孩子好好过日子。要不是你，我这条命说不定早就没了，你说我怎么报答你才好？”

王安水憨笑，“报答什么呀？不是什么大事。不干也好，太危险了，你家里有老人，孩子也小，你媳妇一个人忙不过来，你应该回去照应着。”

郑少平点点头，“是。那这样，我们后会有期。”

“后会有期。”

三个人走出工棚，王安水和王松钰跟郑少平挥手作别。

两天两夜后，王安水和王松钰回到口子李村。

王继坤躺在床上，还发着烧，床头木桌上放着的水壶都干了，几个干饼子被啃得只剩下些硬碴壳儿。

见王安水回来了，王继坤高兴地坐起来，拉住王安水的手，“安水，你可算回来了，你这一走大半年，我老是个心事，就怕你在外面有个什么闪失……哎呀，你的胳膊和腿怎么了？”

“没事，小伤。你怎么样了？怎么烧还没退？”王安水摸了摸他的额头，担心地看着他。

“唉，人老了，经不起折腾，伤风了。本来想挨两天就好了，没想到这两天还发起烧来了。不过你回来就好，我也就放心了，很快就好了。”王继坤心疼地看着王安水，“看你瘦得皮包骨头，一定吃了不少苦吧？”

“饥一顿饱一顿的，吃饭也不定时，都是些力气活儿，也不算太苦。”王安水憨憨地笑着说，“继坤叔放心，我回来就不打算再出门了，我就待家里帮你打理草药，照顾你和松钰。”

王继坤倍感欣慰，“好，好啊。松钰，你还愣着干什么？去做饭给安水吃呀。”

王松钰莞尔一笑，转身进了厨房。

王继坤看王松钰走了，从枕头底下抽出一本书来，“安水，我叫你回来是有要紧事，你看。”

王安水疑惑地接过书，是一本《西洋参栽培技术》，他简单地翻了翻，一头雾水，“叔，你给我看这个干吗？我又不太懂这个。”

王继坤激动得握住他的手，“叔这些年一直研究草药种植，就是想找一种稀有珍贵的草药，既能治病救人，又能强身健体，还能有高收益，可我一直没找到。我种过黄芪、三七、山姜、枸杞，可这些都不是什么稀罕东西，种的人也不少，行情也不景气。可这西洋参就不一样了。”

王安水不由好奇心起，认真拿起书翻着看了看，上面有西洋参不同生长时期的照片，有一根梗的，还有两根梗的，就指着问：“这怎么就长一根两根梗？这能养得活吗？我只听说过人参，还没听说过有西洋参，这东西有什么用？”

“用处可大呢！西洋参也是人参的一种，只是咱们国家刚刚引进，它原产地在美国和加拿大。这一根梗的是一年的参，两根梗的就是两年的，三根梗就是三年的，四个梗的西洋参就比较大了，能算成参出土了。这东西全身都是宝，根、茎、叶、花、种子，既能入药，又可保健，补气养阴，清热生津，还可以治疗一些恶性疾病，用处大着呢。最要紧的是这东西不好养活，对土质、温度、湿度、光线等条件要求高，我国现在还没有成功试种的先例！”王继坤一口气说完这些话，微微有些气喘。

王安水忙给他倒了杯水，忐忑地问他，“叔，这么金贵的东西肯定有脾气，我们国家都还没有成功试种的先例，我们怎么能种成功？再说，这西洋参苗一定死贵的，我们哪有那么些钱，又上哪儿去买？”

王继坤双眼中的光芒一下子暗淡了下来，他喝了口水润了润嗓子，“我倒是不发愁种不活它，只要我们有耐心，好好对着这本书学习研究一下，总是能养出来的。我也不发愁钱，这些年我种草药多少有些积蓄，买它十棵八棵苗还是买得起的。问题就像你刚才说的，我不知道去哪儿买呀。”

王安水敬佩地看着王继坤，“叔，你懂栽培，也种了这么多年的草药，有经验。你要是敢保能养得活，我给你去找苗。”

王继坤一听喜出望外，“我就是找你回来帮我这个忙的。”

王安水看着手里的书，只觉得这本薄书似有千斤重。他似是自问自答，又像在问王继坤，“我以后就种草药？”

王继坤坚定地看着他，“对，就种草药。安水啊，三百六十行，行行出状元。干大事不一定就得走多远。土地就是我们农民的天，我们敬它爱它勤勤恳恳地耕种，它就不能让咱们饿着。我想好了，如果我们能把西洋参种成了，别说咱们家，咱们全村的人都能跟着沾光。说不定啊，全中国的人都能跟着咱们沾光呢。”

王安水被王继坤激昂的话语给感染了，他重重地点点头，“叔，我听你的。你虽然是个农民，可你是村里最有文化的人，看书多，懂理儿多，你认准的事，我支持。”

王继坤倍感欣慰，“好，好孩子，我看松钰也挺喜欢你的，你家里也没旁人，干脆和松钰结婚，咱们名正言顺是一家人了，你看好不好？”

王安水的心一跳，看了看厨房那边，不由自主地攥紧了那本书。

不知怎么，他的脑海里一下子浮现出在车站看到的陈晓云，她抱着孩子凄楚的样子像烙印似的驱之不散。他犹豫了，“叔，我怕我给不了松钰好日子，我……”

王继坤郑重地看着他，“安水，不是每个女人都爱慕虚荣，会因为你一时穷困小看你。我问过松钰了，她喜欢你，愿意嫁给你，吃苦受累她乐意。你要是也喜欢她，就应了这亲事。我给你们把喜事办了，我这块心事也算了了。”

王安水喜忧参半，想了想，“叔，我愿意娶松钰。不过，我要先出去找参苗，我要是找着了，回来就娶松钰；我要是找不着，就……一直找，直到找到为止。”

王继坤沉默了半晌，点点头，“叔没看错你啊，你是个有担当的孩子。好，就按你说的，参苗就是你的聘礼。你先养好伤，再去找参苗。你找回参苗就娶松钰，然后我们一起养参，我把种植草药的技术全都教给你，只要你有心记又肯吃苦，保证你饿不着松钰。”

王安水点头，“好。”

这时，王松钰端着两碗热腾腾的面条走进来，先递了一碗给王安水，又拿了个枕头给王继坤靠着，把另一碗面条捧给王继坤。

王继坤笑眯眯地说：“松钰，我这些天就想你做的面条呢。”

王松钰笑笑，递筷子给王安水的时候，娇羞地垂眸一笑，转身走了出去。

“松钰！”王安水叫住她。

王松钰一愣，回头看他，“怎么？”

王安水把那碗面条递过去：“你也饿了，你先吃。”

王松钰心里一暖，细声细气地说："我不饿，你吃吧，锅里还有呢。"

王安水这才大口大口地吃起来。

看着狼吞虎咽的王安水，王继坤的目光里充满慈爱，只觉得越看越喜欢。他想，这小伙子在这么饿的时候，还能想着先给女儿吃，难得。他把女儿嫁给他，他放心。

风尘仆仆的王安水背着包裹踏进莱阳农学院，一路打听，来到农学科，找到系主任张博士。

张博士听明王安水的来意，一脸的难以置信："什么？你想要西洋参苗？想买几棵回家试种？"

王安水拘谨地搓着手，"是啊。我听说你们是山东最好的农业专科院校，有许多专家，还有许多珍稀药材种植试验园，我想买10棵西洋参苗。"

张博士推了推黑边眼镜，"小伙子，你精神可嘉，我都不好意思打击你。你知道西洋参成活率有多低吗？你知道西洋参在成长的过程中，需要注意哪些事项吗？别的不说，就土壤的酸碱度一样，你怎么掌握？这种原产地在美国森林里的珍贵药材，药用价值极高，可在我国，目前试种成功的案例还是空白，多少专家学者都失败了，你买回家种？呵呵，我劝你别花这个冤枉钱了。"

王安水微微皱着眉头，认真地看着张博士想了想，"张博士，你别管我能不能养得活，你先把参苗卖给我吧。"

张博士笑了，"你还真倔。别说我这没有西洋参苗，就算有，你从这儿带回家，参苗不早干死了？就算买，也是买种子，买什么参苗啊。"

王安水锲而不舍："那您有种子吗？能卖给我吗？"

张博士摇了摇头，"因为西洋参对种植的条件要求太高，我们之前试种了几次，要么种子烂在地里了，要么刚出了苗就枯了。好不容易有两棵活了，好景不长，没几天招病也死了。我们进行了多方面的研究和实验，什么先进的科学手段都用上了，耗费了三四年时间也没有成功。我们暂没有这个项目的试种计划了，也就没有再引进参种。"

王安水叹了口气，对张博士敬了个军礼，转身就走。

张博士一愣，看他背影挺直，忍不住叫住他，"你当过兵？"

王安水点点头。

张博士若有所思，“你当过兵为什么选择回家种地？”

王安水的耳畔回响起王继坤跟他说过的话，他慢慢地说：“如果我们能把西洋参种成了，既能强身健体，又能治病救人，说不定全中国人民都能跟着沾光。”

张博士笑了，“你志向还不小。这样吧，你大老远地来一趟不容易，我这里还有其他好多种药材，苗有，种子也有，要不我给你些别的回去试种？你要是种成了，我们也包回收。”

王安水沉默了一会儿，摇摇头，“做事不能三心二意，我们认定了西洋参，其他的不要。”

张博士很意外，投来的目光意味深长，“小伙子，你为什么一根筋地要缺货？不是我打击你，你要的这种药材我们这没有，国内其他农学院估计也不会有；我这里没有成功试种的案例，其他农学院只怕也没有。你这么一家家找，费时费力，得找到何年何月才能找着？说不定啊，你找一年、两年，白白浪费了时间和精力，结果还是空手而回。再退一步，即使被你找着了，我敢说，凭你对药材种植技术一窍不通，你肯定养不活它。你可想好了，我这里的其他药材也是奇货可居，你啊，过了这个村儿可就没这个店儿了。”

王安水斩钉截铁，“有志者事竟成，我就要西洋参，其他的不要。”他再次对张博士敬了个军礼，“谢谢您，打扰您了。”说完，他头也不回地走了。

张博士再次愣了，看着他挺直的背影，久久收不回目光。

王安水走在通往大门口的甬路上，脚步坚定又有些沉重。

这已经是他走访的第三家农学院了，前面的两家，负责接待他的人说的话和张博士大同小异，都是告诉他不要白费力气了。

他们都说，许多专家都失败了，西洋参太难养了。中国的气候、土壤等自然环境根本不适合西洋参生长，就算在实验室里种活了，挪到地里不用几天就死了。实验室才多大啊，想批量生产，总不能让农民朋友们先盖实验室，再买各种先进的仪器，再像玩游戏似的种西洋参苗当盆景吧？

他们说得都很在理，甚至无懈可击。王安水也曾动摇过，可一想到病中的王继坤目光中充满殷切、执着的光芒，他就又坚定了。继坤叔种了一辈子药材，他说有可能培育成功，就有可能！

王安水大步向前，他要去找，找不到绝不罢休！

秋风萧瑟，卷来数片落叶，有的打在他身上，有的在他脚边游离。他看着那些枯黄的叶子，看了看那些几乎脱光了叶子的行道树，不由停下了脚步。

他要坚定地站成一棵树，守护着继坤叔和松钰的梦想，也成就他自己的梦想。无论如何，他都要找下去，一年不行，两年，两年不行，三年。如果三年还是找不到，他就攒钱去美国。他一定要把这种神奇的药材挪到中国的土地上来，让它世世代代造福中国人。

王安水俯下身去，从地上拾起一片落叶。叶肉枯瘦，叶脉分明，一片叶子从萌芽到凋谢，都可以经风历雨，何况他是个人，一个军人。

别说他当过三年兵，就是只当一天，他也要牢牢记住，当兵的人，永不轻易放弃，永不轻易言败。拼血拼命，他都在所不惜！

这么想着，王安水心头的阴霾一散而尽，希望的光明照亮一片晴空，他深吸了一口气，拎着那片叶子继续往外走。

不想，迎面走来一行人，其中一个人抬头不经意地看了他一眼，先是一愣，接着就惊喜地叫起来："安水？是你？"

王安水疑惑地看去，看了半天，也不由喜出望外，"少平？是你？"

郑少平稍一犹豫就走过来，冲着王安水伸出手，"你好。"

郑少平白了，胖了，中等身材穿着件深蓝色中山服，戴着时兴的黑边框眼镜，优雅斯文，俨然一个教授模样，哪还有在工地上风吹日晒蓬头垢面的影子？

王安水叹为观止，刚要冲过去拥抱，看到郑少平板正洁净的衣服和他一板一眼伸过来的手，他憨笑着把那片落叶小心翼翼地揣进裤兜里，握住郑少平的手，有些拘谨，"你好。"

郑少平冲两位同事招了招手："你们先走吧，我回头再去找你们。"

他的两个同事点点头，又好奇地打量了王安水，才有说有笑地走了。

郑少平等他们走远，才一把把王安水拉到路边树影下，紧张兮兮地问他："你怎么到学院找我来了？你怎么知道我在这里？"

王安水看着面目有些陌生的郑少平，有些不自在地说："我不是来找你的。你怎么会在这里？"

"我是这所学校的后勤部主任！许多人慕名而来，都是想拉关系让我多采购他们的东西……"郑少平顿了顿，又问，"你还没告诉我你来这儿干什么？"

"我来找西洋参苗。"

"你找西洋参苗干什么？"

"带回老家试种。"

"什么？你要试种西洋参？开什么玩笑？"郑少平一听就笑开了，似乎他听到的是什么天大的笑话一样。

"少平，你了解我，我从来不喜欢开玩笑。"王安水越来越觉得眼前的郑少平不是他救过的那个平易近人、可爱可亲的兄弟。

"你、你……呵呵呵……笑死我了……"郑少平指着他看一眼，笑两声，看一眼，笑两声。白胖的脸笑得通红，一双眼睛眯成了一条缝儿。

"这已经是我找的第三家农学院了，我必须找到它，不然我就去美国找！"王安水看他笑成这样，微微有些恼火了。

"你……你还要去美国？你知道美国人说的是英语吗？你连他们说什么都听不懂，你怎么告诉人家你要的是西洋参？好吧，我不笑了。我看出来了，你是认真的。"郑少平抚着笑得抽痛的肚皮，看着眼前精瘦的王安水，一种优越感油然而生。

王安水抿着嘴不想再说话，他抬头看看头顶树叶寥落的梧桐树，恍惚地记起那个阳光温暖的秋日，郑少平抹着眼泪语气真诚地对他说，安水，咱们是过命的兄弟了，以后不分彼此。

那一幕清晰如昨，却已是时过境迁。眼前的人还是那个人，感觉却变了。

王安水收回目光，正要道别，郑少平止住笑，四下看了看，眼神里仍然带着揶揄，"安水，我要是说你自不量力，你可能还不信。你连西洋参生长需要什么环境都没弄明白，根本就不懂西洋参种植技术，试种成功才怪呢。还有，西洋参种植可不是挪苗栽，是买种子。我告诉你，就算我给你种子，你也种不活。"

王安水不服气，“你怎么知道我种不活？”

郑少平高深莫测地笑了，“多少专家都没种活，就你？你有点自知之明吧，兄弟。我劝你别做梦了，这不是你能玩得起的，你知道一粒种子多贵吗？”

王安水沉默了。

郑少平伸出一只手，张开五指，在王安水眼前一正一反地晃了晃，“五元！一粒种子五元！金贵着呢！你知道这东西在我国多稀缺吗？要是容易种活，早就有的是人种了。我跟你这么说吧，谁要是把这东西种成了，可谓是突破性的课题研究成果，在我国的药材种植史上绝对青史留名。”

王安水来了精神，眉开眼笑，“少平，你也这么说！我就知道继坤叔的眼光没错！太好了，如果我们能试种成功，我们就是对国家和社会有用的人，是有功的人……”

郑少平难以置信地瞪大了眯缝眼，“安水，你没事儿吧？你到底听没听懂我话的意思？竟然这么理解问题，我真是服了你了……不撞南墙不死心是吧？行，我就让你知道什么叫自知之明。这样，我找人给你要种子，你拿去，你要是种成功了，我跟你姓！”

听到郑少平这么说，王安水的心猛地跳荡了一下，掀起惊喜的狂澜。他张口结舌忘了应声。

踏破铁鞋无觅处，得来全不费功夫。想不到他辛苦了这么久，竟然能在郑少平这里得偿所愿。他太高兴了，高兴得整个人都木了似的，只是目不转睛地盯着郑少平，怀疑自己刚才是不是听错了。

“怎么，不信？你等着。”郑少平见王安水半天不吭声，以为他不信，轻飘飘撂下一句，转身扬长而去。

王安水站在原地，看着郑少平走向办公大楼的身影，强烈的喜悦和期盼翻江倒海。他回过神儿来，不由得热泪盈眶。他慢慢蹲下来，把脸埋在双手间，努力平复着激动的心情。

他的脑海里，浮现出穿着红艳喜服的新嫁娘；浮现出一马平川似的土地上，嫩绿的参苗以肉眼可见的速度呼啦啦往上蹿长；浮现出绿波连绵的参地里，蜂飞蝶舞一派生机……

他甚至觉得呼吸都有些困难了，他站起来，搓着手打起转来，不时停下来回头看看那边的办公楼。他真怕郑少平跟他信口开河，或者就这么消失不见了，跟刚才的相遇一样猝不及防。他反复回想着刚才的情景，一遍遍印证自己有没有听错了。他望眼欲穿，心急火燎，只觉得时间分秒难耐。

树叶在风里颤抖着，在苍劲的枝头依依不舍地告别，然后一阵风来，数不清的叶片翩然而下，遵循着冥冥中神奇的自然法则，去完成它们新的使命。

化作春泥更护花。它们不再是枝头招摇的风景，不再烘托艳丽的花朵，就静默地化土成尘，变成肥料滋养泥土，供给植株，如此循环往复，生生不息。

王安水站定，看着纷飞的落叶，狂乱的心跳渐趋平静。他想，这世间的万物各有使命，而他王安水的使命，就是和王继坤一起，让西洋参在口子李村、在张家产镇、在山东省、在中国安家落户。

这个信念清晰而强烈，让他原本疲惫的身心蓦然间充满了无穷的力量。他张开双臂，闭上眼睛深呼吸，再睁开眼睛时，映入眼帘的是明阔的蓝天。

他长久地看着天空，有一刻间，他物我两忘，脑海里始终回旋着他曾在书上看到的一句话：心有多大，天地就有多大。

就算豁出命去，他也一定要把西洋参给种出来！

就在王安水信誓旦旦的时候，郑少平一路小跑地回来了。王安水殷切地看向郑少平，只觉他像救世主一样和蔼可亲，至于郑少平刚才对他的冷嘲热讽，简直不值一提。

郑少平跑过来，冲他摊开手掌，“喏，参种是我向学院领导求来给你的。”

王安水惊奇地看着那一粒粒褐黄色的、椭圆形的、轮廓饱满的种子，只觉得每一粒里都藏着一个绿色的大世界，等着他去探索和主宰。

他久久地看着，一时不敢伸手去碰触。

郑少平喘着粗气，“怎么？嫌少？八粒呢！再说多给你也是浪费。”

王安水还是没动静，紧紧抿着唇角，一脸郑重。

郑少平有些幸灾乐祸了，“不敢拿？你拿回去试试呗，你要是种成了，太阳能打西边出来。”

王安水把双手使劲儿摁在身上擦了擦，小心翼翼地捧过那八粒种子。它们聚在一起只有那么小小的一撮，看起来和平常的草种子大同小异。他不由得有些担心，看了看郑少平，“这就是西洋参的种子？”

“当然！”郑少平不屑地说，“你不信？不信还给我！”

王安水赶紧合起双手捂在手心里，“信信信！我信！”

郑少平哼了一声。

王安水感激地看着郑少平，觉得他那不屑一顾的表情都可爱。他很想上前拥抱他，可手里捂着命根子似的参种，他腾不出手来。只好憨笑着道谢，“少平，谢谢你，幸好有你。”

这话郑少平爱听。他看王安水诚惶诚恐地捧着那八粒小种子，忍不住又打击他，“谢什么谢？不过是八粒注定要烂掉的种子。前时你救过我，咱们这算扯平了。”

“少平，我给你钱，虽然没有那么多，可多少我还带了点儿。”王安水不由一愣，回过神儿来，他把参种腾在一只手里，另一只手摸向贴身口袋。

郑少平摁住王安水的手，“算了，拿去拿去！回头你种不出来别怨我就行。种子是好种子，我们学院的教授有成功出苗的，虽然幼苗没几天莫名其妙地死掉了，但至少证明种子是没有问题的。”

“当然不会怨你，感激都来不及呢。”王安水把那八粒种子小心地收好，“少平，那你忙着，我出来有些天了，得赶紧回去。”

“好。本来想留你吃顿饭，可学院里事太忙，我也抽不开身。我送送你。”郑少平说着，就作势要送人。

“你留步，不用送。等我把西洋参种成功了，一定好好谢你。”王安水诚心诚意地说。

“呵呵，那恐怕要下辈子了。”郑少平不以为然。

王安水丝毫也不计较郑少平说什么，他感恩戴德，心满意足地带着那八粒种子踏上了归程……

第四章

王安水刚拐进村口那条羊肠小路，就看见王松钰站在霞光中俏丽的身影。

看到他，王松钰喜不自胜，往前跑了一小段，又蓦然收住脚，欢喜又有些羞怯地看着他走近。

傍晚的村庄静美如画，美丽的姑娘是这画中最动人的所在。

王安水迫不及待地想让王松钰分享他的快乐。这一路回来，他像一直浮在云端，浑身轻飘飘的。口袋里的那八粒种子像钻石一样珍贵，他不时地摸一摸，生怕它飞走了。在火车上，他这紧张兮兮的模样让邻座的老大娘误以为他装着金银财宝，又怀疑是来路不正，看他的目光始终带着戒备。他没忍住把那八粒种子拿出来给老大娘看。老大娘瞥了一眼，扯了扯嘴角，飘出来一句，“我当是什么好东西，几粒草种有什么稀罕的？”

是草种子，没什么稀罕的，可那得看对谁而言。同样是草种子，有的只能长成狗尾巴草，有的却可以长成珍稀的药材。那时，王安水又悟出一个道理，虽说人就跟这些草种子一样，长成什么样儿各有天命，可能不能成为有用的人全在自己。他要当这八粒种子的伯乐，让它的子子孙孙延绵千秋万载，造福于民，造福天下。

这些新奇而崇高的信念前仆后继地涌现在他的脑海里，他觉得这已经不是八粒种子，而是火种，引燃了他对生活的热爱，激起他挑战贫穷的勇气。他甚至没有想过，如果这八粒种子试种失败怎么办。他一直坚信，是种子就会发芽，发芽就会增枝长叶、开花结果。他满怀期望，心潮澎湃，无比殷切地回到口子李村，他想早些见到王松钰和王继坤，只有他们和他一样珍惜这八粒种子，听得懂他的心声，能分享他的快乐。

王安水大步流星，飞快地走到王松钰面前。

“安水哥，你可算回来了。已经是深秋了，你再不回来，我又得出去找你了。”王松钰自己也不知怎么回事，她想说的本不是这些，可出口的话却带着嗔怒，像个絮叨的老太婆。她看他两手空空，打住话头，连耳朵都开始发烧，也不敢看他闪亮的眼睛，低下头去，转身要往村里走，“走吧，等过了冬，咱们再出去找。”

王安水一把拉住她纤细的手腕，把她带转过来。他动作太急太猛烈，她一个趔趄，差点儿扑进他怀里。她稳住身形，脸色红得像艳红的晚霞。他慌慌松了手，为自己的失态歉疚着，拿出那八粒种子，忐忑又充满期待地看着她，“松钰，我们不用再出去找了。”

纸已经被他揉得稀软，他微微有些颤抖的手指很不灵活，拨弄了半天才让王松钰看到了种子。她疑惑地眨了眨眼，长而卷翘的睫毛像蝴蝶翕合的翅膀，让他原本就紧张的心越发跳荡得厉害。她看看种子，又看看他，好看的眸子里风起云涌，汇聚出惊喜的光芒，“这是西洋参的种子？”

“嗯。”

“呀！安水哥，你真行！你是怎么找到的？我爹说你这么长时间没回家，一定是因为这东西太稀缺。他还埋怨自己难为你了，害得你东奔西走的。”王松钰崇拜地看着他，眉梢眼底都是喜色。

他就知道，只有王松钰和王继坤能和他同喜同悲。他愣怔地看着王松钰的笑脸，觉得天地明豁，万里烟霞如诗如画。

不想，乐极生悲，一阵风来，他手里小小的纸包和八粒种子的分量承受不住，被吹翻在地上！

“呀！”王松钰惊叫了一声，赶紧俯身蹲在草丛里寻找。

王安水恨不得给自己两巴掌，好在是实地，可以找回来。纸包扣着六粒种子，王安水把它们重新包好，郑重其事地放进衣袋，生怕再有个什么闪失。然后，两个人蹲在小路上，在路旁的杂草间仔细地寻找另外的两粒种子，像在寻找着什么稀世奇珍一样。

“这里有一粒！”王松钰从草叶间找回一粒，欢天喜地地叫起来。

王安水被她快乐的笑声感染了，也不由自主地笑起来。他们收好了那粒种子，继续寻找，可找了半天，也没找到那一粒种子。

天色向晚，夜幕低垂，他们只好放弃了，一起回家。

连续两天，王继坤都像过年似的喜气洋洋。

原来，国家很重视引进西洋参，在全国设了几个点进行试种。因为王继坤有多年种植药材的经验，培育出了黄芪文黄十一号等新品种，又有顽强和严谨的科研精神，所以山东药材公司在口子李村设立了试种点，让王继坤为主试种，烟台药材公司的一位教授还亲自送来11粒种子。再加上王安水找来的种子，一共18粒。王继坤精挑细选，选出9粒可用的。

他把那些西洋参种子供奉在神龛前，每天三叩九拜，整个仪式庄重得像皇帝登基。

庄重的仪式能将平常的事变得崇高，让人肩负神圣的责任感和使命感。当王安水看到王继坤低下倔强的头颅向这些种子致敬时，他的灵魂被深深地震撼了。

王继坤常年执着于种植草药，常常废寝忘食躬耕田间。他的案头放满了相关的书籍资料，光他做的笔记就不下十大本。他精通每一种草药的脾性，就像了解多年的老友一样。他在名目繁多的草药中寻找，就像在人群里耐心地等待和寻找一位知音。如今，他得偿所愿，将积攒了三十余年的宏图伟志寄托在这些种子上，激动得老泪纵横。

王安水丝毫不觉得王继坤小题大做，他恭敬地站在一旁，看着王继坤虔诚的眼神，看着他如癫似狂的举动，想到他坚守种植之路的艰辛不易，也不由得两眼潮热。

“安水，松钰，你们也来拜拜。这是百草之王，也是你们的媒人，还是以后你们的衣食父母，是造福子孙的珍草良品。百草通灵，谁对它没有敬畏恭谨之心，它们也不会理会谁。”王继坤语重心长地说。

王安水和王松钰拜完那些种子，心里都觉得有些异样，这过程怎么跟拜堂成亲一样？一拜天地，二拜高堂，夫妻对拜，送入洞房？这样的联想让两个年轻人手足无措起来，傻愣愣地大眼瞪小眼，各自在对方的眼睛里看到面红耳赤的自己。

“安水，咱们说到哪儿做到哪儿。你已经把西洋参种子请回来了，你们的婚事也早早办了吧。办完了喜事，我们就着手试种西洋参。你们要有个思想准备，我们要到村东的双顶山上开荒，山高坡陡上下不方便，我们得在山上简单盖两间房子住，肯定要吃苦受累。”王继坤说。

“叔，我不怕吃苦。”王安水说，“只要能把参苗种出来，什么苦我都能吃。”

王继坤欣慰地点点头，又疼爱地看向女儿，“松钰，你妈去得早，你哥又在部队，这些年，你没少跟着我受罪，这又得上山开荒种参……”说着，王继坤的声音就有些哽。

“爹……”王松钰叫了一声，眼睛里浮上泪光。

王安水鼻子发酸，“叔，苦日子总会到头，以后我照顾你们。”

王继坤笑了，“安水，你还叫叔？”

王安水一愣，看看王松钰娇羞的脸，又看看一脸期待的王继坤，憋了半天，腼腆地叫了一声“爹”。

王安水和王松钰结婚这天，天气晴好。

大红的喜字贴在窗上、门上、墙上、电线杆上，看去，整个村子都显得喜气洋洋。婚喜宴安排在村大队的大院里，村主任赵建民找了几个人帮忙摆好桌椅板凳，几个婆娘主动洗菜做饭。大家各司其职，一团和气，满堂喜庆。院门口儿鼓乐喧天，鞭炮齐鸣。乐队是由村里擅长吹拉弹唱的人临时组建的，也没有懂指挥的，大家一大早拿着家什排在院门口，即兴表演，随意发挥，轰轰烈烈热闹非凡。

穿着军装的王安水和一身红装的王松钰珠联璧合，随同脸上笑开了花儿的王继坤一起站在门口儿迎接大家。

周东海提着两只大公鸡，老远就乐哈哈地叫起来，“继坤叔，恭喜恭喜！咱们村最好的小伙子被你挑去了！”

王继坤看着那两只肥硕的公鸡，有些不好意思，“东海，你拿一只来就够了。这么大个儿的公鸡，没有三四年养不出来，又这么肥，一看你家里的就用了心的，你都送来可怎么好？”

周东海不以为然，“你们别嫌弃就行。听说安水和松钰成亲，我们都高兴坏了，这点儿东西算什么？是没有三只，有三只我都给抓来。”

王继坤感激得不知说什么好，搓着手还是想留一只，周东海已经提着两只公鸡进了院子，“我来收拾，用大锅多炖会儿，保证好吃。”

王继坤赶紧找了刀递给周东海，又招呼厨房烧开水好烫除鸡毛。

周东海身手利落，不多会儿，就把两只公鸡拾掇干净，送去厨房炖上了。

院子里飘散着人们的欢声笑语，空气里溢漫着饭菜的香味儿。全村人陆陆续续都来了，有拿床单的，有拿棉被的，还有新鞋新衣，带着美好的祝福向一对新人和王继坤贺喜。

王安水看着这些可亲可爱的人们，几度鼻子泛酸两眼潮红。乡亲们没有因为他穷困潦倒嫌弃他，没有因为他无依无靠冷落他。他们给了他淳朴而厚重的亲情，有钱出钱，有力出力，硬是帮捉襟见肘的他办了一场丰衣足食、热闹非凡的婚礼。

就连陈月明也来了，他的老寒腿长年疼痛，拄着拐棍也是一步一挪。他一只手提着两瓶酒，慢腾腾地走过来，停在王继坤跟前，先是有些歉疚地看了看王安水，又把目光投向王松钰，慈爱的眼神就像看自己的女儿一样。他叹了口气说，“转眼的工夫，孩子们都长这么大了，都结婚了……继坤啊，咱们不老还等什么呢？”

王继坤上前一步扶着他，“月明哥，这人就像割韭菜，割了一茬儿，又长起来一茬儿，哪有不老的道理？你腿脚不方便，难为你走半天过来，快进去坐下歇歇。”

陈月明不肯走，仍然看着王松钰，“松钰啊，你比我家晓云有主见啊。我那个不争气的闺女本来跟安水订了婚，可架不住穷，她嫁给外村人了，唉……你们也别笑话我，我说句掏心窝子的话，我后悔让晓云退婚了。这两口子过日子，就是过的个品性，还是小两口能说得上话才行，要不然，有钱也白搭。”

他这么一说，王松钰不由有些别扭，一时不知怎么接话，就转头看王安水。王安水也有些窘迫，他想起处境凄苦的陈晓云，原本喜庆的心情有了一丝灰暗，再看看一脸愁苦的陈月明，他不知道该安慰他两句还是怎么样，还好王继坤替他们解了围，“月明哥，这婚姻大事讲究个缘分，孩子们有孩子们的主意，你也别太操心。我家里的走得早，一直都是松钰照看着我，洗衣做饭下地干活，一样没落下。她自己能吃苦就没指望着别人，倒是我总想着把她留在身边，好在安水也同意入赘，我也算老来有靠了。”

陈月明有些心酸地点点头，“是啊，你说的对。安水，松钰，恭喜你们。结了婚就好好过日子，可别像我家晓云，唉……继坤啊，我也没什么好东西，自己酿的酒，带来给大伙尝尝，你可别嫌弃。”

“你来了就好，还带着酒，我怎么能嫌弃？何况你酿的酒是出了名的好喝，哪儿弄去？”王继坤接了酒递给王安水，扶着陈月明上了酒席。

王安水看着陈月明佝偻的背影，看到他匆匆地抬起手擦了擦眼角，一步一挪的身板瘦骨嶙峋，头发也已经花白，他心里的那点儿怨气瞬间消失得无影无踪，只剩下对陈月明的怜悯——前时意气风发，处处想要高人一等的陈月明老了，儿女都不在身边，晚景凄然。他王安水又怎么忍心去怨恨一个形影相吊的老人呢？

人都到齐了，大队院子里座无虚席。村主任赵建民挺直了腰板，满面红光地走上前台主持婚礼，他用浑厚又有些沙哑的嗓音郑重其事地宣布：“今天，王安水、王松钰结为合法夫妻！”

台下一片喧腾，有几个毛头小子早就按捺不住，冲上来分抢喜饼和喜糖，满院子追成一团；同龄人挖空心思出节目闹新婚，折腾王安水和王松钰；年长的则围坐一团，家长里短地谈笑风生。这一天是全村人的节日，连脱光了叶子的树都染上了喜气，贴着大红喜字迎风招摇。

王安水满心欢喜，一直有一种微醺似的恍惚。他看着乡亲们亲切的笑脸，听着孩子们欢快的嬉闹声，看着灰瓦石墙下穿着火红嫁衣的王松钰，他总觉得是在做梦，激动的心一阵阵战栗着。

这只有十来户人家的口子李村，家家户户相邻而居，虽有时常有些磕磕碰碰，但遇到谁家有红白喜事，都会尽释前嫌彼此照应。大家一起从苦难的战争年代熬了过来，一代代艰难地繁衍延续下来，在新中国成立后终于过上了太平日子。在长期的相依为命中，彼此之间不是亲人却胜似亲人，整个村庄就是一个大家庭，民风古朴，乡情醇厚。

就在这样的大家庭里，他有了自己的小家。他的根在这里，他的幸福也在这里。他的目光掠向院墙外大片大片空旷的土地。正值深秋，草木萧瑟，远山苍莽，可他的心里涌荡着蓬勃的绿意。

那绿意是埋在皑皑白雪下破土而出的萌芽，是那些种子脱胎换骨后长出的纤茎和嫩叶，是连绵成海浪般的西洋参试验田。

他坚信这片贫瘠的土地终有一天会富饶起来，他会实现对王继坤和王松钰的承诺，会带领这些勤劳善良朴实的乡亲们过上好日子……

婚后第三天，王安水和王继坤就在人们诧异的目光中去了双顶山。

听王安水说他们要上山开荒试种西洋参，乡亲们都觉得这事悬。他们中有的根本不知道西洋参是什么东西，个别听说的，也认为把外国的草药放到这山沟沟里种不可能成活。

“安水啊，媳妇也娶了，安安心心过日子，生儿育女干正事儿，开什么荒啊？双顶山是老林子，树高草密的，到处都是乱石头堆，蛇鼠成窝，哪适合种东西呀？别白费力气了。”连村主任赵建民都不赞成，其他人更不用提了。

王安水和王继坤铁了心。两人带着干粮，扛着锄头和铁铲上了山。

秋天的山林色彩斑斓、气象磅礴，看去美不胜收，可步入其中却是另一番情形。衰草匍匐，覆盖着碎石苔藓，湿滑难行。坡陡沟深，千年老树龙干遒枝张牙舞爪，藤蔓缠络如织网密布，穿行其中，举步维艰。

王安水在前面开道，护着王继坤往山上走。他握紧镰刀，把阻挡在面前的灌木丛和荆棘砍断，还要防备脚下的枯草和乱石缝儿里时不时钻出来的骚土蛇。

骚土蛇身形细长，黄褐色的花纹和草叶的颜色难以分辨，它常常一动不动地潜伏在落叶下或石缝儿里，遇到猎物或者被人惊动，它冷不丁就蹿出来进行攻击。这种蛇冬眠晚，毒性强，被它咬伤如果不及时处理伤口会危及生命。

除了骚土蛇，要仔细防备的还有细腰蜂、山蚂和毛毛虫，它们看起来微不足道，可被它们咬了或者蜇了，皮肤上红肿的疙瘩又痛又痒，令人难以忍受。

王安水回头看了看王继坤，他的袖口、裤脚都扎得挺结实。王安水放心地转过身来，擦了擦额头的汗水，继续开路。他们需要寻找一块地势相对平缓的地方，把厚积的草叶和凌乱的碎石清理干净，圈出一小块地来，试种几粒西洋参种子。

两个人上山前就商量好了，把这些种子分两次试种。如果这次试种失败，来年春天再种一茬儿。西洋参原产于美国和加拿大的森林里，森林里的土壤因常年落叶腐烂滋养，比别处的土壤更肥沃。另外有茂密树木的掩蔽遮挡，低矮的植株光照度低，承受的风力小。他们想先模拟西洋参的这种生长环境进行试种，试种成功再进一步扩大种植面积，尝试大田种植。

王安水拂开厚厚的落叶，灰黑的泥土松软而湿润，在他的手指间轻柔地滑落。王继坤蹲下来看了看，“这里泥土的腐殖质高，湿度温度光照条件都比较接近西洋参原产地的生产环境，不过我们得去背风向阳、遮阳度高的东南坡，北坡风太大。”

要去东南坡就要翻山绕过去。王安水抬头看看前面，又回头往山下看了看。走了这半天，也仅仅走到了半山腰，前面的路更难走，光绕过这个山头，就得一个多小时。这些都不是问题，问题是谁知道东南坡有没有相对平缓的地方，如果都这么陡下来，存不住水，一下雨，西洋参苗就会被冲倒冲走，那就前功尽弃了。

“怎么？发愁了？想着容易做起来难啊。每天光来回翻山也够人受的，我这腿现在都有些抬不动了，跟两截死木头一样。咱们回去?”王继坤捶着自己的腿问王安水。

“不回。头天爬山就打退堂鼓，那还能干成什么事儿？爹，你走不动我背你。”王安水说着就蹲了下去，把肩上的工具放在一旁，“我先送你过山，再回来拿这些东西。”

看着王安水年轻而结实的后背，王继坤两眼潮热。他倍觉宽慰，笑着拉起王安水，“不用背。我还走得动，等真走不动了，你也该把我的那些本事学会了。到时候我就在家养老、看外孙、享清福，你和松钰一起忙活吧。”

王安水点点头，重新把东西拿好，拉着王继坤往山上走，“开始的时候难走，等走几天这路让我们开出来了，再走就顺溜了。”

“对，万事开头难。这山道也认人，走得次数多了，它就不难为咱们了。”王继坤笑着说，“仔细想想，这世上的事好像都是这么个理儿，混得熟了，就好办了。”

话虽朴实无华，蕴含的是明理，王安水默默地记在心里。

山林静默。茂密的灌树丛金黄一片，椭圆形的叶片密密匝匝又错落有致；高大的松柏枝干盘曲，扶摇直上，青翠浓密的针叶间，浑实饱满的球状松果半露半掩；橡树和野生板栗竞赛似的挂满累累的果实，每有风吹过，大大小小的橡子、板栗就下雨似的落一地……

阳光从枝叶的缝隙间透射下来，满地光影斑驳，野草还没有完全枯萎，黄中透着绿，光灿灿一片，丝毫不显得颓败。山石奇丽，与野草松柏相映成趣，覆盖着爬山虎一类的绿叶植物，看去生机一片。

天地造化，钟灵毓秀，这片山林虽是崎岖难走，风景却令人叹为观止。

王安水呼吸着清冽芬芳的空气，边走边看，竟慢慢忘了劳累，只觉赏心悦目，神清气爽。王继坤却越来越吃力，喘得越来越急促。

王安水怕他太累吃不消，把他身上的工具全拿过来自己扛着，“爹，看来我们不能天天来回跑，得想法在山上盖个房子。”

这话一出口，连王安水都觉得有点儿异想天开了。在平地上盖个房子都不容易，何况这样山石嶙峋、树高草密的地方？没想到，王继坤很赞成，“是得盖个，哪怕简简单单搭个临时落脚的窝棚。等参种下了地，我们得轮流看护，可不能马虎。”

“轮流看护？有这个必要？”王安水一愣。

“当然了。这片林子里有狐狸、黄鼠狼和野兔、老鼠，怕它们把参种挖出来吃了，等出了苗长大些就不怕了。”王继坤顿了顿，又慈祥地一笑，“还有啊，有个地方住，晚上我一个人看着就行了，你得回家去，总不能让松钰刚结婚就独守空房。”

王安水脸上一热，不好意思接话了。

王继坤满怀憧憬，“呵呵，这日子突然就觉得有盼头了。安水啊，你是我家的福星，既帮我找到了西洋参种子，又娶了松钰，回头再给我添了外孙子外孙女，我这辈子就圆满啦，哈哈哈……”

山风阵阵，王继坤的笑声随风荡送，惊起林间栖息的鸟儿，直冲云霄而去。王安水的目光追随着那些鸟儿高飞的身影，投向广漠的蓝天。天高任鸟飞，海阔凭鱼跃，他施展的舞台就是这片山林，是山下延绵开去的土地……

夜以继日开荒的第五天，王安水和王继坤才把东南坡一块相对平缓的地方收拾出来。

灌木、荆棘和野草被连根拔起，几棵粗壮的树木被砍倒在地，王安水正忙着抠树根。那些树根系发达，盘根错节，一天下来，只能清理出两个树根。王安水的手上磨出好些水泡，水泡破了，痛得钻心。可他不声不响，跟自己较劲似的不止不休。

“孩子，歇歇再干吧。这些树在这山上年深日久的，树根扎得深，抓得牢，不好清理。你别太着急，慢慢干。”王继坤于心不忍，递过水壶，“喝点儿水，坐着歇会儿。”

王安水擦了一把汗，紧握着锄头用力刨开树根周围的泥土，“爹，不能歇。一天天冷了，错过了时节，种子刚种上就会被冻死，根本出不了芽。在下雪之前，我们至少得让参种发出芽来。还有这房子也得抓紧时间盖起来，等到下雪再盖，就更麻烦了。”

王继坤看着他滴血的手，默默地从怀里拿出一个小布包，取出四粒参种，放在手心端详了一会儿，“安水，让你跟着吃这样的苦，我心里有些没底了。你说要是这参种发不出芽来，你这些苦都白受了，我怎么对得住你?”

王安水听了王继坤的话，不以为然地笑笑，“爹，你不用心疼我。这些苦不算什么，先前我在部队训练，还有去修铁道的时候，吃的苦可比这个多。”

王继坤赞许地看着王安水，把身边一块山石搬开，放在一旁，那里已经聚拢了一大堆石头，是将来砌地基用的。山高坡陡，离村子又远，在这盖房子只能就地取材。

两个人各自忙碌起来，王安水刨树根，王继坤捡搬石头。虽然山上秋风寒凉，可两个人都大汗淋漓。

为了心中的梦想，翁婿两人任劳任怨地在这片深山老林里开荒。寂静的山林里，广漠的天空下，两个平凡的人殷切的期望显得那么幼稚和微不足道，可对于他们自己来说，那美好的向往是他们开辟新生活的动力。

两个人一直干到大中午，带的水喝光了，又干又硬的饼子难以下咽，嚼着累得牙床生疼。王安水掰了掰手里剩下的一截饼子，哭笑不得，“这饼子刚出锅的时候又松又软又香，为什么隔两天就像石头一样了。”

王继坤笑笑，“就是这样的饼子，也不是家家户户顿顿能吃得到。特别是前两年闹饥荒，树叶子都被捋来吃了。”

一句话提醒了王安水，他放下手里的硬饼子，起身钻进了树林里，不过会儿，他兜着些野果子，还抓了一只野兔回来。他把野果子递给王继坤，想生一堆火烤野兔，王继坤赶紧制止，“别点火，太危险了。这是片老林子，容易串火，山风又这么大，刮出去一个火星子都能引起大火，到时候咱俩可收拾不住。”

王安水挠了挠头，把野兔放在一旁，拿过来一个野果在身上擦了擦，津津有味地吃起来。那是野生的桃子，又酸又涩。王继坤吃了一口就吃不下去了，看王安水吃得这么香，他不由又是一阵叹喟，“安水，都说是吃得苦中苦，方为人上人。你这孩子是个实诚人，吃苦耐劳的，这西洋参算是找对了人了。”

“呵呵，是我找西洋参，哪是它找我？”王安水笑着问。

“不是。我一直都觉得，人和人之间，物和物之间，或者人和物之间，冥冥之中都有各自的缘分。自然界的万事万物都有奇妙的安排。比如同样是树，有的长在这荒山野岭中，严寒酷暑，自生自灭；有的长在豪门大院里备受呵护。同样，一个人和谁和什么东西什么时候什么机缘会碰到一起，是善缘还是恶缘，是双方的选择。”王继坤的目光穿过重重叠叠的树影，投落到不知名的远方。

王安水听了王继坤的话一愣。

王继坤收回目光看了王安水一眼，饱经风霜的脸上，笑意充满沧桑：“就说我吧，我一直都在寻找一种能造福一方的药草，却一直找不到，还是等你找回来。可你看看我这一天不如一天的身子，还能熬几年呢？这就是命数的安排，种植西洋参还是得靠你啊。”

王安水把嘴里嚼碎的桃子咽下去，刚要安慰王继坤，老人伸手拍了拍他的肩膀，“安水，我和你也是个缘分，是缘分就总是有聚有散，这没什么。做好眼前的事就行，其他的，善因善果，恶因恶果，老天爷自有打算。”

王安水点点头，他崇拜地看着王继坤，暗自庆幸。他当初家里穷，初中没念完就辍学了，可和王继坤在一起，他学到了很多。光听老人说话，他就时常有茅塞顿开的感受。

王继坤转头看看王安水砍倒的那些树，拉过他的手，摊平五指，上面大大小小的伤口沟壑纵横，血水淋漓。王继坤紧紧皱了皱眉头，却什么也没说，只是长长地叹了一口气，默默地托着他的手。

“爹，我不疼。我吃饱了，咱们继续干活。”王安水一脸轻松地抽回手，捡起锄头抡起膀子又干了起来。

王继坤应了一声，也铆足了劲儿忙活起来。

山风吹得树梢沙沙作响，秋日的阳光洒落着万缕金光，那一片被平整出来的试验田，承载着翁婿两人渺小却坚定的信念，渐渐地扩展着……

第五章

一场秋雨一场寒。

雨后初晴，无尘的碧空平展如熨过的丝绸，几缕洁白的云如轻纱般飘浮着，闲散地聚散着。整个双顶山在阳光的照耀下，被洗得发亮的松针、红得耀眼的枫叶、黄得灿烂的银杏，还有其他形形色色的植物，掺杂连绵成一片锦绣的画卷。

在山顶东南坡的一块巨大的山石前，王安水站在一旁，看着王继坤虔诚地蹲在那一小方平整好的试验田前，用小铁锹整出一个土畦来。

"爹，为什么要这样？"王安水好奇地问。

"西洋参喜欢阴湿的环境，不喜欢强光和高温，对泥土的要求也很高。咱们选的这个地方挺好，这沙质壤含有丰富的腐殖质，土质疏松，土层厚实，很肥沃，适合栽种西洋参。这么拢成畦，既能存水，又能避免积水，出苗的时候也一目了然，便于管理。"王继坤一边解说，一边忙活着。

一会儿，王继坤把土畦整好了，又指派王安水捡来些小石头围堵在土畦周围。做好了这些准备，王继坤从口袋里掏出四粒西洋参种子，反反复复地看。

王安水不明白他在看什么，正要问，王继坤说："你记着，西洋参刚采下的种子并没有成熟，种胚发育还很小，当年不能发芽。必须要经过胚熟和生理后熟才能发芽。"

"啊？这么麻烦。爹，什么叫生理后熟？"

"你带回的种子已经被处理过了，上面还有细小的沙尘。这说明这些种子是经过了人工催芽处理，在它们被采摘后已经有 18 个月左右了。"

"这你都能看出来？"王安水匪夷所思地看着老人，"爹，你是说西洋参种子要经过 18 个月后才能下种？中间要进行人工催芽处理？”

王继坤点了点头，“对，我看书上说，秋天红果采收以后，采下来要先用水洗去果肉，洗净后晾干了放好。在第二年的五月份左右，把那些籽粒饱满的种子筛选出来，先放在清水里浸泡两天，再捞出来进行消毒，然后放在盆罐里进行层积沙埋，控制好温度进行催芽处理。具体土、沙、种子的比例，还是种胚发育各阶段的温度，回头我详细跟你说，你给我记在本子上，背下来，牢牢记在心里，以后用得着。”

王安水诚惶诚恐，他听着这些新鲜名词，半懂不懂，记起来十分吃力，可王继坤这是在教他本事，他必须记住他说的每一句话。

“你别看这几粒种子小，实在很珍贵。和别的药材种子一样，可不是每一粒种子都能用，得一遍遍地筛选出来。那些在生理后熟期间就霉烂的种子一定要及时扔掉。合格的种子在层积沙埋之后，还要放在室外的深坑内，上面盖上一层草，再压上土，经过冬天的低温冷藏。”王继坤抚摸着那四粒种子，溺爱的目光如看着新生的婴儿，“我仔细看过了，你拿回的这几粒种子粒粒饱满，个别还沾着些细沙，都是经过处理和筛选的。我们这时种下四粒，来年春天再把其他的种下，但愿能多活几棵。”

王安水猛地想起农科院里的教授和郑少平说过，他们试种失败了，不由得有些忐忑，“爹，这些种子是从农科院里拿来的，可当时我听他们说，他们也是用的这批种子，但是试种失败了。有个别教授倒是让种子出芽了，没多少天就烂根或落叶死掉了。你说会不会是这些种子有问题？”

王继坤摇摇头，很肯定地说：“这些种子到了我的手上，我一摸一看，就知道哪粒能不能用。至于他们为什么会失败，这个不好说，毕竟我们还没有试种经验。但一般情况下，烂根或者落叶，都跟土质和温度有关。”

王安水默默地记下王继坤的话，盯着他手心里的四粒种子，“我们现在可以开始种了吗？”

“嗯。等了这几天，等来了这场及时雨，我们得趁着这土被浇透了，上面被翻整疏松的时候下种。你仔细看着。”王继坤一说解说，一边示范，“这种子不能种得太深，也不能太浅。咱们以食指长短为参照，再往下稍探一下，这个深浅就差不多了。把种子种好后，盖上土，上面再盖上草叶，这样就能很好地保护种子和土畦，还能保温。”

王安水凑上来，蹲在一旁，仔细看着王继坤的每一个动作。

四粒种子，不过几分钟就种好了。看着平整的土畦，王安水心里充满期待，“爹，这得多久才能发出芽来？我恨不能明天早上就能看见。”

王继坤瞅了他一眼，“哪会那么快？做什么事不得有个过程？安心等着，它有它的安排。”说着，王继坤又找来提前藏在山石下干燥的落叶，放在土畦下面，用火柴引燃了，“这些草灰可以做肥料。”

做完了这一切，王继坤双手合十，放在胸前，闭上眼睛跪在一旁，郑重其事地向着那个土畦磕了三个响头。

王安水丝毫不觉得好笑，他的心里油然升起一种神圣崇高之情。他默默地看着老人和土畦，看着这片草木葳蕤的山林，殷切的期盼和慎重的敬畏糅合在一起，他感到肩负着的责任是那样不可推卸和沉实……

深秋的夜来得格外早，村子稀疏着几点灯光，却正是热闹的时候。

男人们聚拢在村大队办公室隔壁的土炕上玩扑克，女人们围坐在院子里聊闲话，孩子们追逐玩耍，时光在人们闲适的守望里静静流淌。

女人们凑在一起就有说不完的话，家长里短的琐碎都是要紧事。

赵建民的老婆于香坐在女人们的中心位置，长方圆脸挂着和气而不失威严的笑意，左右看了看，清了清嗓子，“你们别吵吵了，听我说！咱们女人顶半边天，也不能净听男人的意见。你们看看王继坤家闺女松钰，就任着安水成天往山上跑，说是种什么西洋参，这哪像话？没听说过种东西要跑去山上种的道理。松钰倒好，一声不敢吭。好好的新婚小媳妇，一天到晚独守空房，都快闷出病来了，都不出来跟咱们凑，这样下去可怎么好？你们都说说，怎么帮松钰个忙，说服安水好好回家跟她过日子。”

女人们一听，叽叽喳喳地议论开了。

周东海媳妇宋梅脸白，在幽暗的夜色中五官生动，凑近前低声说：“婶子，你说安水好端端一个孩子，成天往山里跑，起早贪黑的，真是去种西洋参了？”

“他是这么说的。要不还能怎么的？”于香扫了她一眼，眨巴了两下眼。

“你说……他会不会绕过山头去那边村里找陈晓云了？或者，就是和陈晓云在山上见面？”宋梅的声音越发低沉神秘了。

于香吃了一惊，抬头迅速地扫了一眼其他安静下来的妇女，用脚轻轻碰了宋梅一下，“没亲眼看见的事儿不好乱说。”

“我觉得梅子没有乱说。”宋梅身旁的另个女人说，“谁不知道安水之前和陈家二女儿是一对？两个人好着呢，安水在部队那会儿，晓云还在他家住过一段时间，后来嫁去邻村了，安水回来和松钰没见几次面就结婚了，说不定是负气结的。”

几个女人面面相觑，都不吭声了。

于香想了想，“不行，这事儿不能这么着，我们明天就去山上看看，安水到底上山上干什么去了。”

“嫂子，我看咱们还是别去操那个心了，要是真撞见了多不好？何况我前些日子看见继坤叔和安水一起上山去了，要是安水真去见晓云了，继坤叔还不打断他的腿？”另一个女人插话进来。

宋梅拉了她一把，“你当安水傻呀？继坤叔跟着他去的时候，他自然可以找些正经事做。继坤叔年纪大了，也不能天天跟他上山，他不会见机行事？”

大家又不说话了。

于香一拍大腿，“管它到底怎么样，眼见为实。安水是当过兵的人，有觉悟，一般也不会犯糊涂。可他老这么没日没夜地往山上跑，把松钰一个人扔在家里也不是个事，问她她只说安水上山种西洋参去了。问她为什么种这东西，还得天天守着，她支支吾吾说不明白。我寻思她是有苦说不出，咱们这些姐嫂婶子的也不好不闻不问。就这样，明天我们几个上山看看去，什么事儿就都明白了。”

众人们点点头。

深邃夜空中繁星点点，银月如钩，皎洁的月光洒落在村大队热闹的小院里，也洒落在王安水家静谧的竹窗前。

电灯泡悬在顶棚上，发出晕黄的光。

王安水和王松钰相对坐在窗前，王松钰左手捏着王安水的手指，右手里捏着细针，紧抿着嘴唇忍着泪给他挑刺。都是细小而尖锐的刺，扎进皮肤里就断一小截，拽不出来，一碰就钻心地痛。在山上开荒这几天，王安水每天晚上回来，王松钰都得仔细给他挑出来。

王松钰捏紧王安水的手指，为了怕他少受点痛，她每一针下去又深又准，尽量一下子把刺儿给挑出来。可是，王安水的手上已经没有好地方了，水泡破碎的地方流着血水，被刺儿扎了的地方又肿又痛。刺儿不挑出来疼，挑出来就冒血。

王松钰抹了一把泪水，想继续挑，泪水又上来了，视线一片模糊，她只好把针放下来，擦着泪平复汹涌的心痛。

“松钰，我不疼。没事儿，你别哭。看你哭我心里难受。”王安水有些慌，他最怕看女人哭。

“还说不疼，你这双手都成这样了，怎么能不疼？你别上山了，在家养好了再去。”王松钰哽咽着说。

“哪能呢？爹现在还在山上看着那四棵参种。我收拾一下，一会儿去替他，让他回家好好睡个觉。”王安水温和地看着王松钰，替她擦了擦眼泪，“你别哭，赶紧给我挑好了，爹还没吃饭呢。”

王松钰看着王安水伤痕累累的手，眼泪怎么忍也忍不住，“都是我爹心血来潮，就一直在地里种黄芪不好吗？为什么一定要种西洋参呢？”

“你别怪爹，他有经验，听他的没错。我没事儿。我多干点儿，爹就能轻松些，他辛苦了一辈子，如今年纪大了，能爬上山已经不容易了，我不能再让他干这些体力活儿。你放心，我这双手耐磨，好得也快。”

“安水，要不等会儿我陪着你上山去换爹下来，晚上跟你在那做个伴儿？”

“别。山上的房子还没盖起来，睡在草堆上净蚂蚁毛毛虫，蜇一下子又痛又痒。我皮厚实，你受不了，别去遭那个罪。你照看好爹，我一个人在那守着就行。”

王松钰听他这么说，抬眼看了他一眼，擦干眼泪，咬着嘴唇屏气凝神把他手指上的刺儿都挑了出来，放好针，用白布条给他包扎好伤口。

王安水感激地看着王松钰，灯光给她的小脸罩上一层朦胧的光晕，她神情专注地垂着眼眸给他清理伤口、涂药、包扎，动作轻柔而妥帖。他的心里暖融融的，刚要说话，王松钰冷着脸放下他的手，起身走去外屋。

王安水跟了出来，看到王松钰正给王继坤盛饭。他在她身边站了一会儿，她一声不响。他知道王松钰在想什么，从背后抱住她，“松钰，等我把山上的房子盖好了，你想去就让你去。现在还不行，山上夜里风冷，别冻着你。”

王松钰沉默了一会儿，依靠在王安水怀里，“你心疼我和爹，怎么就不知道心疼自己？爹说什么你就是什么，说不定他也有打算错的时候。”

“不会错的，他有见识。他和咱们村的其他人不一样，他看了那么多书，种养了那么多年的药材，他脑子里装的东西就像一个宝藏，我觉得我这辈子都学不完。他说的话我都信，就算他打算错了咱们也多了条经验。”

“你就会开导我。你晚上在山上睡警醒些，找个背风的地方睡。”

“知道，我又不是小孩子。我有军大衣，厚实着呢，夜风吹不透。”

王松钰不再说什么了，转身把包好的两个玉米饼子递过来。

王安水接过揣进怀里，对王松钰笑笑，就急火火地出了门。

王松钰倚在门框上，看着夜色里王安水远去的背影，想起他血肉模糊的双手，刚刚忍下去的泪水又冲了上来……

夜风吹拂，树摇影动。

王继坤坐在山坡的一块石头上，不时抡着衣服驱赶着蚊虫。

山上有许多小黑蚊子，深秋都不肯消停，每到天黑就聚成一团团到处乱飞。让它们盯上了，扑到身上咬到哪儿，哪儿就肿成红疙瘩，痒得人抓心。

王继坤挠着胳膊上的两个疙瘩，伸长脖子张望，还是看不见王安水的身影。肚子里传来一阵咕噜声，他饿得浑身发软。

往常在平地上，从来没像这两天这么饿。明明中午才啃过饼子，没多会儿又觉得肚子里空落落的，拔草都没劲儿。他都这样，王安水自然更饿，可他从来不吭声。想起王安水，王继坤的眉梢眼底浮起笑意。他是个难得的好孩子，松钰嫁给他是一辈子的福气。

等人的时候，时间格外漫长。王继坤起身回到种参种的地方仔细看了看，又绕到已经垒了半米高的石墙边，把墙脚下的野草往一起聚拢了一下，这儿就是晚上王安水睡觉的地方。

他不得不佩服王安水垒墙的手艺。那些大大小小的石块层层叠叠地垒起来，参差穿插竟然码得整整齐齐，中间的缝隙用水泥抹实了，风干后结结实实的。他抚摸着石墙，目光落在墙边的一堆修剪得笔直的树杆上，眼前浮现出王安水伤痕累累的双手，不由深深叹了口气，自言自语地说："安水啊，这世上的事儿从来都是劳有所获，老天爷不会亏待你的。"

王继坤绕过石墙，慢悠悠回到刚才坐着的地方，刚要坐下，就看见王安水气喘吁吁地跑上来了。

"爹，等急了吧？给，赶紧吃。"王安水把玉米饼子递过来，擦着额角的汗。

王继坤接过来咬了两口，看到王安水的手，笑问："松钰给你包的？"

"嗯。"

"不错，知道疼人了。都说女大不中留，嫁人了才能真正长大。"王继坤点点头，"安水，要不你回家去，我在这里守着。"

"这不行。你回家休息，明天也别来了。盖房子我自己能行，也不用多少日子就盖好了。"王安水给王继坤整了整衣领，"你赶紧走吧，路上要小心。"

王继坤欲言又止，转身往山下走去了。

王安水想了想，把石墙边的铺草搬到土畦旁边，坐在上面，盯着种下四粒种子的地方。王继坤说了，山上老鼠多，黄鼠狼也多，要防着它们来掏窝，把西洋参种子扒吃了。这几粒西洋参种子有多金贵，他比谁都清楚，那是他找了大半年，磨破了好几双鞋才找到的。

说起来，多亏了郑少平。想起郑少平，王安水心里充满感激。他记起当铁路工的那段日子，整个工程队里，就数郑少平跟他最亲。两个人互相体谅，互相帮助，不是亲兄弟，胜似亲兄弟。他还记得，他对郑少平说过，等他种活了西洋参，他一定好好谢谢他。

一个人待在这大山里，守着这么一垄土畦，又这么黑灯瞎火的，实在很乏味。可王安水乐在其中，他可以静静地想心事。前尘往事在脑海里走一遍，他抱着双膝默默地想，因为有这些关心他爱他的人，他走到哪里都不孤单。

坐得双腿发麻，他站起来活动活动筋骨，仰头看了看深邃夜空中璀璨的星星。星星就像镶嵌在黑幕布上的宝石，更像王松钰好看的眼睛，一眨一眨的，深情地和他对望的时候，他就幸福得晕眩。

看够了星星，他就围着那个土畦一圈圈地走，伸胳膊伸腿锻炼身体。这样既能舒筋活血，又能取暖。等到走累了，夜也深了，他就躺在土畦旁的铺草上，盖着军大衣安心地睡去。

秋天的枯草像棉花褥子一样软，再加上厚厚的铺草，一点儿都不觉得潮。他躺在上面，以地为床，以天为被，心里怀着美好的愿望，踏实安稳地进入甜美的梦乡……

这一夜，王安水睡得格外香。梦里，漫山遍野都是西洋参苗，花叶的形状虽然模糊，可一片葱绿像海洋一样连绵开去。他拉着松钰的手在畦垄间欢笑，阳光暖暖地照耀着他们，也照耀着大片大片的西洋参苗，空气里满是药草的甜香，沁人肺腑，熏人欲醉……

王安水是被一阵异样的气味给熏醒了。军营生涯的历练，让他即使在熟睡的时候也保持着敏锐的警醒。那种气味不是梦里的清香，而是浓郁的腥臭。他皱了皱眉头，猛地睁开眼睛。几秒钟后，他的眼睛适应了黯淡的夜色，看到在离他不远的地方，有一团黑影。他心里一跳，全身紧绷，眯着眼睛仔细看去。

明澈的月光下，那东西身形纤瘦，拖着条毛茸茸的大尾巴，三角形的嘴脸上面竖着两只三角形的大耳朵，发亮的眼睛眨着幽绿的荧光，正戒备地与他对视着。

万籁俱静，风吹草叶的声音响在耳侧，犹如波涛汹涌。王安水认出那是一只狐狸。夜色里，它艳丽的红褐色皮毛呈现着暗淡的灰红色，全身只有尾尖是白色的。它一动不动地站在那里，盯着他，像一尊雕像。

这种狐狸王安水小的时候见过一次。在他七岁时，有天深夜，娘摇醒了他和他爹，说听到屋外的鸡棚里有异响。他随他爹出去一看，在鸡棚里，用来夹老鼠的铁夹子上夹着一只狐狸。在它旁边躺着一只鸡，正蹬着腿抽搐不已。

那只狐狸很顽强，被夹住了腿也不嘶叫，只是不停地扑腾，试图挣脱铁夹子。王安水好奇地凑上去看时，就闻到狐狸放出的气味，臭乎乎中带着异样的腥香。他记得那只狐狸的眼神，绝望中带着乞求，让年少的他心生不忍。

他爹很生气，要把那只偷鸡的狐狸打死。王安水忘了当时自己是怎么想的，反正他拼命护着那只狐狸，没让他爹的铁棍敲碎那只狐狸的脑袋。

想起这件事，王安水下意识地去看那只狐狸的后右脚，它不动，他看不出异样。他慢慢撑起身，那只狐狸后退了一步，仍然戒备地看着他，又心有不甘地看了看他面前的土畦。王安水猛地想起那四粒西洋参种子，心猛地一提，看向那个土畦。这一看，他大惊失色，就见土畦上覆盖着的落叶和草灰被扒得乱七八糟。

显然，这狐狸可不是来认亲的，是来搞破坏的。王安水气坏了，腾地一下站起来，冲着那只狐狸就扑了过去。那只狐狸一看，往后退开两步，转身飞快地逃进了浓密的树丛里。王安水赶紧转身查看那四粒西洋参种子有没有被扒出来，可是月光黯淡，只看得见草灰被扒乱了。

王安水心里七上八下，恨自己这一觉睡得太沉。他恨恨地捶了自己一下，拽过两把铺草点燃了，凑着火光仔细看。三粒种子都被扒乱落叶和草灰，另一粒西洋参种子上面的土层和覆盖完好无损。

王安水跪在土畦旁，凑着火光仔细找那三粒西洋参种子，可找了半天也没找到。估计是被那只狐狸给挖出来吃了。王安水心疼得要命，充满了负罪感。他睡意全无，坐在铺草上，眼巴巴盯着土畦，默默祈愿那粒种子没有被狐狸吃掉。

秋虫在草丛里有一声没一声地呻吟着，鸟儿藏在枝杈间呓语，整个树林在黑夜里沉寂着，只有夜风还在不安分地东奔西走。一团乌云遮住了瘦削的钩月，林间一片黑影幢幢，显得阴森可怕。

王安水毫无怯意，他当过兵，再艰苦的环境里，只要人还活得好好的，他就无所畏惧。他内心深处的恐惧不是独自一个人待在这寂静的黑夜里，而是希望落空，他仍要继续与贫穷为伴，眼睁睁看着王松钰跟他过苦日子。

一个人男人若不能撑起一个家，不能给妻子儿女安稳闲适的生活，是件很无耻的事。王安水暗暗发誓，从今天起，他以后白天抽时间小睡一会儿，晚上再不怠慢。他认准种植西洋参发家致富这条路，就决不能三心二意，他一定要把这稀缺的药材试种成功，让它像在梦里一样连绵成海。

王安水打定主意，坐在那里严防死守。如果再有狐狸或者什么动物过来，他要在第一时间内把它们赶开。可是，坐了一会儿，眼皮又开始打架，他不敢睡，站起来去垒石墙。白天他捡好了石头堆在一旁，此时，凭着手感摸黑挑选着石块用。垒着垒着，他突然就想，如果在土畦周围垒起高墙来，狐狸和老鼠就不能靠近西洋参种子了。

王安水心头一亮，欣喜万分。只要把石墙垒起来了，只留一扇门，想去看西洋参的时候，人可以打开门进去看，平时就关紧了，这样也就不用天天盯着，省时省力又安全。明天要捡更多的石头，他要把那小块试验田周围垒上结实的防护墙。

这一夜，王安水再没敢睡，他趁着浅淡的月光，一圈圈垒石墙，垒得幽黑的天色一点点放亮，垒得天空慢慢变成鱼肚白，而后晨曦初透，朝霞流光溢彩……

一大早，王继坤就听到王松钰在灶台上忙活。

王继坤起了床，穿好衣服到厨房看。就见王松钰挽着袖子，正在给两条鱼去鳞剖肚。水盆里的水泛着淡淡的血色，白花花的鱼鳞一层层泛起，粘在王松钰的手上，闪闪散着粼光。

“松钰，这哪儿来的鱼？”王继坤看着那两条不小的鲫鱼疑惑地问。

“我在村后池子里网的。费了我好半天劲儿，还好，没空手回来。我清理好了熬了鲫鱼汤，给安水补补。”王松钰绷着脸，一手拿着剪刀，一手拽住鱼尾巴，叉开剪刀，用刀刃儿顺着鱼身刮鱼鳞。

“你网的？你什么时候网的？”

“我睡不着，刚天亮就起来了。”

王继坤看了看王松钰，她一直冷着张脸，半天都不肯抬头看他一眼。他绕到她跟前，蹲下来，“松钰，谁惹你了？怎么瞅着你刮个鱼鳞这么大火儿，跟要杀谁一样？”

王松钰垂着眼皮，动了动嘴唇，没吭声。

“闺女，你真在生气？什么事儿你睡不着？安水昨天晚上回来惹你生气了？”王继坤不明所以。

王松钰动作一滞，把剪刀扔在地上，提着两条鱼放在一旁的盘子里，端起水盆转身走出屋子，哗的一声把满盆的水倒进院子旁边的废水沟里。

王继坤摸了摸后脑勺，皱起了眉头。

王松钰端着盆子走到水井旁，压了两下摇把儿，接了满满一盆清水，端着走回来，把两条鱼拎起来放进去，仔细清理杂碎。她一直闷着，就是不跟他说话。

王继坤瞧着她，寻思了一阵儿，叹了口气，“松钰，你是心疼安水，怪我指派他上山种参，不能好好陪着你？”

王松钰听了，动作一顿，抬头瞅了王继坤一眼，气鼓鼓地说：“爹，就是这么回事。我昨天看见安水的两只手都伤得不像个样子了，你还让他上山砍树开荒盖房子，你就不心疼？你说咱们种什么药材不是种，干吗非得种什么西洋参？那东西本来就不是长在咱们这儿的，还只有那么几粒种子，就算都发出芽儿来，又能卖多少钱？就为了那么点儿钱，你让安水没日没夜地在山上忙活，这到底图个啥？”

“闺女，你不懂。西洋参它跟一般的药材不一样，它……”

王继坤刚要好好给王松钰解释，王松钰就红了眼圈，“爹，我不管它到底有多金贵，我看见安水的手那个样子，就觉得不值。人才是最要紧的，吃那份苦受那份累，还不知道能不能种出来，我怎么想都想不通。”

王继坤摇了摇头，“妇人之见。如果不想吃苦受累，那他一辈子别想有出息。”

王松钰愤愤不平，“没出息我也认了。嫁鸡随鸡，嫁狗随狗，就算安水什么都没有，只要他跟我踏踏实实过日子，我甘愿跟他过苦日子。”

“可是他不愿意！安水是个有志气的孩子，不像你，遇到一点点儿事儿就动摇了。安水和一般人不一样，你别用你这种软弱的同情心妨碍他成为了不起的人。他能做出别人做不到的事！”王继坤不由生起气来，提高的声音在寂静的清晨传得老远。

“既然你觉得他是干大事的人，为什么不让他带我去县城谋个差事，非要上山去干出力不讨好的事儿？”王松钰忍着泪水质问。

“反了你了，敢这么大声吼你爹！我跟你说不清楚，反正我觉得那就是安水的命！种西洋参就是他的使命，就是他要干的大事！”王继坤眼一瞪，吼得山响。

王松钰怒视着王继坤，窝着一肚子委屈，却再不敢吼回来，只好负气往灶眼里添柴火。不一会儿，铁锅就给她烧热了。她淋上少许猪油，油花在热锅上滋啦啦作响，她提着两条鱼尾巴往锅里一扔，又翻了个儿，把葱花胡椒什么的调味品一股脑儿倒进去，添上水，盖上锅盖儿，蹲在地上发狠似的添柴烧火。

王继坤站在灶台旁，看王松钰憋着泪的冷脸，半天不知道再跟她说什么。鱼香味儿慢慢从锅里溢出来，王继坤一肚子火烟消云散，“松钰，你听爹的没错。安水是个好孩子，咱们村就数他实诚牢靠，我盼着他能把西洋参种植技术传下去，盼着你们过上好日子。你啊，别只顾眼前，目光放长远了。你这鱼……给我吃不?”

王松钰本来还气着，听到她爹这么说，一抬眼，就见他眼巴巴地瞅着锅，不由哭笑不得，“哪能少了你的?”

王继坤唉声叹气，“你现在眼里心里只有安水了，我这当爹的不好过喽。”

王松钰嗔怒地横了他一眼，红了脸，“哪是？净胡说。”

王继坤也笑了，蹲下来帮王松钰烧火。

王松钰掀来锅盖儿，把鱼翻了翻，奶白的汤水在锅里翻腾着，鱼香味儿飘散在清晨的小院里……

父女俩都不知道，此时，正有一群人浩浩荡荡地往双顶山上走去。

红彤彤的朝霞衬得天空越发明净，火红的朝阳从那边起伏的山脊冉冉升起，万丈光芒照着这片苍莽的土地……

第六章

于香和宋梅领着村子里七八个人急火火地往山上走。

深秋露冷霜重，山林间尤为湿寒。一众人的裤腿儿都被洇湿了，个个缩着脖子搓着手，一边四下张望，一边小心翼翼地踩着杂草乱石艰难地挪步。

走到半山腰，大家已经气喘吁吁，腰酸腿痛的。

于香叉着腰，弓着腿，“这山太高了，往常谁没事儿往这儿走呀。这林深草密的，你们说安水来这里种什么参的，不跟说笑话一样？”

紧跟着她身后的宋梅扑哧一声笑了，“咱们村里有那么多地，他种什么草药不够用的？跑山上来开荒，我看，是给晓云开荒吧？”

其他人听出话里的意思，不由笑开了。

女人们凑在一起，想象力丰富的时候，随便一件小事都能扯成起承转合的故事。

一个女人煞有介事地说：“你们说，我们这一大早地来了，要是真看见安水和晓云睡在一处，别说他们脸上挂不住，我们也不好意思啊。”

宋梅唏嘘着，“就是呢。你们不知道，晓云家就住在我大姨家隔壁，我听我大姨说，晓云两口子常吵架，吵得凶，十有八九都动手。晓云那男人常常不在家，可一点儿没耽误晓云生孩子，这都第二个了，她男人有一次打她的时候，硬说这俩孩子不是他的……”

“不是他的是谁的？难道是安水的？”

“说不定。要真是安水的，这事可就闹大了……可怜松钰了，继坤叔还说他给闺女找了个好女婿呢。看来，安水不在家这几年学坏了。”

“你们没有真凭实据，可不能瞎说道。”

“真的假不了，假的真不了，是什么情况，一会儿就知道了。”

……

一群人乐此不疲地议论着，连上山的辛苦都忽略了。大家你拉我一把，我拉你一把，走了一个多小时，总算上了山顶。

“人呢？哪有人？”于香举目四望，到处古木参天，藤蔓叠绕，哪有人？

“再找找。”宋梅有些沮丧，“难道我们上错了山头？”

“都别嚷嚷，可别把那对苦命鸳鸯吵着了，跑了你们看什么？”有人提醒。

“呵呵呵……”

女人们的笑声在清晨寂静的山林里格外欢快。一只晨起觅食的野鸡受了惊，扇动着翅膀咯咯叫着，从那边的树梢低飞进一片灌木丛里；一只灰色的野兔急匆匆地钻进一旁的石头缝儿里，趴在洞口，瞪着一双圆眼警惕地张望着。

清新而冷冽的山风刮过，爬山出了一身汗的人们浑身泛起寒意，可她们饱经风吹日晒的脸庞满是笑意。她们裹紧了衣领四下查看，为满足她们虚妄的想象而不遗余力。

可是，大家找了半天也没见着王安水和陈晓云的影儿。宋梅不由得有些烦躁，“这两个人藏到哪儿去了？秀儿，你看见安水上的是双顶山吗？是不是旁边那座？”

秀儿是村后张铁拐家的女儿，三十多岁还没找婆家，豁着两颗大门牙，说话撒风，“没错，我看见他不是从这山上下来，就是往这山上走的。”

于香乐了，“秀儿，你没事总盯着安水干吗？怎么他上山下山的都能让你碰见？”

众人瞅着秀儿笑起来，秀儿涨红了脸辩白，“你们想、想哪儿去了？我在山脚下开了块菜园，我在菜园里忙活的时候看见的，有什么不对？”

宋梅拉了拉她，“没说你不对，于姐逗你，别当真。”

秀儿撇撇嘴，露出两颗大板牙笑了。

于香看了看四周，想了想，“既然肯定是这座山，那就是我们还没找准地方。山顶风这么大，待不住人，估计他们是找了避风的地方。咱们往下走走，再找找。”

几个女人点点头，一起跟着于香绕过山头，往南坡找下来。

一群麻雀被女人们吵醒了，从草丛间惊叫着掠向空中……

正在捡石头的王安水疑惑地直起身来，看着那一群惊飞的麻雀，警觉地看向麻雀起飞的方向，那里有什么？这山里总不会有虎豹豺狼吧？

王安水想起昨天晚上的狐狸，心里一紧，转身抓起一块石头，绷着身子，躲在一旁山石后面，死盯着那边一片茂密的灌木丛。在王安水的身后不远，是他垒的石墙，石墙对面，是那一片平整的试验田。王安水回头看了看土畦，那里还保持着昨晚被那只狐狸捣坏了一半的模样。他怕又来个什么鬼东西，把剩下的一处也捣坏了。他咬了咬牙，攥着石头的手指指节泛白。

没什么动静，只有风吹草木发出的呼哨声。

王安水丝毫不敢懈怠，他紧张地盯着那边，总觉得有什么东西在向他靠近。小时候听村里老人说这片山里有狼，因为常在路边看到白色的粪便。村里老人说那是狼吃骨头后排泄的。据说那种体形像狗却不会摇尾巴的凶狠动物，通常群居，一出动就是好几只，如果被它们盯上了，它们就会不死不休地缠着咬，直把人吃得骨头渣儿都不剩。

想着这些，王安水出了一身冷汗。他又回头看了那片土畦一眼，暗下决心，今天不管怎么凶险，他也不能让那些畜生糟蹋他的西洋参种子。

王安水没想到，他刚转回头来，就看见几个人从那边几棵松树后面绕过来，东张西望地往这边走来。王安水定神一看，是村主任赵建民家的于香婶，其他几个也是村里的女人。

这一大早的，她们跑山上找什么？王安水乐了，悬着的心总算落到了实处。他扔掉手里的石头，冲着她们招招手，“建民婶！你们找什么？”

于香、宋梅她们听见动静齐齐抬头往这边看，看着衣着整齐的王安水，不由得有些尴尬。于香反应快，打着哈哈，“我们几个……上山来采蘑菇，这不是刚下过一场秋雨吗，本来寻思能采不少，谁知道一个都找不着。”

“对，对，采蘑菇，采蘑菇。”其他女人应和着，看向王安水的四周，哪有陈晓云？

“安水，你还问我们，你就一直待在这山上？一晚上，不是，几晚上都没回家？你到底在这山上干什么？”宋梅注意到王安水身后的石墙，大呼小叫，“你在这儿盖房子？给谁住啊？”

宋梅这一吆喝，其他人都看见那半人高的石墙，纷纷围拢过来看。

王安水憨厚地笑笑，“我和我爹想试种西洋参，也不知道能不能成功，所以也没跟大家细说。这房子是我盖的，晚上在这里看参苗的时候，好有个遮风挡雨的地方，要不然老是上下山，费时费力的不方便。”

“真是种西洋参?”于香看见了那块试验田，不由叹为观止，“这得费多少劲儿，才开得出这么一片荒来?”

“别提了，想的容易做起来难，你们看看我这双手。”王安水伸出双手，苦笑着说。

大家一看，就见他那双手又红又肿，旧伤压着新伤，血水淋漓。这看着都让人头皮发麻，可想有多疼了。几个女人面面相觑，一个个不由红了脸。

“于香婶，你们可别见笑，我就想试试能不能种活西洋参。这种药材是稀缺东西，如果能在我们村落地生根，一定能让大家过上好日子。我想先在这山上摸索些种植的经验，再挪到山下地里去种，到时候大家都可以种。”王安水说。

“这……”于香看着王安水朴实憨厚的笑脸，只觉得羞愧难当，叹了口气，“安水啊，你这手都已经磨成这样了，还坚持干活，怎么提前也不跟大家打声招呼？咱们乡里乡亲的，有什么事儿好互相帮衬。”

王安水有些窘迫，“说实话，我和我爹也不知道能不能成功，哪好意思让大家跟着受累？这山这么高，上来一趟都累人……”

宋梅快人快语，“再累爬个山也不能累死。安水，你直说，需要我们做什么。”

“我……我想捡些石头给试验田围一圈石墙。”王安水指了指那块地，“昨天晚上有只狐狸趁我睡着的时候，扒坏了种子。”

于香领着大家走过去一看，再看看那块试验田的大小，一个个不由得有些犯愣。

于香把大伙的意思说了出来，“安水，你这块地说大不大，说小也不小，你要是也像盖房子似的垒一圈土墙，这得花费多少时间精力，需要捡多少块山石啊？而且把些大大小小的碎石块垒起来得需要和多少水泥？还有，你和继坤叔总不能一直在这山上种西洋参吧？终归还是要挪到地里去种的，咱们村的土地都是一片一片的，难道你也给地四周围上墙?”

“就是呀，有没有省时省力的法子，这一个劲儿地蛮干也不是事儿呀。”宋梅也附和。

王安水想想，她们说得很在理，一时不知怎么回话了。

这时，一直愣在一旁的秀儿豁着门牙说：“安水哥，你不如学我给菜园围一圈篱笆？”

王安水一听，喜出望外，“呀！秀儿，你这个主意好！我怎么就没想到呢？对对，围篱笆又省劲儿又有防护作用。”

秀儿捩着衣角，乐呵呵地笑。

“秀儿，别看你平时不声不响的，关键时候还真能说到点子上。”于香夸完秀儿，招呼大家，“都别愣着了，都帮着找木棍子，粗的细的直溜些就行。”

大家应了一声，四散开，七手八脚地帮着找木棍。

王安水的鼻子酸透了，他看着乡亲们忙碌的身影，直想蹲下来痛痛快快哭一场。他要种西洋参，农学院里的教授认为不可行，郑少平也不看好，可这些乡亲们不管结果成败，就热心地帮他，他感激涕零。

人多力量大，不多会儿，大家就找来好些长长短短的木棍，堆放在一处。秀儿自告奋勇，“我家还有好多草绳，我去拿来。上下绕两圈，篱笆才结实。”

于香赞同地拍了拍秀儿，“真有眼力见。可咱们姐妹捡个石头木棍还行，垒墙竖篱笆的事那得找男人们干。反正地里的活儿都忙完了，现在正是秋闲的时候，谁跟秀儿一起回村子里，把老少爷们都叫来？”

宋梅拉着秀儿，“我们俩回去叫。”

王安水想要说什么，于香瞪了他一眼，“安水，我们可不是帮你，是帮咱们松钰，你一个人干这些活得干一年，难道你想让松钰一年都独守空房？”

王安水红了脸，大家呵呵笑开了。

人们的笑声飘荡在山林间，蓑草枯藤似都染上了生机，沐浴着晨光随风舞动……

王继坤上山送饭的时候，刚过山头，就听到林中人声喧腾。

王继坤疑惑地走近看，就见乡亲们正干得热火朝天，有帮着插篱笆的，有递石头的，有垒墙的，有修理棍子的……就连半人高的孩子也不闲着，到处跑着捡石头。王继坤不由愣了。

王安水看见王继坤，迎上来接过他手里的饭盒，叫了一声爹。

“这……这怎么回事？”王继坤指了指大家伙儿，“你把大伙都招呼来了？”

“不是安水招呼我们，是我们自己找过来的。”于香凑上来，看了一眼王安水手里的饭盒，“继坤哥，松钰做的什么好吃的给安水？干这么重的体力活得弄点好东西吃。”

王继坤感动得有些语无伦次，“哎呀，这怎么能劳烦大家？我、我真不知道说什么了。安水他累是应该的，可大家这一大早的，都还没吃饭吧？这……松钰熬的鱼汤，太少了……”

一旁的村主任赵建民走过来，“继坤哥，我们都吃过了。你说你还跟我们见外，早招呼一声，安水的手就不用伤成这模样了。”

“我们哪好意思给大家添麻烦。”王继坤捶了捶自己的腿，“光爬这山都累。”

赵建民爽朗地笑了，“继坤哥，人多活就少了，你别当个事儿。虽然我不知道西洋参到底是什么东西，可我信你，你说好，它肯定就好。你想试种，想引进这种新药材，我支持你！”

“建民啊，这……”王继坤还是不太好意思。

于香笑着说：“继坤哥，你就别跟大伙儿客气了。你看安水这手，你不心疼我都心疼。你还不知道吧，安水昨天晚上都没好好睡过觉。一晚上行，要老这么熬，可就把人给熬坏了。”

“一晚上没好好睡过？安水，怎么回事？”王继坤一听，看向王安水。

王安水猛地想起要紧事，急火火地拉他去土畦前看，“爹，昨天晚上有只狐狸把这儿扒了，你看看种子还在不在里面，我们需不需要补苗。”

王继坤脸色一沉，蹲下去，小心翼翼地拂开凌乱的落叶草灰，仔细检查了一会儿，叹了口气，“那三粒参种是被狐狸吃了，没有了。这东西还真识货，黑灯瞎火的它能把那么小的种子吃了。”

王安水本来还抱着一丝希望，听王继坤这一说，不由得有些沮丧。

“狐仙灵，它感兴趣的东西一定不简单。只是……安水，你昨天晚上没打狐仙吧?”一旁的宋梅神神道道地问过来。

王安水抬眼看了她一眼，闷闷地说：“没有。”

宋梅抚着胸口，“那就好，那就好。要是你得罪了狐仙，估计以后难得太平。”

王继坤闻言，不由抬眼意味深长地看了宋梅一眼。

赵建民瞅了宋梅一眼，“你还信什么狐仙？要是真狐仙，它就不舍得吃掉安水辛辛苦苦看护的参种了。”

宋梅吐了吐舌头，蹲在一旁，看着那个土畦一脸好奇，“西洋参种子长什么样儿啊?”

王继坤从怀里掏出布袋，从里面拿出一粒种子，放在手心给大家看。

宋梅伸过手来捏起那粒种子，翻来覆去地看，“这么小啊，跟小红豆形状差不多。”

赵建民也凑上来，看着宋梅两指间那粒黄褐色的种子，半信半疑地问，“继坤哥，就这小种子长出来的东西有那么神奇?”

王继坤一边掩土，一边说：“是啊，这种子要是能在我们这里安家，它就能给大家带来好运气。”

一直站在旁边没吭声的周东海笑了，“继坤叔，就为了这么两粒种子，咱们要在这山里开荒盖房子，值?”

王继坤站起来，目光扫过在场的每一个人，“现在我还不敢说值不值，所以之前我和安水没敢劳烦大家。不过今天大家都在，我王继坤也跟大家打个保票，如果试种成功，以后我领着大家一起种!”

乡亲们面面相觑，并没有几个人赞同。

赵建民大手一挥，“别想以后的事，咱们先把眼前的事干好。继坤哥和安水一定要种，那咱们就帮他们在这山上盖间房子，有没有回报都不要紧。凡事做了才知道成不成。成了更好，不成就当积累个经验。”

“就是！来来，干活干活！”于香招呼大家。

“好咧!”人们异口同声应和着，四散开，各干各的营生，没有一个人抱怨。

看到王安水还端着饭盒站在旁边，于香催他，“安水，还愣着干什么?赶紧吃饭去，吃饱了好领着大家干活。”

王继坤站起来拍了拍手上的土，看向王安水，“你别上火，赶紧吃饭，松钰给你熬的鱼汤。”

王安水点点头，走到一旁的山石旁坐下，掀开碗盖儿，鱼汤的清香味儿扑鼻而来，他喝了一口，余香绕口，回味无穷。再仔细一看，鱼肉上的刺儿都让松钰挑得一干二净，细腻的鱼肉丝儿飘在汤水里，和碧绿的葱花互相映衬，色香俱全。王安水端着饭盒的手不由微微有些颤抖，双眼潮热。他抬起头，看了看那些热情、淳朴的乡亲们，微笑着抹了一把眼泪，一股脑儿把汤喝光了……

不过两个星期，房子盖好了，篱笆也扎好了。

就地取材盖的房子虽然简陋粗糙，可能遮风挡雨；篱笆插得参差不齐，可很实用，自此再没有狐狸老鼠之类的造访了。

王安水再值夜班的时候就轻松了许多，虽然深秋霜冷露重，夜风冰寒刺骨，他躲在屋子里，仰躺在土炕上就能安然熟睡。

日子一晃又过去了一周。连红枫都脱了叶子。

那天早晨，王安水睡醒了，习惯性地跑到试验田旁看。只一眼，他惺忪的眼睛一下子瞪圆了，他屏住呼吸，轻手轻脚地打开篱笆门，像怕惊醒了什么似的，小心翼翼地凑过去，蹲在土畦旁看。就见一点小巧的嫩绿破土而出，细细的茎，小小的叶芽，像初生婴儿般娇嫩、羸弱，却又生机勃勃。

王安水自小在山乡间长大，熟识各种野草。他敢断定，这绝对不是任何一种野草，它是西洋参！

巨大的惊喜呼啸而来，在他胸口集聚、膨胀，他按着自己的胸口，微微粗喘着，死死盯着那抹嫩绿，生怕自己的眼睛撒谎。他跪在那里，伸长了脖子，几乎要吻上那细嫩的芽苗——西洋参确实出苗了！

王安水喜出望外，他欢呼了一声跳起来，原地打了两个转儿，急于想把这个好消息告诉谁。可天还没有大亮，王继坤还没有上山，他满怀的喜悦无人分享。他风一样地冲出篱笆，对着朝阳升起的方向大声呐喊，“出苗啦，出苗啦！”

林木有灵，簌簌作响；群山有情，回音阵阵。一声接着一声的“出苗啦——”在山间回荡着，惊起晨宿的飞鸟，在草木山石间此起彼伏地叫起来。

那凌乱却动听的清脆鸟鸣，像交响乐般奏响。王安水忍不住手舞足蹈，忘情地围着篱笆走了一圈又一圈。

那一刻，他觉得这野草丛生的山林是那么美，这清晨的风都是那么温柔可亲。他抑制不住满心的欢喜，张开双臂仰望着广漠的蓝天，陶醉地闭上眼睛。他的脑海里，连绵起伏的西洋参苗密密匝匝地生长着，迎着阳光增枝长叶，那孩童手臂一样白胖的参根正在泥土下伸展着，成长着……这无数次在梦里浮现的场景，此时不再遥不可及。

喜不自胜的王安水一头扎进屋子里，找出他的笔记本，翻过厚厚的一沓笔记，在洁白的纸页上，郑重其事地写下那一天的日期，“1982 年 10 月 27 日，西洋参的生日。”

写完，他长久地盯着那一行字，而后，他决定把西洋参苗画在下面。他不擅长绘画，可他热血澎湃，认认真真地画起来……

太阳升起的时候，王继坤在王松钰的搀扶下来山上送饭。王继坤的腿早些年受过伤，爬山越来越吃力。他揉着伤痛的右腿，像往常那样慈爱地招呼王安水，“孩子，吃饭啦。”

王安水像风一样从石屋里冲出来，两眼放光地看着王继坤和王松钰，激动地搓着手，“爹，松钰，西洋参出苗啦！”

王继坤听了，像被蜇了似的打了个激灵，然后整个人都愣怔着，难以置信地看着王安水被山风吹红的脸，又僵硬地转头看向土畦那边，说话的声调儿都是颤抖的，“出苗了？”

王松钰松开挽着王继坤胳膊的手，脚步轻盈地跑到篱笆旁，往土畦上看了看，“在哪里呀？我怎么没看到？”

王安水还没说话，王继坤回过神儿来，丢下手里的拐杖，大步流星跨过来，打开篱笆门走到土畦旁，蹲下一看，果然，一根纤细的茎，三片小叶组成的一枚三出复叶，像一把打开的小伞，撑出泥土，迎着晨风微微颤动着。

“对！是它！是西洋参！”王继坤凝视着那棵幼苗，沧桑的脸神采飞扬，眼睛里却闪着泪光，“安水，你说得没错，是西洋参出苗了。松钰，你过来看。”

王松钰凑近，端详着那小小的芽苗，闷闷地撇了撇嘴，“看起来没有什么特别的嘛，为了这么棵小苗遭这份罪，爹，安水，你们觉得值吗？”

“值！”翁婿俩异口同声，语气铿锵。

王松钰一愣，忍不住笑了，“好好，值！你们说值就值，安水，我怎么觉得你不是跟我结婚了，你是跟西洋参结婚了。”

王安水和王继坤对看了一眼，不约而同大笑起来……

王安水和王继坤像呵护自己的孩子似的，精心呵护着西洋参苗。

怕风吹着，王继坤捡来几片玻璃，在西洋参苗周围插了一圈儿；怕被鸟儿啄了，王安水用草绳结了细密的网搭在篱笆上。

王松钰干脆在石屋里搭了简易的灶台，一家三口疯魔了似的在山上住，在山上吃，夜以继日地照看着那么一棵小嫩苗。

西洋参苗长得特别慢，挺着纤细得让人心惊肉跳的茎儿，从容不迫地伸展着它那三分的小复叶，一周过去也没长高一点儿似的，看着就让人着急。

“着什么急？这世上的事儿哪件不得熬时间？西洋参一年一根分茎，三年才开花结果，四年才能长成出土，这才几天你们就着急？”王继坤云淡风轻的话让王松钰大呼小叫，“什么？三年才开花结果，四年才能出土卖？爹，你们这是种的什么祖宗？长这么慢，等它能卖钱了，我们早饿死了。”

王继坤抬眼看了松钰一眼，不紧不慢搓着草绳，“头发长见识短。西洋参的药用价值是其他药材无法替代的，四年出土卖的价格平摊下来，比别的草材年收益高。”

“爹！你光想第四年的，那前面三年我们怎么过？”松钰急得直跺脚。

“这就不用你操心了。我种了这么多年草药，积攒了些家底，还够我们三年用的。”王继坤抬眼看了看还是不开窍的女儿，“松钰，做事可不能急功近利，养西洋参就跟养你是一个理儿，总不能因为你要十六七年才长大懂事，就不养你了吧？”

“这……这是什么道理？它能跟我比吗？”

“好饭不怕晚，就是这么个道理！”王继坤笑眯眯地说。

王安水拉了松钰一把，“听爹的没错。”

王松钰瞅了王安水一眼，噘了噘嘴，自己先扑哧一声笑了，“你们两个倒是志同道合。行，你们爱种啥种啥，反正我只管洗衣做饭。”

“嗯，可不止这样。”王继坤意味深长地看了女儿一眼，一本正经地说。

“不止这样？还要我干啥？”松钰一愣。

“我急着看外孙。”王继坤把搓好的草绳放在一边，拍了拍身上的草沫儿，摊开一双布满老茧的手，“也不知道我这双手还得几年才能抱上外孙……”

王松钰俏脸一红，本来想嗔怪王继坤两句，看他一脸期待，把涌到嘴边的话咽了下去。她飞快地看了王安水一眼，羞涩地垂下头，转身跑进了屋子里。

王安水也有些窘迫，提起一旁的水桶，“爹，我去山下打点水上来。”

“去吧，小心脚下。”王继坤笑笑，叮嘱他。

王安水挑着水桶下山去了。

王继坤看着王安水的背影，想着松钰刚才的那番话，叹了口气，“别的都好说，就是这四年的罪，安水啊，都得你受着……”

山路崎岖难走，王安水要到山南坡下的水库提水上山，十天八天就得提一次。怕回来路上把水洒了，他得牢牢抓紧水桶把儿，尽量挺直上身，绷紧胳膊，不让水桶随着步子晃悠。两桶水提上山，两条胳膊得麻半天，手磨得火辣辣疼。可王安水甘之如饴，浑身像有使不完的劲儿。每次他提水回来，都抹着汗珠子笑呵呵的，看得王继坤既欣慰又心疼。

想着这些，王继坤起身走到篱笆前。那棵参苗的叶子比之前微微大了一圈，葱绿地泛着光泽，看着十分喜人。

王继坤出神地看着那棵细小的参苗，在它一旁，是后来补种上的，暂时还没动静。他想，如果第二粒种子也顺利出苗，那就证明这山上的土壤、气候都适合西洋参生长，那他就要考虑扩大开荒面积，圈出更大的试验田，买回更多的种子进行种植。

王继坤四下看看，想看看这一带能拓展开多大面积的试验田。眼所见处净是些百年老松，盘根错节，老干遒枝，各成风景。他走过去，拍拍这棵，摸摸那棵，想想，实在不忍心砍树刨根，损毁这灵气四溢的松林。

何况，就算他狠心把这一片全变成试验田，也不过一两亩地，还是不够用啊。总之，在山上大面积地种植西洋参毕竟不是长久之计。不说别的，光是水源问题就解决不了。这一棵苗可以用水桶去山下水库提上来浇，几亩地的参苗，总不能也靠人从山下提水上来浇吧。

王继坤锁紧眉头，苦苦思索着。

村里有的是地，可地里的泥土腐殖质含量肯定不行，在山上能出苗，在地里恐怕连苗都出不了……

怎么办呢？

王继坤回到篱笆旁，刚要打开木门进去，王松钰跑了过来，“爹，我突然又想起件事。”

“什么？”

“这西洋参三年才开花结果，我们现在只有这几粒种子，就算它们都能发芽成活，要等第三年才能开花结果。我还听安水说，你告诉过他，说这西洋参种子还得人工催熟，隔年才能播种。这一算，天啊，爹，这得第六年才能种第二茬呀。等用这几粒种子结出来的种儿再种，十年就过去了，能长几棵参？十棵？二十棵？这样，使劲往多里算，能活一百棵。爹，十年种一百棵西洋参出来，你觉得值？”松钰爆豆儿似的说完，盯着王继坤泪眼迷蒙，“爹，敢情安水不是你亲儿子，只是你女婿，你这么折腾他？可你折腾他就是折腾我，你不心疼我心疼。”

王继坤看着委屈怨愤的王松钰，伸手拍了拍她的脑门儿，“不知道你这么会算账。不过你考虑的也不是不对，只是你想偏了。我们哪能只指望这几粒种子？我们是先试种，试种成功了，就在外面买更多的种子回来种，哪像你说的要等十年？”

“噢……”松钰松了口气，眉头又一皱，“可是爹，怎么才知道试种成功了，得等第四年把成参挖出来？那时间也挺长的。何况，不是说这种子金贵吗，我们去哪儿弄那么多钱买种子？”

“这就不用你发愁了。你啊，别瞻前顾后杞人忧天了，好端端一条康庄大道，被你这一说就像自寻死路一样。安水明明就是一只翱翔的雄鹰，你偏要护着防着让他给你当家鸡，你这种心疼，不要也好。”

“我……”松钰还是觉得心里没底。

“你啊，女人见识！你反对他种参，不是对他好，是在害他！他肯听我的，肯吃苦受累，他终有一天能靠着西洋参成为了不起的人。”王继坤顺手摸了摸女儿的头，“孩子，相信爹，爹怎么会害你们？”

“也是……”松钰闷闷地叹了口气，看看四周，恹恹不乐地说，“刚结婚就跑到这山里当野人，我在村里也算头一份了。”

王继坤忍不住笑了，“当野人有当野人的好。好啦，别抱怨了，赶紧做饭去吧。安水上午不是打了一只野兔吗，多炖会儿，香着呢。”

王松钰嘟着嘴，“行，给你炖得稀烂。”说完，她扯起嘴角灿烂一笑，转身回屋里做饭去了。

王继坤脸上的笑意像被风吹散了似的，他又锁起了眉头。可不是，女儿担心的事情也是他必须解决的问题。四年一个周期，而且种过西洋参的土地不能连续重复使用，需要换新地。他总不能让王安水在这山上不停地开荒吧？

这些事还不能跟王安水和王松钰说，说了，只怕他们刚刚树立的信心全都没了。没有信心，做事就没有动力，他总不能让两个孩子成天灰心丧气地忙活。不管怎样，他一定要想办法在农田里大面积地种植西洋参！

第七章

清晨，金色的阳光把生机还给大地，早起的鸟儿在林间跃动着，叽叽喳喳地开始了一天的觅食活动。

王安水照例来到实验地里给参苗“请安”，不想，却看到参苗的一片分叶上有一个中间呈现黄褐色、外围呈黑褐色的斑点。刚开始，王安水以为叶片上落了灰尘，伸手轻轻一抹，才知道那是叶子上长出来的斑点。它嵌在叶子中间，像被烧灼出来的，与周围的绿色格格不入，颓唐而刺眼。

王安水心里一慌，赶紧去告诉王继坤。

王继坤刚睡醒，听到王安水的话，先是愣了愣，紧接着一骨碌爬起来披上外套，急步来到土畦旁。果然，正如王安水所说，参苗的叶片上的确有斑点。他抚摸着那片分叶，目光焦灼，紧抿着嘴唇半晌无语。

“爹，怎么回事？是不是到了深秋，参苗和别的草药一样也会枯萎，来年再发芽？”王安水忍不住问。

王继坤摇了摇头，“不是正常的枯黄，这是叶斑病。”

“叶斑病？”王安水心里一紧。

“是啊，这是被枯枝落叶的病原菌侵害了。这样的斑点会往外逐渐扩大到整片叶子，随后叶柄、茎也会被蔓延，整棵苗就死掉了。”王继坤沉重地说。

王安水急了，“那怎么办啊？现在斑点还这么小，难道就眼睁睁看着它一点点枯死？”

王继坤站起来，难过地说：“没办法。”

王安水被这简短的三个字打击得眼冒金星，他一遍遍痛惜地抚摸着其余两片还完好无损的叶片，心里猫抓似的难受，“就这么死了？”

“本来这是在湿度大的时候才容易得的毛病，唉……早知道这样，就该提前打打波尔多液。”王继坤同样痛心疾首。

“波尔多液？”王安水像在黑暗中看到了希望之火。

“嗯，杀菌的。用硫酸铜、熟石灰和水按比例调和配制，熟石灰咱们家还有些，硫酸铜没有了。”

“我去买！”

“它已经得病了，就算买回来，只怕也来不及了。”

“不管来不来得及，我们总得试试。”说着，王安水就急火火地往外走。

王继坤唉声叹气，“你知道去哪儿买啊？市里的药材公司经营得不景气，十天半月都不开一次门，就算有人值班，也不一定有。”

王安水眉头紧锁，他突然想到郑少平，眼前一亮，“爹，你别着急，我去农科院找我兄弟，他那里肯定有，我多买些回来备着。”

王继坤转忧为喜，“好，那你赶紧去。”

“好。”王安水走出篱笆门，和站在篱笆外的王松钰撞了个满怀，一抬眼，就见王松钰一双眼睛泛着红，脸上淌满泪水。

“怎么了？”王安水一愣，抬手给她擦泪。她身子一拧，躲过去了，声音带着哭腔，闷闷的，“安水，别去了。”

“为什么？”

松钰眼睛一眨，又一串眼泪落下来，她哽咽着说：“又是开荒又是盖房，就为种这么四棵参苗，结果三棵被狐狸刨了，一棵好不容易出苗，又招了病，这说明咱们根本不该种这种草药。安水，你这一走又得好几天才回，你把我和爹扔在这荒山野岭上，我……呜呜……”

王安水看松钰这样儿，一时慌了手脚，“你别哭啊，你听我说，吃苦只是暂时的，等我们试种成功了，咱们就回村里种，就不用再吃苦了。”

王松钰跺了跺脚，一把抓住王安水的手，“你别再听爹的话了，有那么多草药能种、好种，偏在这儿跟这么难伺候的东西死磕，图的什么？我不让你去！我们回村里吧，都立冬了，天气越来越冷，这苗就算救活了，说不定也得冻死，这山上太冷了……”

“不，松钰，做事不能半途而废。你听话，和爹在家等两天，我尽快回来。”王安水好言好语地劝。

王松钰态度坚决，“我不！我就是不让你去！”

“让安水去！松钰，你怎么这么不懂事？之前我不是已经跟你讲道理了吗？这参苗就好比你和安水的孩子，难道它得了病，你就眼睁睁看着不管？”王继坤生气地看着松钰。

“爹！就这么一棵病恹恹的参苗，怎么能跟我的孩子相提并论？”王松钰瞪着一双泪眼，委屈又气愤，白皙的脸也气得通红。

无奈中，王安水灵机一动，“你们别吵，都消消气。松钰，这样，你跟我去农科院，爹，行不？”

王继坤摇摇头，从衣兜里掏出一个布包递给王安水，“行，省得她在家烦我。出门在外，多带点钱，去农科院找你兄弟别空着手。”

王安水接了钱，“爹，那你照顾好自己，按时做饭吃。”

“没事，我饿不死。”王继坤瞅了女儿一眼，“还不如安水知冷知热又听话。”

王安水不敢再拖延，拉着还气鼓鼓的王松钰一起下了山，直奔县城车站……

王安水在进农科院之前，在路边水果摊买了几个橘子，一串香蕉。

橘红的橘子，鹅黄的香蕉，色香味俱全。王松钰悄悄咽了口口水，把目光撇向别处。

王安水看了心生惭愧，这些水果，是他们之前很少能吃到的，现在却要拿来送人。王安水拉了拉王松钰的手，“你吃根香蕉，不差这一根。”

王松钰摇摇头：“成串的东西，掰一根下来就不好看了。咱们以后挣钱了再买来吃，先办要紧的事。”

王安水胸口有些闷，拍了拍王松钰的手，“松钰，你放心，等咱们把西洋参种成了，你想吃什么，我一定给你买。”

王松钰看着他诚挚的眼神，想说什么，终是忍下了。她点点头，微笑起来，“好。”

两人提着那一兜水果进了农科院，找到了郑少平。

郑少平的目光在那一兜水果上飘过，眼神里就有了不屑和冷漠：“安水，我很忙的。快说，找我有什么事？”

王安水把水果递到郑少平手上，赔着笑脸：“我想找你买硫酸铜。”

“硫酸铜？你要那东西干吗？”郑少平油光发亮的白胖脸微微皱着，斜睨的眼神透露出不耐烦来，“你又不是搞科研的，懂硫酸铜是什么东西吗？”

“少平，我是想买些回去和着熟石灰兑上水给参苗杀菌。”王安水满怀希望地看着他，“咱们农科院有吧？”

“噢？”郑少平看了看王安水，又转头看向他身边的王松钰，答非所问，“安水，你妹妹？”

“不是，我媳妇。”

郑少平微微一愣，挤出一丝笑意，“结婚啦？这么快！恭喜恭喜，弟媳长得真俊。”

王松钰拘束地垂下头去，看脚尖。

王安水点点头，“嗯。少平，你还没告诉我呢，你能帮我买到硫酸铜吗？”

郑少平半天才把目光从王松钰身上挪开，眯着眼盯着王安水，嘴角往上一扯，“参苗招病了？叶子枯了？”

“对对，说是得了叶斑病，需要打波尔多液。”

“呵，不容易呀，你还知道波尔多液。”郑少平乐了，“不过，我实话告诉你，我就算给你弄到硫酸铜，你的参苗也活不了了。”

“为什么？”

“因为这种病以防为主，得了再想治，难。”

“难也要试试呀。”

“试？哼，我上次就跟你说了，西洋参可不是谁想种就能种的。我们学院的教授试种西洋参的时候，也有像你一样的情况，苗是出了，可得这病那病的，没几天就死了。我们的教授多专业啊，什么药不会用？可用了也白用，最后还是一棵没成活。不只我们学院，全国好几个实验点都失败了，西洋参这东西估计不适合引种。”

听了郑少平的话，一直沉默的王松钰扯了扯王安水的袖子，“我没说错吧？我劝你和爹别种了，你们偏不信。你听，连人家郑教授也这么说。”

“郑教授”这称呼让郑少平很受用，他挺了挺胸，背着手，越发念念有词，“安水，我跟你说，你别叶公好龙了。你耗不起。西洋参是金贵东西，除了叶斑病，还有好些病虫害，比如立枯病、锈腐病、象鼻虫、地老虎之类的不下十种，估计你根本不知道。你说你今天跑我这要硫酸铜，别说救不活，就算救活了，那再得了别的病你是不是还得来找我？是你在种还是我在种？我是后勤部主任，老是因为你拿学院里的这个那个，被人知道了我可吃不了兜着走！”

“哎呀！少平，我没想到这些。真不好意思给你添这么多麻烦，那我去别处找找。”王安水歉意地说完，拉着王松钰要走。

郑少平刚要说什么，王松钰甩开王安水的手，“还找什么找啊？安水，你没听刚刚郑教授说什么吗？他说西洋参有这么多种病，咱们防不起。”

“哎，对啦！弟媳是聪明人，一点就通。安水，你想，以咱们的交情，我还能骗你？我就是担心你浪费时间做无用功，冷落了弟媳妇。”郑少平笑眯眯地看着王松钰。

“少平，你不用劝我了。我是铁了心要把西洋参试种出来！”王安水转身紧握着妻子的手，“松钰，少平说有那么些病虫害，咱们的参苗不会都摊上。人活着还可能得这样那样的病，难道就因为怕，生下来就都掐死不活了？我们慢慢尝试，有经验了做好防护，参苗就会好好的。不管怎样，咱们先得赶紧找到硫酸铜，爹还在山上等着咱们呢。”

王松钰虽然不情愿，可当着郑少平的面，她也识大体地点了点头，跟着王安水往校门口走。

王安水心里很不是滋味儿，两天颠簸才来到农科院，本想郑少平能帮上忙，结果两手空空，他再去哪儿找硫酸铜呢？

看王安水心事重重，王松钰想说什么，忍住了，咬着下嘴唇，眼眶里蓄满了泪水。她回头看了看，郑少平已经转身向办公楼那边走去了。宽阔平整的水泥甬路上，郑少平西装笔直的背影显得那么悠闲。她再转头看看身边的丈夫，褪色的中山服皱巴巴地绷在身上，原本英俊的脸上胡子拉碴，带着整夜未睡的疲倦，活像个从山里跑出来的野人。

王松钰的目光落到王安水的手上。他的手指还缠着脏兮兮的绷带，手背上密密麻麻都是未愈的旧伤。她不忍心看下去，移开目光，却看到他裤腿儿还有个被树枝刮破了的洞。王松钰的脚步不由得慢了下来，她看着与这整洁阔气的学校格格不入的丈夫，想着他们每天在山上风吹日晒却希望渺茫的生活，不由得满心酸楚。

感觉到王松钰的异样，王安水停下脚步，疑惑地转身看她，“松钰，怎么不走了？”

王松钰攥着衣角，无精打采地垂着头，一直在眼眶里打转的眼泪终于簌簌地落下来。

“怎么又哭了？没事，我们再打听一下，总能买得到。”王安水走过去，语气温柔地安抚她。

“安水，我们这都过的什么日子呀？”王松钰抹着眼睛，肩膀一耸一耸的，“你看看郑教授，之前和你一样在修铁路，人家干这营生多体面？咱们为什么一定要吃那样的苦？那就不是人过的日子！我们也可以在城里安顿下来，有吃种西洋参的苦，什么活儿不能干？”

“松钰，我知道你心里不好受，你说的话也有道理，可要是大家都往城里跑了，谁种地？西洋参是爹在许多种草材里选中的，他说种西洋参是造福的事儿，虽然开始会吃苦受累，但时间长了摸透了它的习性，就一定会得到丰厚的回……”

王安水话没说完就被打断了，王松钰一把拉过他的手，情绪激动地看着他，“时间长了？那得多长时间？你也听见爹说了，西洋参三年才开花结果，四年才能出土，这还不算，这种一次失败一次，这病那病的，我爹好不容易攒点钱都丢在路上了。你看看你的手都成什么样儿了？我……我心疼……”

王松钰说着，忍不住失声痛哭。王安水慌了，左右看看，学院里的学生、老师络绎不绝地从身边经过，纷纷投来诧异的目光，让他越发手足无措。

正不知道怎么安慰王松钰时，有人从背后拍了拍王安水的肩膀。

王安水回头一看，眼前的人戴着斯文的黑框眼镜，国字形的脸庞和端正的五官给人一种坚毅的感觉。王安水一愣，“您是……”

那人和气地笑问：“你在试种西洋参？”

“是啊，您怎么知道？”王安水越发疑惑，连情绪激动的王松钰也停止了哭泣，眨着泪眼看过来。

“我刚才听见你和郑主任说硫酸铜、参苗什么的，就猜你在试种西洋参。

噢，我是刘教授，目前正在研究引种西洋参的可行性。很高兴认识你。”刘教授彬彬有礼地伸过手来。

王安水刚要握住，想到什么，忙把手摁在衣服上擦了擦，才伸手过去，轻轻握住刘教授的手，有些拘谨地说：“我叫王安水，这是我媳妇王松钰。”

刘教授的手细腻洁净，温润宽厚，不知怎么，握住他的手那一瞬间，王安水鼻子一酸，险些也流下泪来。

刘教授注意到王安水的手，“你这手是怎么回事？”

“噢，我们一家人在山上开荒试种西洋参，山上树多石头也多，我不小心弄伤的。”王安水不好意思地收回手，藏在身后。

刘教授闪着睿智光芒的眼睛微微一暗，眼神中闪过一丝赞赏，“小伙子，你们一家人了不起。”

简单的一句话，让王安水心潮涌荡，情难自抑，双眼再次盈上泪光。从上山开荒开始，再到盖房、护种、出苗这期间，他一直都被人们质疑着，甚至是被冷嘲热讽着。许多人当面不好意思说，心里都觉得他异想天开，不务正业。甚至连自己的妻子也一直持反对意见。虽然她是心疼他，怕他得不偿失，可她的一次次反对，让他的信心一再动摇，就在刚才，他差点儿萌生退意。

王松钰抹了一把眼泪，微微皱起眉头，有些抵触地看着刘教授。

刘教授热情地说：“小伙子，你愿意跟我参观一下我的实验基地吗？不会耽误你太长时间的。”

王安水受宠若惊，连连点头，“好啊，谢谢您刘教授。”

“我们走吧。”刘教授欣然带路。

跟在刘教授身后，王安水觉得自己每迈出一步，都像是踩在棉花上，虚浮轻飘中带着殷切的喜悦和期盼。他确定，这位热心肠的刘教授一定会帮他弄到硫酸铜，他还会教给他很多之前他不懂的东西。

王松钰虽有些不情愿，可禁不住好奇心的驱使，也没有反对，和王安水一起，跟着刘教授向他的实验基地走去……

刘教授的中药材研究实验基地让王安水夫妇大开眼界，叹为观止。

基地里有展窗、展台、展柜，各种草药图片、实物药材标本、器材、药品、说明册页一应俱全。刘教授一路领着王安水和王松钰参观，时而给他们讲解相关的知识。

王安水惊异地瞪圆了眼睛，在此之前，他从来不知道，种植中药材是一门科学，是一件关乎民生的大事。王松钰更是震惊，她一直不太认同父亲种草药，觉得不如和村里其他人一样种五谷杂粮那样，既实惠又省心省力。如今一看，她才知道，王继坤说得一点儿错都没有，种粮食只能解决一家人温饱，种草药却有益于更多人。

“我们的祖先已经在这方面进行了大量有价值的研究，也留下了许多可参考的珍贵资料，可是因为相关研究一度荒疏，很多方面的知识和经验都有待进一步探索和积累。许多常见的中药材种植技术有了系统的教材，普及全国各地，可以造就许多成功的中药材种植户。而一些不常见的，较为珍稀的中药材，我们需要付出耐心去研究，因为它们可能给中医药带来不可估量的改革，对提高国民的身体素质将起到极为重要的作用……”刘教授侃侃而谈，他指着那些图片，那些资料，还有那些放在玻璃瓶子里浸泡在酒精里的标本，用他渊博的知识流利地讲解出来，为王安水夫妇上了别开生面的一堂课。

转过了一墙角，刘教授站在一排展柜前。

王安水和王松钰目不暇接，循着刘教授的目光看去，就见一排排型号不一的玻璃瓶里，浸泡着些乳白色的东西。它们由小到大的像胡萝卜又不是红的，分根较多，像绿萝卜又比绿萝卜小得多。乍一看，它们都像人形，有主干，有四肢，肢末根须密集。

“这是什么?”王松钰指着那些标本十分好奇，“这么小的萝卜，最大的才这么点儿。”

王安水连呼吸都凝滞了，他知道，这就是西洋参。他之前只看过那本书泛黄书页上模糊的图片，可从图片看，根本猜不出实际的大小来。眼前的标本形象可视，一年龄、两年龄、三年、四年，甚至还有一棵十五年的。那棵大参如绿萝卜大小，整株地立在瓶子里，挺着十五根笔直的分茎，茎上有掌形的叶子，簇拥着一根直挺儿，挺上顶着一簇儿像果实又像花朵的球儿。

王安水看呆了。他目不转睛地看着那棵大西洋参，只觉得它白胖的参根像个喜人的婴儿，左右各长出两只嫩藕似的“手臂”，下面分开叉儿，活像两条胖乎乎的腿。它明明静静地放置在半人高的瓶子里，却栩栩如生地和他对峙着，让他似乎听到了山林里风拂树摇的声音，看到了瓦蓝天空上聚散无常的白云，感受到悠悠岁月洗礼下的沧海桑田，以肉眼可见的速度将世间的荣辱兴衰浓缩进这物华天宝之中……

他的心中油然升腾起一种敬畏之情，一种圣洁而崇高的膜拜之情。他贪婪地看着它的每一处，从根梢到叶梢，再顺着一根根直茎攀上它的花朵一样的球形果实上。那些球形此时是灰白色的，是由许多个小的饱满的球形果实组合成一个大的球状体，每个果实下面都有细长坚挺的托儿，聚集在花茎的顶端。仔细看去，就像那根高过所有叶子的花茎顶起了一个小太阳，放射着光芒，骄傲地俯视着他，俯视着尘世间的林林总总。

身边，刘教授在向王松钰解说着什么，可王安水竟然一个字都听不进去了。天地间，似乎只剩下他和这些西洋参，由小到大，由细到粗，扎根国土，风餐露宿，努力成长……

王安水深情地看着那个像太阳一样的果实球儿，脑海里闪现出它在一片绿叶中迎风招展的模样。那鲜红的果实映着阳光泛起宝石般的光泽，那若有若无的清透药香味儿扑鼻而来……甚至，他幻想到自己鞠身田间，从土里挖出这样一棵十余年的老参，看它突然变成一个白胖的婴儿，躺在他双手里手舞足蹈，发出天籁般的笑声……

“安水！安水！”王松钰叫他几声，他都充耳不闻，没办法，她拽了拽他的衣袖。

“啊？”王安水如梦初醒。

王松钰的眼睛亮晶晶的，闪着喜悦的神采，再不像之前那样黯淡，锁着烦恼和焦灼了。王安水看着她，似乎一时不知身在何处。

“哎呀，刘教授冲你说话呢！”王松钰嗔怪地瞅了他一眼。

王安水木然看向刘教授，看到刘教授温和的笑意，这才真正回魂迁魄，不好意思地叫了声，“刘教授，您说。”

刘教授脸上的笑意加深，“看来，你是真喜欢西洋参。从来没有人看它像你看得这么入迷。可惜啊，这些西洋参都是我们从国外引进的标本，并非我们基地自己种植出来的。不怕你笑话，我和我的同事们也在试种西洋参，可到目前为止，全失败了。”

“刘教授，既然西洋参这么难种，为什么一定要种呢？你看，这里有这么多种中药材，有两百多种了吧，难道都不能代替西洋参？”王松钰忍不住问出她一直困惑的问题。

“不能。这么说吧，这些草药就像性格各异的人，各有各的药用价值。有的平淡无奇，有的不可替代。西洋参中含有的西洋参皂苷、西洋参黄酮等成分在抗肿瘤、抗病毒、消炎、降血脂方面有别的草材难以媲美的作用，是营养保健的良选。你们敢于试种西洋参，而且志在必得，不仅是正确的选择，而且值得敬佩。”刘教授把夫妇俩领到了几张宣传图片前，用专业又通俗易懂的话为王松钰解疑。

王松钰听着，脸上不由羞红，她看着那些图文并茂的图片，终于明白，不是自己思虑周全，而是鼠目寸光。她爹说得一点儿没错，种参是有发展前途的事，王安水愿意种参她应该给予支持。

“春季养肝，夏季养心，秋季养肺，冬季养肾？”王安水看着西洋参在补虚、理气、保健方面的相关图片，还有全都是以西洋参作为主药，辅以其他药材，针对各种病症的理疗配方，不由看得入神，忘乎所以地轻声念了出来。

王松钰嘀咕，“真有这么神奇吗？不是还没有人试种成功吗？这些资料又依据的是什么？”

一旁的刘教授哑然失笑，“小王，之前我不是说了吗，我们的祖先已经在这方面进行了大量有价值的研究，也留下了许多可参考的珍贵资料。像《千金方》《本草纲目》《神农本草经》里都有人参补血化瘀方面的记载，古代人也常把人参当作起死回生的良药，所以又叫地精和神草，被誉为百草之王。不过那些书里写的一般指的是我们东北高山里野生的人参。西洋参的药用成分相对更丰富一些，对生长环境要求得更低些，所以我们国家才有引进大面积种植的构想。这些资料有的是取自史料，有的是外国的研究成果，我们拿来当参考，想要更多的人全面了解西洋参这种草药。”

“噢，原来是这样。”王松钰恍然大悟，看向王安水的目光带着一丝愧疚。

王安水却全然不觉，他的所有注意力全在西洋参上了，他一边走一边看，如饥似渴，把王松钰和刘教授落在后面了。他的脑海里，那棵十五年的西洋参标本已然复活，乳白色的根，翠绿的叶子，艳红的果实，美得无与伦比，那是大自然的杰作。

在一个展柜的旁边，他看到两个人，一个老农领着一个孩子，正蹲在一棵大树下挖人参。老农一手扶着茎叶，一手拿着小铲子挖土，小孩则蹲在一旁，神情专注地看着那棵人参。

王安水站在旁边看，等着看那老农把人参整个儿挖出来。可等了半天，那个老农和孩子都一动不动。王安水不由疑惑，凑上去，拍了拍老农的肩膀，“大伯……”才出声，王安水就惊惶地缩回了手，退后一步，全身僵冷。那个老农的身体竟然硬邦邦的，一点儿温度也没有……王安水的心慌乱不已，他回头看了刘教授和王松钰一眼，壮着胆子又上前去，用手指捅了捅那个小男孩。

这次，王安水吓得一屁股跌坐在地上，惊骇地看着一动不动的爷孙俩，全身的血都凉了似的冷。与此同时，他的背后传来刘教授的笑声，“不用怕，假的！”

假的？王安水定了定神儿，撑着身子站起来，整张脸都烧起来了。他还是当过兵的人呢，刚才怎么就吓成那样了？

再一看，这爷孙俩穿的是古代人的衣服，他刚才竟然光顾着看他们挖参，根本没注意他们的穿着。王安水越发窘迫了，可是这爷孙俩跟真人一般大小，眉眼生动，衣袂翩然，很有些仙风道骨的味道，哪像假人？

“假的？哇，这么像真的！”王松钰跑过来，大大咧咧就摸向小男孩粉嫩的小脸，“真的假的啊！怎么做得这么逼真？”

“这是立体石膏雕塑，再现的是‘药王’孙思邈带着小孙子在山间采参的情景。小王，刚才吓着你了吧，怪我，没提前跟你介绍。”刘教授歉意地说。

“没事，没事，是我少见多怪。这雕得太像了……”王安水不好意思地挠了挠后脑勺。

“采个药也能被称为药王？能名垂千秋？”王松钰摸着小男孩的小脸、小手，忍不住啧啧赞叹，“在古代就是好啊。”

刘教授闻言摇头，“不管是在古代还是现代，想受到人们的尊敬，进而留名于世都不是容易的事。孙思邈少年立志，一生勤勉，甚至以身试药救治了许多人，还给后人留下了不朽的医学著作，所以才能名垂千古。他被称为药王，可不是仅仅因为他到山里采药，而是敢为天下先，甘当他人梯。”

“敢为天下先，甘作他人梯？”王松钰如有所悟。

王安水也牢牢记住了这两句话，他满怀敬意凑上前去，蹲下来看着孙思邈的雕像思绪万千。

王松钰偏着脑袋想了一会儿，又忍不住问：“刘教授，既然孙思邈都被称为药王了，为什么没人请他当官？他还得亲自到深山老林里挖草药？”

刘教授笑了，“你还真是个善于思考的人。不过，不是没有人请孙思邈当官，唐太宗曾亲自召见他要给他封官。可他对当官没兴趣，觉得当官俗务缠身，不能随意，只想致力医学研究。”

王松钰不信，“啊？给官都不当？”

“人各有志。你们看这雕像，猜猜他多少岁？”刘教授笑呵呵地说。

“长胡子了，头发也白了，七十？古代的人不是寿命都不长吗？估计不到七十。”王松钰笃定地说。

刘教授摇了摇头，“错了，这个模样的孙思邈应该在一百二十岁以上了。据史料记载，他七十岁的时候，容貌气色、身形步态还像少年一样。他活了一百四十二岁。”

“一百四十二岁？天啊，这么长寿，怎么做到的？”不只是王松钰，王安水也很吃惊。

刘教授想了想，“也许是治病救人积德行善，也许是精通药理会用各种草材延年益寿，反正他活成了一个奇迹，一个传奇。”

“原来，人还可以这么活着……”王安水喃喃自语。

“嗯，坚定地做自己最喜欢的事，利人利己地过一生。”刘教授收敛了脸上的笑意，神色郑重地看着那尊雕塑，“我们都应该像他一样，活得有价值。”

王安水的心里像被打开了一扇窗，一眼望去，长长久久的人生路一目了然，他要以西洋参为伍，相伴前行……

第八章

回家的火车上，王松钰反常地安静。

王安水看着刘教授给他的一大包东西，心情一直激动万分。

那一包东西里，除了有硫酸铜，还有其他几种防治西洋参病虫害的药，另外还有两台小而精致的仪器和天平秤等小工具。那两台仪器分别是土壤成分分析仪和温度监测仪，全是刘教授送给他的。

王安水对刘教授充满感激，他从来没想到，这个素不相识的人会给他这样的帮助。他说要给钱，刘教授说："拿去用吧。你有那么一股子韧劲儿，我觉得你能成功。成功试种西洋参不仅仅是你个人的事，也是有利于社会，有利于国家的事。这些东西是我送给你的，加油。"

加油。王安水热血沸腾地握紧拳头，在心里给自己打气。他转头看了一眼坐在身边的王松钰，看她紧绷着一张小脸，看着火车窗外疾速而过的风景，似乎心事重重。

"在想什么?"王安水问她。

王松钰转头看了王安水一眼，脸上浮上一丝愧意，"安水，之前好多次，我都拦着你和爹上山，现在想想，爹说得对，我目光短浅……"

王安水拍拍她的手，"别这么说，我知道你是心疼我们。"

王松钰展颜一笑，"那行，以后我好好支持你们。"

"好。"

两人正说着话，有人走过来，冲着王安水惊喜地叫："安水!"

王安水一抬头，就见刘壮子铁塔似的耸立在过道儿上，遮下一大片阴影。他那张肌肉结实的脸膛上，浓眉大眼塌鼻厚唇都带着笑，肥厚的大手伸过来，不由分说给王安水一个熊抱，"哈哈，看着像你，果然是!"

在火车上看见工友，倍感亲切。王安水也喜出望外，上上下下看看刘壮子，“两年没见，你脚好了？”

“好是好了，两脚趾没了。”刘壮子大大咧咧地说，看见王松钰，先是一愣，紧接着就指着王松钰口无遮拦，“媳妇儿，你到底是跟着安水跑了。”

坐在王松钰对面的乘客吓了一跳，意味深长地瞅过来，嘴角下弯，很是不屑。王松钰脸上一窘，赶紧低头。

王安水气得都笑了，瞅了刘壮子一眼。他却不以为意，冲着王松钰对面的乘客一瞪眼，“边儿去！没看见我媳妇生气了吗？起来，去那边坐我的位子！”

那个乘客受惊不小，回过神儿来刚要抗议，抬眼见刘壮子五大三粗不好惹，当即提了行李，麻溜儿地离开了。

“哈哈，挺好说话。”刘壮子一屁股坐在王松钰对面，两条腿一撩，靠着窗，坐得舒舒服服的，“安水，坐，我们好好说说话。你别看我，我不想占两人座儿，就是这脚，老着地它就疼。”

王安水表示理解，坐下来，拍了拍王松钰的手，“这是我媳妇，我们都结婚了，你得叫弟媳，可别再乱叫了。”

刘壮子哈哈一乐，“行。不乱叫。咦，这一大包，什么东西？”说着，他就要翻包。

王安水怕他毛手毛脚地弄坏了仪器，赶紧把包挪到一旁，“别乱动，要紧的东西。”

刘壮子一愣，“你还能有要紧的东西？”

王安水佯怒地横了他一眼，“对你不要紧，对我要紧。”

刘壮子收回身子坐回去，“行，不看就不看。说说，这两年干吗去了？”

“没干吗，在试种西洋参。”

“啥？试种啥参？”

“西洋参。”

刘壮子两只眼睛瞪得溜圆，“西洋参是什么东西？”

“一种药材。”王安水解释。

刘壮子听了，一副恨铁不成钢的模样，“安水，不是我说你，你好歹也是个退伍军人，咋绕了一圈儿，又回家种地去了？管它西洋参还是东洋参的，又得锄地又得拔草浇水，什么时候过上好日子？这样，你别种了，跟我干！”

王安水乐了，“跟你干？干什么？”

“哎你这是什么笑？我可是认真的！哥我这两年发了，看，看见没？纯金！”刘壮子把左手摊开，在王安水和王松钰眼前翻来覆去，显摆他中指和无名指上黄灿灿的戒指，“哥倒腾木材，现在正缺人手。你跟我干，我保准让你两年有房有车，让弟妹子穿金戴银。”

王安水笑着摇了摇头。

“怎么，不信？”刘壮子一拍大腿，把中指上的戒指捋了递过来，“哥以前是嘻哈惯了，可现在哥说的话全是真话。你不信你咬咬这戒指，不是纯金的我喊你爹。”

王安水把他的戒指推回去，“我不是不信你说的话。我是说我不跟你干，我要回家种参。”

刘壮子僵了动作，眨巴了两下眼，转头看看王松钰，又转过脸，很是不待见地看着王安水，“说你死脑筋你还真转不过弯儿来，这康庄大道你不走，偏钻那个牛角尖，你是穷上瘾了？”

王松钰听他说得刺耳，可又不知怎么反驳他，嘟着嘴有些愤怒。

刘壮子显然会错了意，指着王松钰，“你看看，弟妹长得这么好看，你弄件像模像样的衣服给人家穿啊，整这么朴素干什么？太委屈弟妹了。”

王松钰的愤怒变成了窘迫。

王安水却不以为意，握了握王松钰的手，“朴素没什么不好。别人有的，她都会有，来日方长。”

刘壮子撇了撇嘴，“什么来日方长，今个儿活着，明个还不知道人在哪儿呢。别人不惜命，你上次为了救郑少平在鬼门关走了一趟，怎么还不开窍？”

王安水想了想，“我不是不开窍，我总觉得人也不能光为自己活着。”

刘壮子见鬼似的看着他，“这话说的。人不为自己活着那活着干吗？”

王安水不想跟他争辩，“壮子，各人有各人的活法儿，强求不得。”

刘壮子无奈地叹了口气，“安水啊，俗话说得好，男怕选错行，女怕嫁错郎，你种地可惜了。”

王安水摇摇头，“不可惜。三百六十行，行行出状元。我就想种西洋参，别的事没兴趣。”

刘壮子：“那行，强扭的瓜不甜。你爱受那穷受那累我没意见，可你拉着弟妹一起受穷受累，我都替弟妹冤屈。”说完，他两眼放光地看向王松钰，“要不，弟妹，你跟着我干？我正好少个收账的。”

王松钰冷冷地看了他一眼，“我又不认识你。”

刘壮子来劲了，“咋不认识呢？我和安水说了这半天话，你一听就知道我就是上次你去工地工棚找安水时，躺在床上休息的那个哥。”

王松钰恍然大悟，“噢，你就是趴在床上动不了的那位。”

刘壮子刚要反驳，王安水冲他摆了摆手，“壮子，别说笑了，她是我媳妇，肯定是跟我干。对了，你这是要去哪儿?”

“威海。”刘壮子不甘心地看了王松钰一眼，怏怏地答道。

“威海？那不是到我家门口儿了吗?”王安水热情地说，“就近到我家坐会儿?”

刘壮子眼睛一亮，刚要答应，王松钰语气淡淡地说，“我们都在山上住，山上的房子小，只怕容不下你这么金贵的人。”

刘壮子点点头，煞有介事地说：“嗯。既然这样，我就不去了。以后，以后啊，安水，咱们要是再凑了，哥请你喝酒。”

王安水知道王松钰不待见刘壮子，也没有再邀请，笑着应了。

刘壮子深感惋惜似的又叹了口气，伸手瞅着自己的金戒指，神色自得。

王安水把目光投向了车窗外。外面群山跃动，像时光飞逝而过。时过境迁的感慨油然而生，王安水恍然记起，曾经在工地上，大家在烈日炎阳下光着膀子挥汗如雨。那时，郑少平和气可亲、热情助人，刘壮子豪爽洒脱、气冲斗牛。可如今，他们明明还是曾经的那个人，可变得那么陌生。

三个人一时无话，气氛有些尴尬。坐了一会儿，刘壮子找了个理由回到自己的座位上去了。

“松钰，是我不好。你跟着我受苦了。”回想着刘壮子刚刚说的那些话，虽然王安水并不认同，可他确实觉得有些对不住王松钰。

王松钰嫣然一笑，“傻瓜。之前我是没想通，跟你去了农科院，听刘教授给咱们上的课，我想通了。你和爹要干的是件大事，我应该支持。吃苦受累没什么，值就行。”

王安水感激地看着王松钰，只觉得前所未有的踏实。

王继坤看着那棵得了叶斑病的参苗，焦灼地盼着王安水和王松钰回来。

那颜色枯槁的斑点几天间又扩大了一轮，像一只邪恶的眼睛，突兀而放肆地横在翠绿的叶片上。

王继坤倍感惋惜，一如看着即将夭折的孩子而自己却无能为力。

虽然只是一棵参苗，可它身上凝聚着他和安水近两个月的辛苦与期盼，特别是安水，每天殷切地盼着，挑水、松土、树篱笆、编遮网、做记录，事无巨细、面面俱到。只可惜，这棵苗只怕救不回来了。

王继坤心情沉重地走出来。放眼看去，林间草木萧瑟，一片枯黄。无数落叶纷飞，昔日充满生机的枝杈像老人枯瘦的躯干，在一阵紧似一阵的山风里颤抖着，呻吟着……

王继坤怅然地看着天空，碧空如洗，丝丝缕缕的白云像被扯薄的棉絮，轻盈地曼舒曼卷，一副无所用心的模样。

山上静得出奇，似乎连鸟儿们都伤感起来，藏起来不声不响。那曾经爬满了绿藤花的山石，此时也一派颓唐，挂着几绺已经风干的藤条和残破的叶子，无精打采地匍匐在枯草间。

王继坤正伤神，秀儿像只欢快的小鹿，气喘吁吁地跑上来，“继坤爷，村主任领着镇长来了，你赶紧收拾收拾。”

王继坤一愣，看了看自己，“镇长来干什么？我、我这有什么可收拾的?”

秀儿上下打量了他两眼，“瞧你这身衣服旧的，赶紧换身新的。”

王继坤扯了扯衣襟，微微有些窘迫，“没带新的上山，再说我也没有新衣服，都是旧的，穿着干活哪穿得了新的。”

秀儿笑了，“也是，又不是相亲。”

纵然王继坤心情暗淡，也被秀儿逗笑了。

这时，村主任赵建民领着一个细高个、白净脸的干部走过来。王继坤迎上前去，拘束得不知道说什么好。

赵建民介绍：“继坤哥，这位是咱们张家产镇镇长周京梁同志，这位就是我们村种药材能手王继坤。”

“领导好。”王继坤赶紧伸过手去示好。

周京梁没伸手，背着手冲王继坤点了点头，一脸威严。

王继坤本来就拘束，此时更是惴惴不安。

周京梁看了看那边搭着篱笆架子、盖着遮阳网的试验田，一声不响地走了过去。

王继坤和赵建民对视了一眼，赵建民宽慰他，“没事，周镇长说想来看看，我就带他过来了。”

王继坤动了动嘴唇，心里越发忐忑。他转身跟着周京梁走到那块试验田前，看着神情严肃的周京梁，绞尽脑汁想该怎么开口寒暄，周京梁清了清嗓子，发话了，“这片树林是你损坏的?”

“不是，这……是……”王继坤不知怎么回答了。

“到底是还不是?含糊其辞!”周京梁提高了声音，扭头不满地看着王继坤，背着一只手，指点着试验田和那边简陋的石屋，“谁给你的权利在这儿圈地盖房?身为一个农民，不好好种地偏要种什么药材，种药材也就算了，种什么西洋参，你这是……你这是种资本主义的毒草!”

乍一听这话，王继坤陡然一惊，诧异地看向周京梁那张因生气而涨红的脸。

赵建民也愣了，回过神儿来，他赶紧上前劝合，“周镇长，继坤哥……”

周京梁打断赵建民的话，“赵主任，我们当领导干部的要有崇高的政治觉悟，要坚决割掉资本主义的尾巴，怎么能让腐朽的思想死灰复燃呢?”

赵建民本来是想替王继坤说话的，听周京梁这么上纲上线地质问，顿时哑了声音。

此时，王继坤心里已是翻江倒海，他觉得冤屈，又觉得愤怒，可他的冤屈和愤怒只能硬生生地憋在胸口，紧抿着嘴巴微低着头，以沉默对抗周京梁的责难。

“要知道，虽然我们的革命取得了阶段性的胜利，可是我们的政治思想绝不能放松警惕!赵主任，你要牢牢记住，正确的路线确定之后，干部就是决定因素。一经发现像王继坤这种假公肥私的行为，要采取果断措施进行制止！”周京梁怒气冲冲地强调。

宁静祥和的山林天高地广，因周京梁的造访而变得压抑。王继坤抬头看了看旁边不知所措诚惶诚恐的赵建民，忐忑的心反而平静坦然下来，他转头看着周京梁盛怒的脸，说：“周镇长，您消消气。听我解释两句好吗？”

周京梁不耐烦地叉起了腰，“解释？有什么好解释的？事实胜于雄辩！”

王继坤头大如斗，他想了想，不亢不卑地说：“如今国家在改革开放的春风下迅速发展。中央倡导对内改革，对外开放，家庭联产承包责任制也已经得到实行。我不想搞破坏，我是根据西洋参原产地的自然环境，临时在这儿试种西洋参……”

“别强词夺理！”周京梁厉声喝道，盛气凌人地刮了王继坤两眼，“你一个小小的村民，敢拿国家的政策说事儿，还说自己没有野心！对内改革、对外开放、土地联产承包责任制，这些事是你该说该管的吗？我告诉你，你赶紧把这些篱笆给我撤了，把这房子给我拆了！”

王继坤还要反驳，赵建民从旁扯扯他的袖子，给他使了个眼色，他只好忍了。

周京梁振振有词地训诫：“王继坤，你心里不服气是不是？你想想，如果每个人都学你，都为了种资本主义的毒草破坏公有山林，那还有没有国法？”

王继坤一肚子委屈却无话可说。

周京梁又借题发挥了一会儿，被赵建民劝走了。

王继坤在原地站了好长时间，才踉跄地走到篱笆前，想着上山以来和王安水受的苦遭的罪，想着那棵参苗叶片上仍在继续扩展的斑点，想着周京梁暴跳如雷的模样，他只觉得万念俱灰。

他不明白，国家政策倡导创业发展，为什么自己开荒试种西洋参会被反对，会被冠以“资本主义的尾巴、腐朽的思想”等他难以承受的罪名。

王继坤沮丧地蹲下去，唉声叹气地抱紧了自己的脑袋……

王安水和王松钰兴高采烈地来到山上时，看到王继坤失魂落魄地坐在篱笆旁的地上。

看到女儿女婿，他也只是无精打采地招了招手。

王安水和王松钰诧异地对望了一眼，齐齐走向王继坤，“爹，怎么了？参苗死了？”

王继坤满脸哀愁，沉重地叹了口气，摇了摇头欲言又止。

王安水放下背包，“就是，爹，别上火。你看我都带什么回来了，我们试种西洋参……”

王安水正要报喜，王松钰冲他使了眼色。他打住话头，看见王继坤身边的野草都被揪光了，不由一愣，“爹，到底什么事让你上这么大火？”

王继坤垂头丧气，“安水，怕是我们不能在这山上试种西洋参了。”

“为什么？”

“村主任领着镇长来了，说是我们这是在种资本主义毒草，是思想腐朽、假公肥私，破坏了公有山林……”

“这……怎么能这样呢？我们试种药材怎么就是思想腐朽了？这片山林这么大，我们开这么块荒当试验田，回头试种成功了，我们把这片地摊平了再种上树不就行了？”王安水一听就急了。

“谁说不是？可我有理说不清，周镇长一个大帽一个大帽地扣下来，我心里就发慌。”王继坤抬起沧桑的脸庞，双眼蓄满泪水，看着女儿女婿，“你们说，我们该怎么办？”

“真好笑！以前我反对，现在我不反对了，又有别的人来反对了。爹，安水，要不咱们不种了，下山过安生日子去，反正这西洋参也不见得能种得活。”王松钰愤愤不平。

王继坤痛苦地摇摇头，“种不出西洋参来，我死不瞑目啊。”

王安水看着王继坤不甘又无奈的模样儿，想了想，劝慰他，“爹，你别发愁。我们种西洋参不是偷不是抢，不丢人。我们开荒试种只是暂时的，并没想大片大片地在山上种参。从山下水库里提水上来浇，太不方便了。我这一次和松钰去农科院学到好多东西，我在路上就想，如果把山上的泥土挖些带回家，用花盆试种，做好遮阳防护工作，岂不是更方便些？”

王继坤一愣，黯淡的眼神一下子亮了，“安水，你这个办法好啊，我怎么就没想到？”

王安水说：“我看见人家农科院里就有许多盆栽药材，我就寻思可以用同样的办法试种西洋参。如果我们在花盆里试种成功了，我们可以把山上的土推些到农田里，在农田里扩大种植面积。”

王继坤站起来，激动地搓着手，“可行，可行！还是你脑子灵光，你这一下子解决了好几个问题。对，对，我们可以把山上的土挪到地里去。安水，松钰，咱们挖土！”

王安水拉住他，“先不急着挖土，得先兑药水给参苗治病。”

王继坤摇了摇头，指了指篱笆那边，“晚了，你自己看吧。”

王安水心里一紧，打开篱笆门走进去一看，前几天他离开时，那片叶子上的斑点还只是指甲盖儿大小，此时，几片叶子全都像被烤煳了似的蔫着，就连之前翠绿挺直的茎秆儿也呈现一片死灰的颜色。

王安水看着那棵奄奄一息的参苗，想着之前它生机盎然的模样，心被拧了麻花似的疼。一种无奈无助的凄怆之感油然而生。他闭上眼睛努力平复着悲伤的情绪，转身走出篱笆，安慰王继坤，“不管怎样，我们也是成功了，起码参苗长出来了。爹，也许是这棵参苗知道冬天来了，不舍得让我们在这儿吃苦。”

王继坤苦笑，“也只能这么想了。”

王松钰探头看了那棵参苗一眼，仍不死心，“不是还有一棵没出来吗？”

王继坤摇摇头，“别指望了，这种病害会扩展蔓延，这片试验田暂时不能用了。再要用，得明年开春过来，把这些枯草末儿烧毁了，把土换掉。”

王松钰难以置信，“这些药材也会得传染病？”

王继坤：“当然会，这有什么稀奇？你别以为树啊草啊没有感觉，它们和我们人类一样知道冷暖，要不怎么一到春天就发芽，一到秋天就落叶？它们是有情感的生命。”

听了王继坤的话，王安水若有所思，沉重的心情突然开朗了许多，他笑笑，“原来种哪种药材就像在人群里找朋友一样，开始互相不了解，慢慢处得熟了，就能好好地在一起了。”

王继坤盯着王安水，脸上难得地浮起笑意，“你说得对。”

王松钰从石屋里拿出两把铁锨和两只草编篓，分别递给两人，“挖土，回家用花盆跟西洋参交朋友。”

王继坤和王安水相视一笑，接过工具忙活起来……

王安水一家三口从山上搬下来的第四天，下雪了。

一早推开门，漫山遍野，一片银白。

王安水站在平房上，看着双顶山的方向，那片试验田，那栋房子，凝聚着他和乡亲们辛勤的汗水和殷切的希望，如今全都被覆盖在积雪之下了。

希望虽然遥遥无期，但他仍然坚定。

他回到屋里，看到暖炕边上齐齐摆放着的四个花盆，那里面种着剩下的四粒参种。

王继坤说，尽量保持好室内温度，定期浇水，保持好土壤的温度，看看这四粒参种能不能发出芽来。这次，要提前做好各种病虫害的防护。

在自家花盆里试种很方便，不用费时费力往山上跑，王安水有了许多闲余时间。王继坤给他找来许多种植药材的书，他很认真地边看边记。他不断地告诉自己，心诚则灵，不下苦功夫，成不了专业种参人。

这天，家里来了贵客，是之前在山上声色俱厉批评王继坤的镇长周京梁。

王继坤那天领着王松钰去镇上赶集了，村主任赵建民领着周京梁进门的时候，王安水在家看书。

“安水，继坤哥呢？”赵建民问。

“我爹出去了。”

“这位是镇长周京梁同志。周镇长，这位是王继坤的女婿王安水，退伍军人。”赵建民给两人作介绍。

周京梁打量着王安水，又看了看屋里的情形，最后把目光定格在炕边的四个花盆上，“连棵花都没有，整这么四盆泥摆在这里干什么？”

王安水有些不自在，拘束地说：“周镇长，您不让我们在山上种西洋参，我们就回来用花盆试种。这四个花盆里都种着参种。”

周京梁点点头，和颜悦色，“能种出来？”

王安水：“不一定。”

周京梁沉默了一会儿，神色复杂地看了王安水一眼，“小伙子，我今天来是向你爹道歉的。他没在家，回头你转告他，上次我态度不好，也没有认识到种植西洋参的价值，是我唐突了。前两天我去市里学习，国家确实有扶农政策鼓励大家灵活合理地使用土地，发展多种产业。我给你们问了这种西洋参，市里请的专家说这种人参药用价值高，浑身是宝，必须给予大力支持。你们在山上开的那片试验地可以继续使用，那栋房子也不强迫你们拆除，不要再继续扩大开荒面积就行了。我在镇上给你们立了个项目，申请了一些扶持资金，虽然不多，但也是镇政府的一片心意。回头你去镇上办办相关手续，把扶持资金领来，多买些种子好好种吧。"

王安水本以为周京梁又是来兴师问罪的，没想到他竟然说出这么一番话来，一时有些不知所措。

赵建民在一旁提醒王安水，"还愣着干吗？赶紧谢谢镇长。"

王安水赶紧起身，红着脸招呼，"镇长，村主任，你们快请坐，我、我给你们倒水喝。镇长，我替我爹先谢谢您。我……"他给周京梁和赵建民分别倒了杯水，有些手忙脚乱。

周京梁看到窗台上的一摞书，指着问："这些书你都看了？"

王安水如实回话，"没全看完，看完两本了。"

赵建民从炕沿上拿起王安水刚刚放下的一个笔记本，翻了翻，递给了周京梁。

周京梁翻开一看，就见密密麻麻的蝇头小楷整整齐齐地写满一页又一页，不由赞许地点点头，"是个爱学习的人，这字也写得好。安水，看来你是铁了心要种好西洋参，那就坚持种下去。镇政府、村委都支持你。"

王安水感激地看着周京梁，先前的担忧烟消云散了。

周京梁放下笔记本，又变戏法儿似的从怀里掏出一本书递过来，"这是我去市里开会买来的，听说是西洋参种植技术最全面的书，你好好研究吧。"

王安水接过那本书，只觉得那并不厚实的书沉甸甸的，微微沁凉的扉页似乎有着炙热的温度，透过他的掌心一直暖到心里去了。他想说些漂亮话表达谢意，可所有的语言似乎都无法表达他此刻的心情。最终他紧紧地把那本书摁在胸口，给周京梁鞠了一躬。

"唉，小伙子，我之前不懂得西洋参的金贵，不由分说冲你爹发火，你们不怪我就挺好了。我做这点儿事也算将功补过，不用谢。回头等你和你爹把西洋参种起来了，口子李村，甚至是镇上的其他人都要跟着你学技术，那时我可得好好谢谢你们。"周京梁说。

王安水点点头，"到时候谁想种参，我和我爹都会毫无保留地教给他。"

赵建民盯着那四个花盆，慢条斯理地来了一句，“种这东西得个耐性，换是我，我可等不及。现在我都想把种子抠出来看看有没有发芽。”

周京梁哈哈笑，“等不及也得等。如果能赚大钱，多少耐心你都有!”

赵建民也不否认，“这倒是。”

原本有些拘束的王安水也忍不住哈哈笑开了。

三个人的笑声传到院子里，让刚进院的王继坤和王松钰面面相觑。

王松钰疑惑地问:“是谁到咱家里来了?”

王继坤仔细一听，脸色大变，“是镇长的声音。”

王松钰不高兴了，“他又来干什么?怎么老盯着咱家是个事儿?我赶他走!”

王继坤一把拉住她，“不行。咱们先别进门，躲躲。”

“爹，这是咱家，咱躲什么?”王松钰有点儿恼了。

王继坤刚要说什么，王安水陪着赵建民和周京梁走了出来。王继坤再要躲，已经来不及了，只好硬着头皮冲周京梁点了一下头。

赵建民冲王继坤呵呵 乐，“继坤哥回来啦!镇长又来看你了。”

王继坤惴惴不安，“镇长，我们已经从山上搬下来了……”

王安水赶忙上前解释，“爹，周镇长这次来是给我们送书和项目的。”

王继坤怀疑自己听错了，“啥?送书和项目?”

周京梁歉意地笑笑，“王继坤同志，上次是我太唐突了。我已经向市里的专家们了解了西洋参的药用价值和种植情况，他说现在我们国家大田种植西洋参还是个空白，如果咱们市里真有人能种植成功，那可是件了不起的事。是我对这方面不了解、见识短浅了，经镇上领导研究决定，双顶山那里允许你开荒利用，而且要把口子李村正式设为西洋参产业种植实验基地，还立了项目设立了一定的扶持奖金，你们就放开手脚干吧。”

王继坤听着周京梁的这些话，由疑惑转为惊喜，上前一把握住周京梁的手，感激地说:“谢谢领导，我……我真是太意外了。好哇，我做梦都没想到能得到您的支持，我、我和安水会把西洋参种起来的，一定会的……”

王松钰站在一旁，脸上的怒气变成了甜美的笑意。

看着多日来一直愁眉不展的王继坤笑容满面，看着他和周京梁紧握的双手，王安水突然觉得这飘雪的寒冬也充满了阳光，孕育着无限希望……

第九章

岁月不居，春秋代序。

似乎过大年的鞭炮声还余音绕耳，早春的信息已悄然传遍万水千山。此时万物复苏，草长莺飞。

双顶山上的迎春花早早地含苞待放，点点鹅黄拥拥簇簇地顺着长柳似的枝条垂挂下来，不几天，就轰轰烈烈地乍开一片锦绣。

村后池塘边的垂柳也应了春讯，先前枯瘦的枝条千娇百媚地丰润起来，变成淡绿的模样，随风摇曳着万种风情，以池水为镜，日新月异。

口子李村家家户户经过一冬的休整，也随着春耕临近日益忙碌起来了。大人们忙着修理农具、松土施肥，孩子们忙着扎风筝、赶趟儿，满街撒着欢地嬉闹。

一切都欣欣向荣，就连风都不再凛冽清冷，裹着花香的美意，带着鸟语的问候，迎面拂来，令人心旷神怡。

只是，在这日益美好的春光里，王安水和王继坤却郁郁寡欢。

那四粒种子没有出芽。

一个冬天里，它们一点儿动静都没有。

翁婿俩从满怀殷切的期望到疑惑到失望，饱尝了三个多月的煎熬，终于对那四个光秃秃的花盆绝望了。

王安水用小铁铲扒开泥土一看，种子都烂得不成样子了。

那是仅存的四粒西洋参种子，全都“阵亡”了，现在，他们手里连一粒种子都没有了。

“爹，我去找刘教授再买些种子回来。要是咱们的钱不够，周镇长不是说给咱设立了项目资金吗？我去镇上办办手续，把钱拿来用。”王安水不灰心，“这次，咱们多买些种子，春天种，秋天也种，一年不行两年，两年不行三年，就不信种不活它。”

王继坤想了想，“咱们从去年秋天到现在，只出了一棵苗还得病死了，哪好意思给政府增加负担？再说咱们也没有必要一下子买太多种子，没有章法地乱种一气劳财伤民可不行，还得好好琢磨一下，为什么一样的泥土，在山上能出苗，在花盆里就出不了苗。琢磨透了再试种才能有效果。”

王安水发愁了，“这怎么琢磨啊？这种子都烂了，也不会说话，告诉我们它为什么在山上肯出苗，在花盆里就烂掉了。”

王继坤把烟袋锅往门槛上一磕，“周镇长不是说双顶山那儿让咱们继续开荒用着吗？这些天一直响晴的，山上的积雪估计也都化了，我们上山看看去。”

“看什么?”王安水一头雾水。

“你忘了，山上那块实验地里，还有一粒补种的参种。”王继坤提醒他。

“爹，这大冬天下了那么多场雪，估计那粒种子早被冻死了。”

王继坤沉吟了半晌，“不一定。如果我猜得没错，这四盆里的种子会烂掉，正是因为咱们家里一个冬天都在烧火取暖保持室内温度。炕上一直都热乎乎的，花盆里的土也一直都是温湿的。除此之外，我想不出其他原因。”

王安水不以为然，“书上不是说要保持好温度，防止种子被冻死吗？山上风大雪厚的……”

王继坤站起来，活动了一下筋骨，“瑞雪兆丰年。这个冬天下了那么厚的几场雪，地里的麦子会有个好收成，说不定啊，这西洋参也能给咱们一个惊喜。”

王安水灰暗的心情也不由亮堂起来，“好，咱们去看看。”

两人刚走出院子，王松钰一路小跑地追了上来，把一件棉衣披在王继坤身上，“爹，穿上，冷。我也跟你们去。”

王继坤慈爱地看了看女儿，“都说女儿是小棉袄，真不带错的。好，你也去，不过到时候没看到参苗，你可不许发脾气。”

“嗨，我压根儿就不相信那粒种子能发出芽儿来。我是怕安水一个人照顾不了你，我在后面能帮把手儿。”王松钰冲着王安水做了个鬼脸。

三个人踩着被雪水浸透的土路，高一脚低一脚地往村外走。

路上，两个正追逐的孩子跑得急，前面的一个一个踉跄摔倒在地上，衣服沾满了泥浆，惨不忍睹。那孩子从泥泞里爬起来，用沾满污泥的小手一抹脸，看看身上泥水纵横的模样，咧开嘴，哇一声哭开了。后面的那个一看，上前想拉着玩伴安慰两句，却忍不住豁着一嘴虫牙咯咯地笑开了。

“这路太难走了。”王继坤摇头叹息，上前用衣襟给那孩子擦擦脸上的污垢，轻轻拍拍他的小脸，“别哭了孩子，赶紧回家换身衣服，别感冒了。”

两个孩子拉着手走了。

“爹，等咱们种西洋参成功了，赚钱了，第一件事就是把村里的泥路修成水泥路，像城里那样的，又宽又亮堂。”王安水看着那孩子刚刚摔倒的地方说。

王继坤叹了口气，“好是好，只是不知道咱们什么时候能种成功，更别说能赚着钱了。”

从选择试种西洋参开始，王安水没听见过王继坤这样没信心地说话。他把目光投向了村前成片的土地，那个满地参苗、绿波汹涌的梦想依旧鲜活。他挽住王继坤的胳膊，扶着他蹚过泥泞，“爹，你说过的，万物有灵，如果有缘分，西洋参不会太为难我们的。”

王继坤还没说话，就听见一个苍老的声音传来，“安水啊，我现在觉得晓云没嫁给你是对的。”

王安水一回头，就看到陈月明拄着拐杖站在自家门口儿，笑呵呵地看着他们，“安水，不是我说你，我早就找人算过你的八字，这辈子发不了财，还是老实点儿，勤快点儿，在地里多种几垄花生，秋里还能多打两桶油……”

王松钰听着就来气，刚要反驳，王继坤轻拽了她一下，“只管好好走自己的路。”

王安水心有所悟，冲陈月明笑笑，不急不恼，扶着王继坤往双顶山走去。

不管别人说什么，只管好好走自己的路。

王安水看着村路尽头的双顶山，迈出的每一步都无比坚定……

理想很美好，现实很残酷。

经过一个冬天的风凌雪欺，那一圈篱笆早已溃不成军，只有几根木棍还苟延残喘地支棱着，撑着已经稀破的防风网。

雪从防风网的破洞里灌进来，那块试验田里积雪厚度不均，有的地方稀湿的，有的地方相对干燥，有的地方还有残存的积雪，混着些枯草叶子，看去一片斑驳，狼藉不堪。

田垄早就没有了先前整齐的模样，塌成一片。那棵曾经得了斑点病的参苗尸骨无存，那粒补种的种子更是不知所踪。

三人站在泥地里，看着曾千辛万苦开垦出来的试验田，只觉乍暖还寒的风刺骨冰凉。

王安水四下看了看，找了根木棍，估摸着先时补种参种的地方，想找找那粒种子。

王松钰从他手里夺下木棍扔在一旁，“别做无用功了，哪能找得着？种子那么小。”

王安水闷闷地叹了口气。

王继坤倒是神色平静，转头走到篱笆外面，背着手，长久地看着天地混沌的远处。

王安水和王松钰对视了一眼，不敢吭声。他们知道，王继坤紧抿着嘴唇不声不响的时候，往往是在想什么要紧的事情。

王安水心情沉重地修整篱笆。他像跟谁斗气似的，把那些歪倒的木棍一一扶正，使劲儿往泥土里扎，又把那些断裂的换掉，忙碌得满头大汗却不肯停歇。

王松钰也不闲着，跑进屋子打扫卫生。打扫完屋里，又进了篱笆里清理残存的积雪。

王安水和王松钰忙了半天，王继坤就在那里站了半天。王安水抹着额头的汗停下来看向王继坤时，他瘦削而微驼的背影镶在早春的树林间，也像一棵久经风霜而屹立不倒的树。

王安水想了想，走到他身边，“爹，你别难过。我这就下山去买种子，这山上起码能出苗，还得继续在这山上试种。下次，我们提前做好病虫害的防治，或许就成功了。”

王继坤转过来，若有所思地看了看王安水已经修整好的篱笆，沉默良久，才说："安水，再等等，如果过几天那粒种子还是不见动静，咱们就放弃种植西洋参。"

王安水惊讶地瞪大了眼睛，"爹，你不是说一定要坚持到底吗？怎么……"

王继坤语气沉缓地说："如果是掘井及泉，方向对，方法对，成胜与否只是早晚的事，那自然是要坚持；可如果是南辕北辙，方向错了，方法对也不会有好结果。注定只会失败的话，还坚持做什么？我们去年开荒，这里的泥土是适合西洋参生长的。可这片林子常年的落叶腐草中带有多种有害物质。我们也采了土样在家试种了，完全按照书上所说的，控制室内的温度和湿度，结果连苗都长不出来。到底是什么原因造成西洋参种子霉烂，我们需要找到原因，不能盲目买种子。"

"可没有种子，我们会错过春耕。那粒种子要是发不了芽，这一年不是又要白白浪费了吗？"王安水焦急地说。

王继坤紧锁着眉头，怅然叹息，"是啊。可如果不知道原因，再多的种子埋进土里，还是空等一场。"

就是这样两难的境地，让人无法抉择。

王安水咬了咬牙，"爹，你让我去吧。就算还是会失败，再试一次总比干等着更有希望。"

王继坤看向王安水，半晌不吭声。

"爹，我想种活西洋参，我不想就这么放弃。"王安水执着的目光炙热闪亮。

王继坤拗不过王安水，只好同意，"行，你去吧，今天回去收拾一下，明天和松钰一起去，如果能买得到，记着要挑些颗粒饱满的种子。"

王安水如释重负，他在心里是给自己下了赌注的，百折不回一定要把西洋参种出来。可如果没有王继坤的支持，他就算再有决心也不行啊。

就在这时，王松钰惊喜的叫声传来，"爹，安水，你们快来看！"

王安水和王继坤闻声看去，就见站在试验田里的王松钰指着一旁的积雪，双眼熠熠生辉。

两人赶紧走过去看，就见一抹娇嫩的绿从那薄薄的积雪中探出一点点来，如果不仔细看，根本难以发现。

只一眼，王继坤的声音都颤了，"是西洋参，是另一棵西洋参！"

王安水呼吸一窒，盯着那点萌芽，激动得说不出话来。那雪中的一抹翠绿，像绿翡翠镶嵌在白玉盘上，清新明艳，动人心弦。

“太好了。这粒种子竟然没被冻死。安水，我知道了，我们在家试种失败的原因就是温度高湿度大，种子才会发霉腐烂。这里是向阳坡，有遮风网，还有积雪覆盖，这粒种子经过冷藏后，在气温转暖时就发出芽来了。”王继坤小心翼翼地拨开参苗周围的积雪，眉开眼笑，“安水，这下咱们可以放心地多买些种子回来了，我知道该怎么让种子成功出苗了。”

王安水满心欢喜，一个劲儿地点头。

王松钰在一旁念念有词，“这棵参苗跟我有缘，是我第一个发现它的。以后，你们可以叫它小松钰。”

王继坤和王安水一愣，随即不约而同地笑出声来……

因为有了前车之鉴，王继坤和王安水对这棵参苗呵护备至。

为了避免叶斑病和其他几种药材的常见病，王继坤早早对症下药，又仔细清理好参苗周围的积雪和草末儿，做好了防风遮阳工作，生怕再有一点儿闪失。

一整个冬天的期盼以失望告终，在这个风和日丽的春天，一家人又开始了新的企盼。

天气一天天转暖，双顶山上的花草树木悄然转绿，向阳坡上的迎春花瀑布一样地绽开，随后，春梅、桃花、杏花、梨花、苹果花像击鼓传花似的顺次开放，一茬儿接着一茬儿，赶集儿似的缤纷热闹。

农田里，人们以面朝黄土背朝天的姿态勤劳地耕种，他们的身影带着对土地的敬畏和膜拜，在田垄间缓慢地挪动着……

远远看去，成片的田地和交错的田间小路组合成的六弦琴上，春耕的乡亲们像弦琴上的音符，将春天韵律演奏得深情而绵长。

王安水忙碌之余，常常站在山顶的大石头上，远远看着这一切，心中涌荡着复杂的情感。在这片美丽的土地上，乡亲们夜以继日地劳作并不曾改变困窘的生活。他们的付出与收获不成正比，愁苦的皱纹布满他们的面容。他们苦中作乐的笑声中透着心酸，浮荡在半空被时光不着痕迹地冲散……

这片贫瘠的土地如羸弱的老妪，那些破土而出的庄稼就像是她稀疏的头发，它们朴实无华，长不出茂盛的浓荫，庇护这些勤劳耕种的乡亲。

同一个人，选择不同的职业，会有不同的人生；同样的土地，种下不同的种子，也将会有迥然不同的收获。他一定要带领着乡亲们把这片土地变得富饶起来。

这样的信念激励着王安水，他一边悉心照顾着参苗，一边向王继坤讨教种植草药的经验，不敢有丝毫的松懈。

这天，村主任赵建民和他老婆于香来山上送饭，于香拿出几个热腾腾的包子递给王松钰，“赶紧给你爹和安水吃，还热乎着。”

王松钰连声谢过，领着赵建民夫妇俩到新开的小块实验地里，王继坤和王安水正在那里商量事儿。

赵建民看了看那棵绿油油的参苗，又转头看了看之前的那块试验田，疑惑地问：“怎么挪地方了？这么一棵苗，还用费这劲新开个实验地？”

王继坤给他解释：“怕那块地里有菌虫害，就把苗挪过来了。”

赵建民点了点头，指了指王松钰手里的包子，“你们都还没吃饭吧？赶紧吃。”

王继坤和王安水感激地接过包子，一边吃着，一边和赵建民夫妇聊起来。

赵建民问：“镇长前两天问我，你们种参种得怎么样了。镇上事情多，他来不了，托我来看看。我在路上和于香说，这山上到处都是石头和树，泥土也多在石头缝里夹着，你们这好不容易开点荒出来，试种还行，要是想大面积种植，怎么也不行啊。周镇长那是了解了相关政策的，同意你们继续用这块试验田，可毕竟毁林开荒是政策不允许的，你们有什么打算？”

王安水说：“这个问题我和我爹早就想过了。到时候我们得想法把山上的土搬到大田里。”

于香一听就笑了，“安水，这得费多少劲挖啊？你们还想当愚公？就算你们不怕苦，可这山上的土有多少啊？哪够用呀！”

赵建民点点头，“就是，山上的土不好挖也不够挖的，得想别的办法。”

王继坤和王安水对望了一眼，沉默了。

赵建民从怀里掏出一个布包递给王继坤，“这是镇长让我捎给你们的，一斤西洋参种子。说是已经人工催熟了的，这时候正好下种。”

王继坤和王安水喜出望外。

王安水把那个小布包拿过来，打开，抓出一把种子来，果然是和他去年从郑少平手里拿回来的种子一模一样。

王继坤感激地说："这种子来得太及时了，我们正想着这几天出去买种子呢。主任，回头你替我谢谢周镇长。"

赵建民应了声，夫妻俩聊了一会儿离开了。

王继坤和王安水一刻也不等，立刻把种子进行了清洗，仔细地种在理好的土畦上。

"爹，你说这些种子能出苗吗？"王安水忐忑地看着盖着薄草灰的土畦。

"应该能。如果出了苗，我们下一步就该去找和山上的泥土成分接近的泥土了。"王继坤说，"这不是件容易事儿，估计你又得跑不少地方去找。不能太远，远了我们搬土太费劲儿。"

王安水毫不在意，"你放心爹，不就是找泥土吗？我去附近的山湾、塘湾里找，总能找得到这种腐殖质含量丰富的泥土。"

王继坤欣慰地笑了，"安水啊，你身上的这股子劲儿最稀罕人。说实话，要不是你一直坚持，我早打退堂鼓了。"

站在一旁的王松钰递来毛巾，"他啊，就是一头犟牛！"

王继坤接过毛巾先递给王安水，"年轻人就应该有犟牛的精神。"

王安水擦着汗，得意地对着王松钰噘噘嘴，王松钰娇憨地横了他一眼。

三人相视而笑。

山风乍暖还寒，雪白的山花迎风招展，落英缤纷。

时光匆匆流逝，地里的庄稼一天比一天高起来，前时光秃的土地披上了绿衣，平展展地铺向远方。

山上实验地里的参苗也争先恐后地冒出来，一棵棵精神抖擞地挺着纤细翠绿的茎儿，像急着探看世界的小孩子，拼命地增枝长叶。

怕新出的参苗受到病虫害，王继坤小心翼翼地研究着各种农药的配置比例和喷洒方法，王安水每天忙着记录、松土、施药、看书，两人忙得不可开交。

这样的忙碌让王安水觉得充实快乐，他最喜欢做的事就是忙完了，蹲在土畦间，静静地看参苗。那些翠绿可爱的参苗，意气风发地生长着，他怎么看都看不够。

为了早日把这些参苗挪到大田里去种植，王安水跑了许多地方寻找适合种植西洋参的泥土。刘教授给的那台小型土壤成分检测仪起了不小的作用，经过它的测验，王安水惊奇地发现，原来各处的泥土真的不一样，成分含量千差万别。

“原来泥土就是像这山上的草一样各有各的特性。”王安水拿出许多装着土样的纸袋，摆放在王继坤的眼前，让他甄选。

王继坤仔细看过后，再次摇头，“都不行，这些泥都不跟咱们山上的一样，不是太散，就是太黏，这腐殖质的含量也差得太远。”

王安水斩钉截铁，“我再去找！”

王安水说到做到，每天忙完了，就四处寻找合适的泥土。布鞋磨破了一双又一双，脚后跟起了水泡，附近能找的地方都找了，可还是没有找到合适的泥土。

王松钰看见王安水脚上的大水泡，免不了心浮气躁，“爹啊，前时怕参苗种不出来，这参苗种出来了，这又得到处去找泥土。安水找了快一个月也找不到，就算找到了，怎么搬回来啊？难道你让他一车车地去推？你要累死他啊？”

王继坤倒是气定神闲，“你别吵吵了，安水心里有数。”

王松钰烦恼不已，“他有什么数啊？他有数的话就该早点儿听我的话，不种这西洋参了。唉！也是我不好，前阵子跟他去了趟农科院，听那个刘教授说了那么一通大道理，我就心软同意他种参。要是知道这么费事，我才不同意呢。”

王安水挤破水泡，简单地处理了一下伤口，穿上袜子，不以为意地冲着王松钰笑笑，“媳妇，知道你心疼我，别上火。我这路还是走得少，走多了，脚磨出厚茧子来，就不疼了。”

王松钰听了，想说什么，眼圈先红了。

这天，王安水兴高采烈地回来了，把一袋土样儿递给王继坤，“爹，你看看这土行不行？”

王继坤看了看，土质细腻而不松散，黝黑中透着褐色，和山上的泥土差不多，脸上一喜，“安水，这是你在哪里找到的？”

“在邻村的苹果树地里。”王安水说。

王继坤想了想，“你去挖一盆回来，我们挪一棵参苗栽里面试试。”

王安水高兴地应了一声，这是王继坤第一次同意挪种参苗的泥土，如果能活苗，那他就不用再东奔西走了。

王安水找了一个大花盆，去挖了一盆土回来。

令人遗憾的是，挪种在那盆泥土里的参苗没几天就开始掉叶子，死了。

王安水很纳闷，“怎么会这样？这土壤检测仪也证实这泥和山上的泥土腐殖质含量差不多，怎么就不活苗呢？”

王继坤也一筹莫展，“怪事。会不会是山上山下的温度不同？”

王安水提议：“爹，这样，我上山，你在家，我们俩用温度表定点儿测量温度，回头我们对照一下。”

王继坤叹了口气，“只能这样了。”

王安水拿着温度表上山了。

山上春草蓬勃，乱石丛生，他脚上水泡破裂的伤口钻心地疼。他咬着牙一口气儿爬到山顶，来到实验地里。看到那一垄垄绿油油的参苗，他所有的伤痛和劳累都似乎一扫而空。他微微喘息着，抹着汗水，对着参苗们笑起来，“你们放心，我一定找到原因，让你们在山下安家落户。”

从朝阳冉冉升起，到夕阳缓缓垂落，再到月朗星稀，王安水认真地记录每一个整点时间的温度，丝毫不敢懈怠。

熬了两天两夜，王安水回到家，把记录的温度和王继坤记录的进行对照，发现白天山上山下相差1摄氏度，晚上山上温度更低些，但也只和山下差两度左右。

王继坤愁眉不展，“只差两度的话，温度就不是问题。除了温度和土壤，就是光照度了。山上的实验地我们用苇帘遮光，家里的光照度和山上也差不了多少……应该还是土壤的问题。安水，这个原因我们得找出来呀，要不然就意味着我们没办法大面积地种植西洋参。”

王安水想了想，“爹，我把这泥土带去给刘教授看看，听听他怎么说。”

王继坤紧锁着眉头，“也只能这么办了。这个问题得赶紧解决，今年秋天我们得把参苗挪到大田里种。”

王安水点点头，抱着花盆就往外走，正好看到镇长周京梁和赵建民走了进来。

周京梁看见王安水这模样，疑惑地问："安水，你这急火火的是要去哪儿？"

王安水实话实说，"周镇长，我们不能毁林开荒，想把参苗挪到大田里种，可我们地里的泥土不合适，我这是从别处找来的泥土，看着和山上差不多，可把参苗移栽后没几天就掉叶子了。我刚和我爹商量把这盆土送去农科院找明白人看看，为什么会这样。"

周京梁瞅了瞅王安水抱在怀里的那盆土，"这连盆带土的有十多斤，你是打算这么抱着走二十多里路去车站？你不会找个小盆挪些泥土出来？"

王安水叹了口气，"这盆里有参苗，我怕挪土到新盆里，把已经死掉的参苗给弄坏了，就想这么原封不动地抱去给教授们看看，他们或许能根据参苗枯死的症状找出原因。"

周京梁想了想，"这样吧，市里让我们镇上推荐两个技术员去吉林农业大学参观学习，就你俩去吧，你们就把这盆泥土带上。"

王安水喜出望外，"去吉林农业大学？太好了。"

王继坤也激动不已，"我还从来没去过吉林，这次能开开眼了。"

周京梁看见王松钰一直站在旁边闷闷不乐，不由好奇地问："怎么了？他们去学习你不高兴？"

王松钰眼圈儿红了，指了指王安水的脚，"他脚上好几个大水泡破了还没好呢，又要跑那么远的路。"

周京梁收敛了笑意，深深看了王安水一眼，由衷地感叹，"安水，不管这西洋参能不能种植成功，我都佩服你这份吃苦耐劳的精神。"说完，他转向王松钰，安慰她，"你别担心，到时候市里药材公司会派专车去，安水不用走多少路的。"

王松钰这才缓和了神色。

王安水感激地看了一眼贴心贴意的媳妇，又看了看关心他的周京梁和赵建民，心里暖如阳春三月。他看了看怀里那盆落光了叶子只剩下一根枯茎的西洋参，想，就为这些关爱着他的人，他也不能半途而废。

第十章

从吉林农业大学回来，王安水愁眉不展。大学里的庄教授告诉他说，这份泥土的农药化肥和除草剂超标，不适合种植西洋参。可是，他已经把附近的地方都走遍了，还是找不到和双顶山上一样的泥土。王继坤也不知道怎么办才好。两个人再到山上，看到那些正在茁壮成长的西洋参苗，脸上不再是喜悦的微笑，而是一天比一天焦灼。

如果不能尽快找到适合种植西洋参的泥土，那么他们要考虑去更远的地方安家落户，继续寻找可以发展西洋参产业的地方。他们不想放弃，也不想背井离乡。口子李村虽然地处偏远，但是他们世代生活在这里，和其他乡亲们一起守护着这片土地。他们对这里的山山水水充满了无法言说的依恋和挚爱，他们希望能造福这一方，而不是被迫搬迁远离。

“你们能把西洋参试种出来很了不起。要知道在其他几个地方都是专家们在试种，可到现在为止都失败了。”

吉林农业大学的庄教授曾这样说。他还说要领人来双顶山看看，向他们取取经。

“不能让他们来看，咱不能把种植的经验告诉他们！爹，我们好不容易才把西洋参苗种出来了，可我们找不到合适的土地来大面积种植，如果他们把我们的经验学去了，他们那边的土地又适合种植西洋参，那我们忙了这么久，不是白白为他们忙活了？”王松钰闷闷不乐地说。

“这孩子，怎么就这么小心眼儿？既然我们不想搬家，又没办法发展这项产业，我们应该把经验告诉更多的人。”王继坤开导女儿。

“安水，你说说爹，他这是利人损己。”王松钰有些急了，“回头咱们眼巴巴看着别人用我们的经验发家致富，不得憋屈死？”

“不憋屈。松钰，爹说得对，我们不能太自私。西洋参是好东西，能成功引进来并大面积种植是利国利民的事情。我们发展不起来，中国这么大，总有地方能发展起来。”王安水疼爱地看着王松钰劝她。

“你们都大度，都有理！”王松钰说着红了眼圈儿，“我就是想不明白，我们在这山上开荒吃苦，他们不劳而获，凭什么？”

王安水惆怅地看着山下的土地和村庄，心里满是苦涩。

王继坤也没心情安慰劝告女儿，坐在一旁的石头上，默不作声地抽旱烟。

王松钰见两人都不说话了，鼓气一头扎进屋子里，扑到土炕上呜呜地哭起来。

王安水舍不得王松钰生气难过，可他此时心乱如麻，不知道该怎么劝她。他咬着嘴唇看着山下平旷的土地和屋舍寥落的村庄，心揪得紧紧的。

此时已是初夏时节，地里的庄稼长势旺盛，像铺展开的绿绒地毯。花生、地瓜、芋头、土豆忙着增枝长叶，玉米长到半人高了，豆子已经开花结荚，争分夺秒地孕育果实了……乡亲们的田地里生机勃勃，丰收在望，他们家那几亩地却一直荒着。

那几亩荒地像毛发浓密的头上生的一块癞子，嵌在一片翠绿的庄稼地里，突兀而凄凉，隔着不近不远的距离，孤愤地和他对视着，发出无声的抗议。

那几亩地本来是王安水和王继坤计划用来移种西洋参的，翻地松土、拔草施肥，一样都不曾落下，只是如今却还是成了野草的乐园——他们去吉林农业大学的这半个多月，野草们肆无忌惮地占领地盘，毫不客气地嘲笑他们的决策。

西洋参无法移植，秋天又将颗粒无收，生活变得举步维艰希望渺茫。王安水心急如焚，他回头看了一眼一直闷声抽旱烟的王继坤，又看了看石屋那边。王松钰压抑的哭声断断续续地传来，像一只无形的手撕扯着他的心，让他胸闷气短。

“爹，我们这里四季分明，气候宜人，适合种植那么多种草药，我就不信单单不能种植西洋参。我还去找泥土，找不到我就一直找。”王安水说完，转身大步往山下走去。

王继坤愣了愣，把旱烟袋往旁边的石头上磕了磕，想叫住王安水，看着他倔强的背影，到底没喊出声来。

王松钰哭了半天没人哄，气呼呼地冲出来。知道王安水一句安慰的话都没有就走了，刚刚忍下去的眼泪又冲了上来。

王继坤看着哭得一把鼻涕一把泪的女儿，想说什么，却扑哧一声笑了。

“你还是不是我亲爹啊？”王松钰哽着声音跺脚。

王继坤长吁了一口气，摇头，“闺女，遇上点儿困难，你就知道使小性子，你学学人家安水，就有那么一股子不怕输的劲儿，这样的人才能干成事儿。”

“他一根筋，你还夸他！”

“要想干成事儿就得一根筋。”王继坤收敛了笑意，看了看远处连绵起伏的群山，神色悠然，“我本来也发愁，可安水这样，我突然想通了。万事开头难，谁也不能例外。安水一定能找到适合种植西洋参的泥土，那只不过是早晚的事。我们都不用着急，安心守着这些参苗，等它们平平安安地开花结果，那时再进行移植也不晚。”

王松钰刚要反驳，可当她抬起泪眼时，看到她爹沧桑的脸上满是欣慰的神色，还有他已然花白的头发，她再不忍心给他增添烦恼了。

王松钰擦干眼泪，看见山下的田间小路上，王安水正迎着阳光大步向前地走去……

几天过去了，王安水仍然一无所获。

他把寻找范围扩大到附近的村庄，可是无一例外，那些泥土都不适宜种植西洋参。这天，他正走街串巷东张西望，一抬眼，就见有户人家院门旁的一个大花盆里种着一棵石榴。

五月的阳光下，那棵石榴枝繁叶茂一派生机。那密密匝匝的叶子油光发亮，衬托得那一朵朵错落有致的花朵越发娇艳欲滴。更令王安水叹为观止的是，那棵石榴树已经结了果实。拳头大小的石榴沉甸甸地坠在枝头上，绿中带褐的表皮泛着蜡质的光泽，喇叭似吹开的顶部还挂着残存的花瓣儿，透露出强劲的生命力。

王安水的目光顺着枝叶繁盛的树冠落到树下的泥土上。那花盆里泥土是灰黑色的，细密而蓬松。王安水的心猛然一跳，一种踏破铁鞋无觅处，得来全不费功夫的喜悦油然而生。他刚要走近去掘那花盆里的泥土，突然听到背后有人叫他："安水！"

王安水猝然回头，就看到穿着格子裙的陈晓云红着脸站在那儿看着他。

这意外的邂逅让王安水措手不及，此时此刻他满脑子都是石榴、泥土和西洋参，正沉浸在充满期待的喜悦里，以至于看到陈晓云半天回不过神儿。他微微皱着眉头，目光直愣又热烈，若有所思似的专注。

他这样的神情无疑加深了陈晓云的误会，她窘迫地绞着手指，原本有些潮红的脸庞更加艳丽，她半垂着眸子，压抑着喜悦表露出些许的羞恼，"安水哥，你还来找我干什么？"

王安水一愣。

陈晓云当他默认，语气柔婉了许多，"要是让我那口子看见，我可怎么说得清楚？"

王安水脸色一沉，四下看看，又看了看含羞带怯的陈晓云，转身就走。

陈晓云手疾眼快，上前一步拉住王安水，声音压得很低，"你不用害怕……"

这话说的，好像他真干了什么见不得人的事儿。王安水被蛇咬似的甩开陈晓云，声冷如铁，"我没找你。"

陈晓云只当他不好意思，嗔怒间眉眼含情，"你都找到我家门口儿了，还说没找我？我在院子里，亲眼看见你走过去的。你叫我出来是想跟我说什么话？"

"你误会了，我没找你，也没话对你说，我是找泥土。"王安水解释。

"找泥土？瞧你，我哪点儿像泥土了？"陈晓云说完，抿着嘴笑了。

王安水有些烦躁，她这么误会可不好，让人看见了生出闲话怎么办？他往后退了两步，指了指旁边的石榴树，"晓云，我真没找你，我想看看这花盆里的泥土。"

陈晓云一厢情愿地认定王安水胡说，"安水，我知道当初是我错了。我那么草率地嫁给别人不对，他刚结婚的时候对我还行，后来就又打又骂……"

王安水看着陈晓云越说越离谱，不由得头皮发麻。他再次四下看了看，别扭地制止她，"你别说了。已经这样了，都好好过日子吧。"

陈晓云听不出王安水话里的拒绝，只以为他同情她心疼她又无可奈何，当即表态，"安水，我常常想起我们之前在一起的时候，我……"

王安水不敢再听下去了，也不敢继续在这儿逗留。他恋恋不舍地看了看那棵石榴树，暗暗记下了位置，转身就走。

“安水！”陈晓云想叫住他。

王安水头也不回地走了。

陈晓云看着王安水决然离去的身影，犹豫片刻，跑过去挡住王安水的去路，倔强地看着他。

王安水差点儿跟她撞个满怀，他刹住脚，看着离他一步远的陈晓云，不由有些生气，“陈晓云，你都有孩子了，我也有老婆了，我不可能再找你。我真是在找泥土。”

“你找泥土干什么？”陈晓云冷笑，“泥土里有金子？”

王安水直看向她含娇带怨的眼睛，刚浮起的怒气变成了闷气，堵在胸口上不去下不来，最后变成了些许的焦躁，他别过脸去，闷声不响地绕过她。

陈晓云气得眼冒金星，站在那里看着王安水逃似的背影，愤愤地跺了一下脚。就在刚才，她在打扫院子，听到脚步声，抬头一看是王安水，天知道她有多高兴。她急三火四地回屋里换了身衣服，又蘸着水把毛糙的头发梳得纹丝不乱，这才追出来的。

她出门就看到王安水站在她邻居家院门旁，心里更是欢喜。她以为王安水是在等她出来，而她打扮得这么精神，正好能让他好好看看。可他竟然对她视而不见，说他在找泥土！

她是泥土吗？虽然有了孩子，可她依然年轻貌美，怎么在他眼里就变成了不值钱的烂泥了呢？

陈晓云越想越气，一眼扫到那棵石榴树，它枝叶招展果实累累，随风轻轻摇摆，像在嘲笑她自作多情。

陈晓云越看它越不顺眼，冲过去，对着石榴树的树干就是一脚。花叶簌簌落下，她解气地又补了一脚。声响惊动了石榴树的主人，邻居打开门走出来看。

人家一看陈晓云莫名其妙地踢得石榴树叶落花凋，很生气地问她：“你这是干什么？”

陈晓云涨红了脸，一时不知道怎么解释。

王安水听到有人说话，转头看过来，想了想，他急步跑回来，拉住那个人问：“大哥，你这盆花泥土是从哪儿弄来的？”

那人打量了一下王安水两眼，“你是谁？问我花泥土从哪儿来的干什么？”

王安水赔着笑脸，“大哥，方便的话，你告诉我这盆花泥土从哪儿弄来的，我有急用。”

那人还在气头儿上，没好气地说：“在草庙子后面的那个沟里。”

王安水喜出望外，连声道谢，在那人和陈晓云诧异的目光中，大步流星地离开了。他自始至终都没有再看陈晓云一眼。

陈晓云恼恨得咬牙切齿，偏偏那个邻居还不依不饶，“问你呢，你为什么要踢我的树？”

陈晓云瞪了他一眼，“不就是一棵树吗？大惊小怪的。”

邻居张口结舌，陈晓云转身走到自己家门前，一脚踢开家门，走进去，轰的一声关死了门。

邻居看看陈晓云家紧闭的院门，又看看已经走远的王安水，挠了挠后脑勺，一头雾水地看了看那棵憋屈的树，闷闷地拿起放在墙边的扫帚，把满地的落叶和落花用力地扫到墙边去，“见鬼了今天！”

夜幕四合，村庄笼罩在一片橘红色的霞光中。

王松钰站在村口小路上望眼欲穿，王安水的身影终于从那边的路口转了过来。只见他背着一个沉甸甸的大布袋，身子被压得微微弯曲，脸上淌着汗，却满是笑意，那样子就跟捡了元宝似的。

王松钰跑过去，想帮他一把，“你这一天不见人影儿，这是搬的什么东西呀？”

“猜。”王安水神神秘秘的语气里都是掩饰不住的惊喜。

王松钰嗔怒地瞅了他一眼，拍了拍那个袋子，恍然大悟，“你又去找土啦？你背这么多回来，又不合适不是又白背了？你怎么一次次就学不精呢，真是的！”

“这次的肯定适合！”王安水笃定地说。

“这次这次，每次你都这样说。”王松钰心疼地看了看他的脚，“这次又跑去哪里找的？”

“远着呢，说了你也不知道。我一路打听着去的。”

“有多远？”

“离咱们村有五十多里地。”

“五十多里地？”王松钰猛地刹住了脚，“你到五十多里地外找的土，就是合适，咱们怎么搬回来啊？”

王安水云淡风轻地看了她一眼，“活人还能让尿憋死，这不是有腿吗？”

王松钰抚着额头，无语地看着他。

王安水乐呵呵的，“放心，我有办法搬，就怕这土不合适。”

王松钰看着他，想责怪他几句，声音哽在喉间，眼睛泛红。她叹了口气，走过去，把那个沉重的布袋给他往上托了托，温柔地说，“你放下来，我们一起抬着。”

“不用，我扛得动。”王安水抹了一把汗水，“走吧，爹该等急了。”

王松钰点点头，托着布袋底部，亦步亦趋地跟着王安水往家里走。

王安水一边走，一边给妻子说他这一天的经历，怎么走错了道儿，怎么打听路，找到的那个沟壑是个什么样儿的，一件件如数家珍。

王松钰默默地听着，随着丈夫的叙说，她的脑海里浮现出一幕幕场景。她可以想见，王安水站在河岸上，弓着身子拔掉参差的野草，抡着铁锹一铲铲挖土……看着丈夫疲惫却兴奋的脸庞，说不出的心疼，让她有些感伤。

“松钰，你看着吧，我和爹一定能把西洋参种出来，把咱们村一大片一大片的地全变成参池，到时候咱们村里每家每户都是种参大户，谁也不用愁吃愁喝。”

丈夫的声音透过他结实的胸膛愉快地传来，在晚风中传得很远。虽然那听起来很像一个遥远而虚妄的梦，可那样的梦想就像天边绚丽的晚霞，看去一片锦绣。她静静地跟着他，偶尔应和一声，不忍心再泼他凉水。

橘红的暮色里，两个人一前一后慢腾腾地往村子里走。火红的夕阳像一枚印章，印在明山秀水组合的画卷上。村庄里袅袅升起的炊烟，远处山腰间的雾霭，都像流动的云，让这个黄昏充满了诗意。两个相伴的身影像这诗情画意里的点睛之笔，让这动中有静的画卷有了灵动而又凝重的色彩。

王安水说着话往前走，偶尔回头看一眼妻子。温馨祥和的暮色里，她姣好的脸庞罩着一层柔和而圣洁的光晕，美好如圆润的新月。他蓦然停住脚，半天再没有了言语，只和她站在这静谧的暮色里，看着天边织锦似的晚霞，聆听着村庄里鸡鸣狗叫的声音。

两年间，似乎一直就是急匆匆忙碌碌地过日子，就在此时此刻，突然停歇下来，放松了身心，物我两忘地停歇下来。这一刻，这山、这水、这村庄、田园、妻子的美，异样清晰，异样的亲近，王安水的双眼蓦然一阵潮热。

似是屡败屡战中沉积下来的压力需要发泄，似是内心深处柔软的角落被温情抚慰，似是一直紧绷的身体想要松懈休憩，他突然有流泪的冲动。他想放下背上的泥土，蹲下来痛痛快快地哭一场。可他最终咧开嘴，问妻子，“你累不累？”

王松钰刚要摇头，看他脸上的尘土被汗水冲得脏兮兮的，莞尔一笑，掏出手帕来给他擦擦脸，“累了，咱们歇歇吧。”

王安水把那袋子泥土放下来，一屁股坐在了上面。

一天里东奔西走，拔草刨土赶路，早累得腰酸背疼，这么一歇下来，就觉得全身散了架儿似的。背心和衣领都被汗水浸湿了，被晚风一吹，凉飕飕的。王安水捶了捶后腰，接过妻子的手帕，擦了擦后脖颈，“爹呢？”

“在山上。他说晚上不回家了，要在山上看苗子。”

“爹把参苗看得比命都金贵。”

“还说爹，你还不一样？安水，你说这次这些土能用吗？”松钰还是忍不住问，“要是再不行呢？”

以前，王安水总是豪情满怀地说，不怕，再找。可此时，他沉默了，他忧心忡忡地看了看村路两边的庄稼，疲惫的脸上神色沉重。庄稼长势喜人，似乎嘲笑他的自不量力。他很清楚，如果这次还不行，那他只能忍痛割爱放弃种植西洋参了。

王安水忧虑的目光从几株玉米叶上细细碾过，落在田边茂密的野草上。那些野草长得恣意妄为，一派天然。没有人给它们施肥浇水、在意它们的生死，可它们虎虎生风地从石头缝儿里钻出来，从粗粝贫瘠的泥土里长出来，无所顾忌地增枝长叶，霸气张扬地开疆辟地，在人们忽视的时光中悄然占据了整条整条的村路，整片整片的山野……

王安水凝视着那些野草，就在这时，他看到了那棵西洋参！

王安水在看到那两根绿茎两撮复叶时，心在胸腔里猛地跳荡了一下，就静止不动了。

暮光中，那棵西洋参就长在参差的野草之间，半遮半掩欲语还休，如果不仔细看，就跟那些野草混为一体，难以分辨。可那样的茎，那样的叶，是王安水在梦中都会浮现出来的西洋参的，一点儿都没错！

王安水轻手轻脚地起身，小心翼翼地凑近，拨开旁逸斜出的野草。

“安水，你干什么？”王松钰疑惑地看着丈夫，目光随着他的手掌，落到了那棵西洋参上，也不由惊喜交加，“呀！这里竟然长出一棵西洋参来！”

王安水难以置信地触摸那棵西洋参的茎叶，没错，这的确是一棵自然生长出来的西洋参！它的茎挺拔坚实，叶片葱绿肥厚，比他们在山上千呵万护培育出来的毫不逊色。它的存在，简直就是一个奇迹！

“安水，这是你刚拿回西洋参种子的时候，我们不小心撒落在这里的那一粒种子长出来的！”王松钰四下看看，激动地说。

“嗯，是它。”王安水的声音都颤抖了，“真是天无绝人之路！”

“嗯？”王松钰疑惑地看着喜极而泣的丈夫，“你怎么哭了？”

“松钰，我到处找泥土，哪会想到在这儿就能长出西洋参来？这边地里的土长不出参苗，可这路边的土却长出来了。这说明太多问题了。我知道怎么在大田里种植西洋参了，我知道了！”王安水抚摸着那棵有两根茎的西洋参，忍不住泪雨滂沱。

这两三年里他所付出的艰辛在这一刻全得到了回报，他深情地看着这棵自然生长出来的西洋参，坚信它是命运对他的垂青和馈赠。在他几乎要放弃的时候，在他几乎绝望的时候，这棵西洋参给了他新的希望和力量。

“那我们要把这棵西洋参挖回家吗？”王松钰问。

“不，先让它在这里长着。松钰，我们赶紧回家，我要把这个好消息告诉爹。”王安水重新用野草繁密的叶子遮盖好那棵西洋参，拉起妻子的手。

“这……不怕被人挖走了？”王松钰不放心。

“不会，呵呵，村里现在还没有人认得它呢。”王安水满脸都是喜悦，“要不是它，我一直不知道大田里为什么长不出苗来。就先让它在这里长着，回头我把它移植到大田里。”

王松钰点点头，起身帮王安水抬着那袋泥，伴着晚霞的余晖，有说有笑地走向村庄。

那棵西洋参安静地躲在野草茂密的叶丛中，沐浴着落日烟霞，欣然生长。

月光透过窗纸，朦胧地洒了一地银霜。

王继坤翻来覆去睡不着，他起身披起衣服，推开门走了出来。

山林寂静，在迷蒙的月色里树影幢幢。阵阵夜风袭来，秋虫的吟唱时高时低，像在开着讨论会，喋喋不休。

屋旁的大石头在月光下泛着银白的光，韧性的爬山虎仍然执着地伸展着绿色的茎须悄然扩展。这树林里的一切都在努力生长，即使在这静夜里，也从来没有停止过生命的律动。

王继坤坐在石头上，燃起旱烟袋，滋吧滋吧地抽着，看向试验田那边。

试验田里的西洋参苗长势旺盛，如果能顺利地开花结果，实现种子自给，西洋参就算在这里安家落户了。

可是，王安水的办法真的管用吗？他心里一点儿底儿也没有。

王继坤熄了旱烟袋，趁着皎洁的月色下山。他腿脚不灵便，跌跌撞撞地走得很慢。踩着匍匐的山草和碎石，脚下不时有碎石簌簌滚落的声音。他熟悉这样的声音，一脚一脚踩下去，稳稳地往山下走——这条山路他已经往返了多少趟，他自己都记不清了。

王继坤下了山，径直往自家田地里走去。

年初村里听镇上的指令，统一实行了联产承包责任制，他们家三口人分到了六亩地，就在村东头的山脚下。国家进行了农村土地改革，鼓励农村发展多种经济，乡亲们的心思也活络了，不再觉得他和安水试种西洋参是不务正业，都巴望着他们能成功引种。

山上是种出来了，山下什么时候能成片成片地长出来西洋参来？王继坤踩着黄泥路，慢腾腾地往地里走。他的脚步缓慢而有力，扬起细末飞尘。他的影子被月光拉得细瘦颀长，在他身后晃动着，铺展在田垄上。

蓦然，王继坤停了下来。

月光下，他看见自家地里，有人正扬着锄头，一下一下刨地松土，那弓起的腰身像拉满的弓，一次次有力地俯仰，将锄头嵌入泥土……

王继坤心里一片潮热，他走过去，看着背对着他用力刨地的王安水，想叫他一声，声音却哽在喉头。秋夜霜冷露重，王安水只穿着一件坎肩儿，裤角挽到膝盖上，脚上穿着一双破布鞋。他像座铁塔似的矗立在田里，裸露的肌肤闪着汗光，肌肉隆起，筋骨雄健。

王安水很认真地刨地，动作机械有力，像不知疲倦的机器。锄头扎进泥土发出的啪嗒声有节奏地响起，大块大块坚硬的泥土被掀起，被松散。王安水边刨边往前挪移，在他的身后，泥土像开花的树，在他的胯下横亘着、延伸着。

不知是他赋予土地以生机，还是土地赋予他以力量，他坚实的背影相对于广袤的土地显得那么渺小，却又在月光下壮美如山，成为这连亘土地上的峰巅。

王继坤的双眼有些模糊了，他揉了揉眼睛，看向那边的地头。那里堆着三座小山似的泥土，两堆土颜色黝黑，另一堆颜色灰黄。王继坤知道，那是王安水夜以继日地从别处推回来的。颜色黝黑的是富含腐殖质的草坛土，颜色灰黄的是沙砾土。王安水这是想把这两堆土均匀地掺在田地里，改良大田的土壤，以便成功地移植西洋参。

王继坤没有喊叫王安水，他走到那三座土堆旁，拿起放在地上的铁锹，分别铲着三座土堆上的泥土，扬到大田里。

王安水听到动静，转头看过来，惊讶地叫了一声“爹”。王继坤淡淡地应了一声，“慢慢干，不急。”

王安水应了一声，转过身继续埋头苦干。

月色如水，笼罩着苍茫的远山和沉静的村庄，给广漠的土地盖上了一层轻盈的薄纱，给辛勤劳作的爷儿俩照着亮儿，给这平凡的夜晚镀上诗意的光辉。

野草在锄头下呻吟着倒下，埋藏在泥土里的碎石瓦砾被捡堆在田边，泥土在两个人的脚下翻腾着，像激流暗涌的潮水，漫延在夜色里，荡漾起温柔的波浪，亲吻着他们的脚踝，散发着质朴而甜美的气息。

这样的深夜里，人们都在酣睡。没有人知道这翁婿俩人，正趁着月色在田地里挥汗如雨。可是广袤的天空知道，皎洁的月亮知道，苍莽的远山知道，厚实的土地知道。夜风徐徐，像充满博爱的手抚拭着两人身上热气腾腾的汗水，带走躁热和疲惫。他们的身影坚实如山，他们的双臂像指挥家一般挥动，他们用淋漓的汗水和满腔热血滋养这片贫瘠的土地，用锄头和铁锹奏响这暗夜里最淳朴的歌谣。

这歌谣单调却深情，醇厚又绵长，伴着暗黑的夜色一点点亮透，伴着皎洁的月亮缺了又圆，圆了又缺……

两个月后，在王继坤家的地里，三个两米宽三十五米长的参池平平整整，池子里的垄畦笔直平行，参池边用就地取材的碎石瓦砾垒了半米高的围墙，周边打了木桩，以备用来固定遮阳的苇帘。

乡亲们围着这一大片试验田议论纷纷。村主任赵建民围着实验田走了大半圈儿，忍不住啧啧有声，“继坤哥，你和安水这是种地还是绣花？把地整得这么平坦，把泥整得这么均细，这得花多少工夫？你们是什么时候干的活儿？”

王继坤和王安水对望了一眼，王安水正要说话，周东海哈哈笑起来，“那还用说，准是安水把在炕上播种的时间用来锄地了！”

众人一听哈哈大笑。王松钰窘得俏脸通红，低着头半天不好意思抬头。宋梅扯了扯她的衣袖，笑着说：“松钰，你可别跟我家那口子生气，他闹腾惯了。”又抬头横了周东海一眼，嗔怪，“就你话多！”

周东海不以为意，“乡里乡亲的，说个笑话怕啥？松钰，别只顾着害羞，你得催着安水赶紧播种！”

人们刚松了口气儿，听他这么一说，又哈哈笑开了。

王松钰红着脸抬起头，支吾着说：“我、我们都有了……”

人们一愣，看看王安水憨厚的笑脸，恍然大悟。周东海也恍然大悟，“怪不得安水能把地整得跟绣花一样，原来经验丰富，会播种自然会松土种地。”

这话说的，引得大伙儿又笑弯了腰。

王安水乐呵呵的，也不计较。乡里乡亲的，时常说个玩笑话，大家都习以为常了。王继坤却一板一眼地说：“你们笑什么？我们安水种的是西洋参，稀罕品种，不用心哪行？”

不知是周东海把乡亲们的思路引偏了，还是王继坤这不合时宜的严肃神情和解释太搞笑，乡亲们更是笑得前仰后合，没完没了。

最后，王继坤也跟着笑了。

碧空如洗，万里无云，融融的暖阳下，乡亲们发自内心的欢笑声在天地间久久回荡……

第十一章

三个参池是整出来了，可准备工作远远没有完成。

最让王安水头疼的是遮阳的苇帘。在离村老远的水库边上有成片的芦苇，可是芦苇长在水里，脚下没有着力点，割得太慢净耽误工夫。

王安水思来想去，在水库边打了几个粗木桩，用木板做了一只简易的船，想把船拴在岸边，站在船上割芦苇。可一试，不行。船虽然被拴住了，却难以固定，在水上飘飘忽忽，人根本使不上劲儿。王安水愁闷地坐在船上，握着镰刀看着成片迎风招摇的芦苇发愁。

王继坤领着周东海和其他几个乡亲来了，每个人肩膀上都扛着铁锹和锄头等工具。

王安水纳闷了，“你们是来帮我割苇子的，带铁锹干什么？”

周东海指了指水库大坝那边，“我们和主任商量好了，放水！”

“放水？”王安水心头一亮，可不是，放水之后，水位降低，再晒两天，地面结痂能踩实了，再割芦苇不就好办了？

“你还真是一根筋啊！”周东海哈哈笑。

王安水和乡亲们七手八脚地把大坝那边的泄口水挖开，等了两天，水库水位下降，岩边的泥浆铺上木板能站住人了，他就开始夜以继日地抢割芦苇。

芦苇虽然柔软却很坚韧，裂开的苇秆皮儿像刀片一样锋利。两天下来，王安水和乡亲们割了一大片芦苇，可他们每个人的双手都被苇叶和苇秆皮儿划得伤痕累累。

鲜红的血水渗出粗粝的皮肤，滴落在浅黄白的苇秆和苇叶上，星星点点别样炫目，像枯萎的苇草开出绚丽的花朵。

泛着银白光芒的刀刃在苇草间挥舞，成片成片苇草倒下的声音细碎而轻浅，像苇草们生命临终的哀叹，又像是它们即将获得新生的欢呼。

人们手上的伤口不断地增多，可没有人叫疼。用水简单地冲洗一下伤口，或者放在嘴里轻吮几下，就继续干活。大家有说有笑地割着芦苇，那一道道伤口似乎无关疼痒。

王安水擦着汗水，低头看了看自己的手。昨天晚上王松钰用胶布给他缠好的伤口早都裂开了，又添了许多新伤，整个手掌又红又肿，几乎握不住镰刀。尖锐的刺痛像细针密密麻麻地扎进皮肤，带着整个手臂的肌肉都紧绷起来。伤口渗出来的血水染红了镰刀的刀柄，顺着刀柄往下淌，看上去触目惊心。

王安水把镰刀倒了一下手，甩了甩手上的血水，看看其他人，手上、胳膊上多多少少都有伤口，可他们毫不在意，继续着单调乏味的劳作，脸上挂着质朴真诚的笑容，在灿烂的秋阳下，那么亲切动人。

“安水，再割一天够不够？”周东海停下来，微微喘息着问过来。

“够了够了。”王安水的心里泛着温热的潮汐，眼睛有些酸涩。

“我们只会割草，不会扎苇帘。安水，你和继坤叔别割了，到岸上扎苇帘。”周东海说。

王继坤转头看了看岸上铺陈的芦苇，点点头，招呼王安水扎苇帘。

王安水想对周东海他们道谢，可感谢的话哽在喉头，还没有说出来，就被乡亲们嘻嘻哈哈的说笑声给堵回去了。

看着乡亲们忙碌的身影和汗湿的脸膛，看着他们鲜血淋漓却紧握镰刀的手，王安水突然就觉得手上的伤口一点儿都不疼了。一种暖心的力量随着乡亲们的欢声笑语传过来，注入他疲惫的身体。他走上岸边，蹲下来拢过一把把芦苇，用草绳串联捆系，眼中一片潮湿。

放眼看去，蓝天白云，秋水长天，清澈的水波漾起鱼鳞般的涟漪流光溢彩，水面倒映着起伏的山和色彩斑斓的树，还有芦花翻白的苇草和辛勤劳作中的乡亲……这动静相宜、和谐明丽的一切美到无法言喻，而内心蓬勃的希望变得那么光明灿烂。

“发什么愣，你手上伤口太多不灵便，你分铺苇草，我穿绳系扣。”王继坤看了王安水一眼，体贴地说。

王安水回过神儿来，忙不迭地点头，手脚麻利地开始干活……

远山含笑，近水有情。乡亲们的身影在广阔的天地间、在成片的芦苇中显得那么渺小，却又那么伟岸。他们用勤劳的双手开拓着，创造着，挑战着，日复一日，年复一年，坚韧而顽强。

王安水被感动，被鼓舞，他看着自己拢起苇草的手，坚信它可以为这些可亲可爱的乡亲们做更多、更好的事……

张家产镇口子李村西洋参大田种植试种成功！

这个消息在全国引起了广泛关注和巨大轰动。

要知道，在全国各地引种西洋参的多个实验点，这一课题一直没有进展。多少专家前仆后继反复实验研究都没有突破，如今竟然被王继坤和王安水这两个朴实的农民给试种成功了，这简直就是一个奇迹。

王安水改良了大田土壤，把双顶山试验田里的参苗移植到大田里精心呵护，参苗无一死亡，长势良好。这意味着西洋参这种原产于美国、加拿大的珍稀药材，终于能在中国的土地上大面积地种植繁衍、造福于民了！

这一天，来自全国各地的专家、学者聚集在口子李村这个偏僻的小山村。双顶山这座名不见经传的山因为成功试种出西洋参而闻名于世。王继坤和王安水的名字也随着和煦的清风，传出了闭塞的乡村。

头发花白的王继坤今天特别精神，他穿着一身洗得有些发白却熨得平平整整的中山服，经风历雨的脸上，连皱纹都似乎舒展开了。他不善言辞，站在一群衣着鲜亮的领导和专家学者中间，被他们热情而好奇的询问包围着，有些拘谨地解说着。

王安水穿着退伍后再也没舍得穿的军装，瘦削的脸庞始终挂着腼腆的微笑，默默地站在王继坤的身边，谦逊而得体地招呼着。他浓眉下的眼睛平静而深邃，唇角微抿，真诚质朴的气质像山上的松柏。

翁婿两人没有因为这突如其来的荣耀飘飘然，他们把自己试种西洋参的经验毫无保留地告诉大家。他们的经验里，没有精密的数据和条条框框罗列的规则，全是经过反复实践摸索出来的实例。

曾经对王安水试种西洋参不看好的张博士一直站在试验田前，看着垄畦上已经生长出三根茎梗的西洋参，听着翁婿俩的介绍，心潮起伏，难以平静。

他记得王安水初次到莱阳农学院求助的情景。当时，他看到这个风尘仆仆的小伙子，听他说想要买几棵西洋参苗进行试种，他抛出了许多专业的问题进行质疑。

“你知道西洋参成活率有多低吗？你知道西洋参在成长的过程中，需要注意哪些事项吗？别的不说，就土壤的酸碱度一样，你怎么掌握？”

这些问题像连环炮一样轰向年轻的小伙子。那时，他的语气是居高临下的，是不屑一顾的。他自诩为专业中的翘楚，面对一个对种植业一窍不通却妄想引种西洋参的王安水嗤之以鼻。甚至，他当时的劝说都是怀着施舍的心态，对他的打击更是不留余地。

他清楚地记得自己当时摇着头，对王安水说：“我们进行了多方面的研究和实验，什么先进的科学手段都用上了，耗费了三四年时间也没有成功。”

他还说：“我这里没有成功试种上的案例，其他农学院只怕也没有。你这么一家家找，费时费力，得找到何年何月才能找着？说不定啊，你找一年、两年，白白浪费了时间和精力，结果还是空手而回。再退一步，即使被你找着了，我敢说，凭你对药材种植技术一窍不通，你肯定养不活它。”

他言下之意再明白不过了，他是劝王安水知难而退，不要以为种植西洋参像种花一样简单。

令他没想到的是，他连番的质疑和打击并没有让王安水恼恨和退却。他印象最深刻的是，在告别离开的时候，王安水对他端端正正敬了一个军礼。

那一刻，他就心生愧意。

但那愧意是浅淡的，是转瞬即逝的。

他觉得他没有做错什么，他的劝告也是客观而正确的。

当时，王安水离开前对他说：“有志者事竟成，我就要西洋参，其他不要。”

王安水说那句话时的坚定神色和语气，张博士至今记忆犹新。不过当时，他只觉得那是不知天高地厚的狂妄，就像无根的浮萍一样经不起时间的考验。

可是，他这所有的自以为是，在今天全成了笑话。

试验田里，那些生机旺盛的西洋参枝叶招展，绿油油一片，像一列列整齐的战士，向他这自诩为业界翘楚的博士示威。

张博士惊叹、惊奇，惭愧又钦佩。他长久地看着那些他反复试种都失败的西洋参，看着那心形的复叶团团簇簇地重叠着、聚拢着，像许多充满生命律动的心脏激情澎湃，他满心激荡的情愫无法形容。

他真的一句话都说不出来了。

他无法从专业的角度去理解这意外的成功，也无法表达此时此刻他心里汹涌的感慨。他叹为观止、自愧不如，他站在那里，听着王安水和王继坤互相补充着给大家讲解试种的过程，他的心一阵阵战栗。

“遮阳棚很重要，苇帘的厚度需要掌握好，既不能太薄，也不能太厚，光照度要根据季节的变化进行相应的调控……”

王继坤解说的声音平缓、亲切，像絮叨家长里短一样娓娓道来，没有张扬地喜悦，也没有凌人的傲气。

张博士静静地听着，他知道，这“不能太薄，也不能太厚”的经验里，需要多少次试验。他也知道，“光照度要根据季节的变化进行相应的调控”这样不逊于专家见解的话里，藏着多少艰辛的汗水。

张博士把目光从西洋参苗上挪下来，四下看了看。

双顶山应该算是附近群山里最高的一座，往山下看去，山下林林莽莽的丘陵山起伏连绵，再远处要走两三里路才是村庄。不说别的，光说上山下山，来来去去就是对意志的考验，何况这种考验经年累月，整整四年！

有志者事竟成。时至今日，张博士似乎才真正品味出这句话的分量。他转头看向站在身旁不远的王安水和王继坤，他们是其貌不扬的农民，却不是胸无点墨的粗人。他们有思想，有见地，敢想敢干、说到做到的担当。在他们面前，没有人有资格傲慢和狂妄。

王继坤和王安水简明易懂地解说时时赢得人们的赞叹和掌声，人们热烈的目光在那些茁壮生长的西洋参上流连，更多的人燃起了引种西洋参的希望，纷纷向王继坤翁婿预订西洋参种子。

王继坤不敢应承，虽然眼下西洋参试种、移栽都取得了成功，可这些参苗刚刚三年龄，要到秋天开花结果，繁殖出颗粒饱满的种子，然后再等明年参根出土，才算圆满地完成了一个生长周期。能不能顺利结种，能收获多少种子，这些还都是未知数。但王继坤这样的解释并没有降低人们的热情，因为吉林农业大学的庄教授说：“王老师，你们连土壤的问题都能解决，能将大面积种植西洋参的设想变成现实，还有什么困难能难得倒你们?”

庄教授同样是国内药材种植业的权威，他的话无疑坚定了大家的信心。

王继坤和王安水又领着大家参观了大田种植园，那些移栽成活的西洋参苗长势喜人，比双顶山试验田里的毫不逊色。就在人们啧啧赞叹的时候，王安水来到一直在人群中沉默不语的刘教授身边，握住他的手，真挚地向他道谢，“刘教授，我们能试种成功，多亏了当初您带我参观了你的药材种植实验基地，您的信任和鼓励，我永远都忘不了。”

刘教授拍了拍王安水的肩膀，“我鼓励过的人可不止你一个，可是只有你最实诚，你们这是吃了多少苦才取得了这样的成绩啊，了不起，了不起!”

听着王安水和刘教授的谈话，张博士又是一阵惭愧。

随后，大家一起开了研讨交流会。在会上，镇委书记和村主任赵建民分别作了发言。轮到王安水发言时，他向着刘教授、张博士和庄教授分别鞠了一个躬，他说：“你们给我的鼓励也好，提醒也好，都是宝贵的经验得来的，谢谢你们的帮助。”

王安水朴实无华的话语让张博士双眼潮热，他看着意志坚强、胸襟宽广的王安水，在自省的同时也倍感欣慰。

一天的会议热闹而隆重，王继坤和王安水成功引种西洋参的事迹被宣传报道，上了市报和电视，翁婿两人一时成了新闻人物。可是，会议散了，两人还是和从前一样，早起晚睡，兢兢业业地守着他们的种植园，精心地呵护着那些参苗，平静而从容。

春末夏初，气温升高，降雨频繁。

这一天傍晚，王安水刚修好残破的苇帘，想回家吃晚饭，一转身，差点儿和一个人撞个满怀。

王安水定神一看，就见陈晓云站在迷蒙的细雨里，一声不响地看着他。

“陈晓云？你怎么在这里?”王安水往后退了一步，四下看看。

因为下雨，人们都待在家里，少有出门的。田间旺盛生长的庄稼随着地势起伏成一片片屏障，遮挡了外面的世界，把这里围成了一个与世隔绝般的境地。

“我来找你。”陈晓云期期艾艾的目光热烈如六月炎阳。

王安水窘迫地抹了一把脸上的雨水，看着陈晓云的头发、衣服都已经被雨水润湿了，说："下着雨呢，赶紧回家去吧。"

"我不。"陈晓云倔强地吐出两个字，往前迈了一步。

两个人距离的缩短让王安水几乎听得见陈晓云的心跳声，他愣怔地看着她，一时不知再说些什么。

两个人就那么站在迷蒙的雨雾里，半晌静寂无声。

陈晓云被雨水打湿的头发乌黑发亮，有几绺粘在她的脸庞上，越发衬得她肤色白皙。她因为呼吸急促而起伏的胸脯勾勒着饱满的弧度，微微震颤着传递着灼热的温度，让冷雨中的王安水口干舌燥。

这么僻静的空间，孤男寡女独处一隅，王安水由窘迫到惶惑，心跳不由自主地漏了节拍。

"你、你不回家，我回。"沉默的对峙中，空气似乎稀薄得让人窒息，陈晓云深情凝视的目光像火烧连营，烤得他皮开肉绽般不安。他硬着头皮挤出一句话来。

"安水，我离婚了。"陈晓云语出惊人。

"你……为什么?"

"他对我不好……我……呜呜……"陈晓云身子一颤，痛苦地吐出几个字来，就呜呜地哭开了。

成串的泪水从她的双眼中滚落，和着雨水在她脸上形成两条小溪，让人看了于心不忍。王安水伸过手去想安慰她，手举在半空迟疑了一下刚要收回来，被陈晓云一把拉住。她的手沁凉而柔软，却传来像火一样灼烫的气息，她的手指纤细修长，像章鱼的触手紧紧缠绕着他的手臂。

王安水半边身子都僵麻了，他本能地想把手臂抽出来，可陈晓云抓得那么紧，他怎么抽也抽不出来。他心慌意乱地四下看看，成片的玉米秆子直挺挺地站着，成片的豆子齐刷刷地长着，四周静寂得只听得见轻浅的落雨声，但他总觉得有数不清的人正从四面八方向这边包抄过来。

"你、你放手。"王安水急了。

"不！我不放！这次我再也不会放手了！"陈晓云淌着泪凄楚地叫。

"陈晓云，你不能这样！"王安水有些生气，他抽不出手来，只能顺势推了她一把，"我媳妇在家里等着我，我得赶紧回家。"

陈晓云猝不及防，往后一个趔趄，收势不及，一屁股坐在了泥地里。她仰着脸，难以置信地望着王安水。

王安水努力平息紊乱的呼吸，“你赶紧起来回家去吧，你先走，我在后面远远跟着，送送你。”

陈晓云听了，刚刚滞停的眼泪都冒出来了，她颤声叫：“安水！我知道你怪我当初不守信义，可我也是迫不得已，我爹腰腿不好老得吃药，我们家没有钱啊……呜呜，我已经后悔了，我结婚当天就后悔了！我从来没有忘记过你，我知道错了！”

王安水心烦意乱，他抬头看了看远处，村庄被玉米地遮着，只看得见浅淡的炊烟在雨雾里升腾。他能想见，挺着大肚子的王松钰正围着灶台忙活，她的动作缓慢而笨拙，脸上挂着温柔的微笑。这样的画面让王安水心智清明，他低下头来，看着仍然坐在泥地里的陈晓云，“你快起来吧，过去的事不要再提了。你离了婚也不能乱来，还得好好过日子。我媳妇快生了，我还要回家照顾她。你不要再来找我了，我和我媳妇过得挺好的。”

“安水！没有你我还怎么好好过日子啊？你不能不管我，我这心心念念的都是你！”陈晓云哭着说，“你怎么忍心不管我啊……”

“没有这样的道理，陈晓云！我有老婆有孩子了，不是你说怎么样就能怎么样的。”王安水抛下一句话，绕过她就走，“你不要赖在这里了，赶紧回家吧。”

没想到，王安水刚走了两步，就被陈晓云从背后抱住了。她被雨水浸湿的衣服紧紧地贴在身上，跟没穿一样。她的胸脯严实地贴合着他的后背，绵软而炙热，带给王安水触电一般的战栗。

王安水只觉得头皮轰的一声要炸开了似的，他刚要挣脱，陈晓云环抱着他的双臂骤然收紧，绵软的手掌捂在他胸口的位置，像一块烙铁似的烫着他。

“你不要走，安水，我想你，很想你……每次他打我，我都觉得是老天爷派他来惩罚我的，是我罪有应得。我不该一时糊涂嫁给别人，可是我当时真是没办法了，我哥在外头，好几年都不往家里捎一分钱，我每天晚上听着我爹痛得直哼哼，我心疼啊……你就原谅我好不好，好不好？”

女人悲切而柔弱的哀求像细密的针，一下下地扎进王安水的心里。他站在那里，透过连绵的雨雾，想起村后自家在雨中坍塌的老屋，想起山后父母的坟茔，想起自己孤苦无助的时候，王继坤和王松钰给他的温暖和依靠，他闭上眼睛，将浮荡上来的悲悯压下去。

陈晓云见王安水半晌不说话，也没有再挣脱她，抱着他绕到他对面，仰着脸热烈地看着他。

女人的脸庞被雨水和泪水冲洗后格外清新透亮，泛着水光的嘴唇红得像诱人的樱桃。她楚楚可怜地看着他，更加殷切地倾诉，“安水，你应该体谅我的。我是因为家里穷要给我爹拿药治病才不得已嫁到外村的，你当初也是因为无家可归才住进她家的。我们其实都是一样的……”

“不，我们不一样。陈晓云，你可以不守信义，我不能。”王安水突然用力地拉开了陈晓云的双臂，大步离开。

陈晓云愕然地站在雨地里，看着王安水决绝的背影，气得跳脚，“王安水！你不是男人！”

王安水坚定地往家的方向走去。

陈晓云颤了颤身子，沮丧地蹲下来，抱住自己的双肩，绝望地望着飘雨的天空，半晌一动不动。

王安水走出一段距离，回头看了一眼，远远地喊她：“起来！回家！”

陈晓云没想到王安水还会回头喊她，眼中燃起一线希望，她站起来往前追了两步，王安水退了两步。陈晓云站定，王安水拒之千里的冷静让她羞愤恼恨，她停止了哭泣，隔着重重雨雾看着他。他站在地头上，如一抹不切实的影子，她再也抓不住，而他们之间短短的距离，她这一辈子恐怕都无法跨越……

屋子里，晕黄的灯光编织起静谧温馨的网，让人心定神安。

王安水躺在炕上，搂着大腹便便的王松钰。孩子在王松钰的肚子里翻了个身，王松钰圆鼓鼓的肚皮像翻起了波浪的静湖。那神奇又剧烈的波荡，让王安水倏然一惊，小心翼翼地把手抚上去，也不知是孩子有了感应，还是凑巧，王安水的手心被猛地顶了一下。

王安水惊奇又欣喜地看着王松钰，王松钰笑盈盈地看着他，“估计是快生了，这几天活动得厉害。”

王安水的心一阵阵震颤，他满是感激地抚摸着王松钰的大肚子，孩子有所感应，安静了许多。

“安水，陈晓云离婚了，你听说了吗？”王松钰轻声问过来。

"嗯。"他不想隐瞒自己的妻子，"她今天傍晚还去地里找过我。"

"……"王松钰没吭声，可她的身子抖了一下，她被撑薄的肚皮下面，刚刚安静的孩子也剧烈地动弹了一下。

王安水心疼地搂着她，"你别瞎寻思。我就是怕你瞎寻思才告诉你。她离不离婚不关我们的事，我们安心过日子。"

"好。"

"松钰，如果以后咱们有钱了，或许我们得帮帮月明叔家，他老寒腿多少年了，夜里疼得厉害。到时候你可别寻思我对陈晓云有啥想法，过去的就过去了，我心里有数。"

"我知道你，你是实诚人，不会欺瞒我。"

"……你真好。"王安水给妻子拉了拉被子，"早些睡吧，肚子这么大，让你受累了。"

王松钰心满意足地闭上眼睛，嘴角挂着甜蜜的微笑。

王安水看了妻子两眼，转身关了灯。

屋子里一下子黑了。

身边的王松钰一会儿就睡着了。听着她均匀的呼吸声，王安水感到无比幸福和踏实。他轻轻翻了个身，侧身搂住王松钰，又怕压着她的肚子，把胳膊抽出来，把手放在她的肚子上。

小家伙还不安生，隔着妻子的肚皮，在他掌心下翻来覆去。

王安水的心里充满了浓稠的爱意，为人夫为人父的自豪和满足让他心潮起伏，久久难眠。

窗外，雨不知道什么已经停歇了。被雨水洗涤过的空气格外清冽，透过半掩的窗户吹拂进来，带着青草和泥土的气息。月光也似乎格外皎洁，银色的光芒照进窗棂，洒落在地上，把屋子里的一切映照得朦朦胧胧。

王安水看着那一缕缕月光，脑海里浮现出陈晓云抱着他仰着脸急切哭诉的一幕，他的耳边一遍遍回响着陈晓云的话。

"你不要走，安水，我想你，很想你……每次他打我，我都觉得是老天爷派他来惩罚我的，是我罪有应得。我不该一时糊涂嫁给别人，可是我当时真是没办法了，我哥在外头，好几年都不往家里捎一分钱，我每天晚上听着我爹痛得直哼哼，我心疼啊……你就原谅我好不好，好不好？"

这些话带来的酸楚和疼惜，一阵阵碾过王安水的心。他把手从妻子的肚子上拿开，蹑手蹑脚地下了炕，披上衣服，拉开门，来到了院子里。

月光如水，皎洁如玉，把原本漆黑的夜映照得亮如白昼。村庄、土地和远处的山峦都沉浸在安稳的睡梦中，偶尔有狗叫声远远地传来，更衬得这月夜静谧祥和。

王安水关好了房门，走出院子，慢腾腾地在月夜里往前走。

他也不知道自己要往哪里去。

他心里沉甸甸的。孩子很快要出生了，他肩负着照顾一家老小的责任，他得让他们过得舒坦。地里的西洋参已经是第三年了，秋来就能开花结果了，明年就可以出土卖钱了，一家人的生活充满了希望，没有什么可担忧的了。可这只是他一家的问题解决了，村子里还有那么多户人家需要帮助。

贫穷是一把杀人不见血的刀。就像陈晓云，为了给她爹治病违心嫁给她不喜欢的人，从不幸的婚姻里死里逃生，却再难得到幸福。

陈晓云现在把他当成挽救失败婚姻的稻草，希望和他旧情复燃。

王安水一边走，一边心事重重。他对陈晓云还是有感情的，毕竟他们真正谈过对象。可现在他即使心生怜悯，对她能做的也只能是乡亲之间的援助。

王安水抬头看向天空那轮又大又圆的月亮。月亮像一只睿智的眼睛，俯视着世间古往今来的是非恩怨，不动声色地圆了又缺，缺了又圆。它的光芒圣洁而慈悲，安抚了岁月里所有波澜起伏的纷争和喧嚣，永恒成平静的风景。王安水烦乱的心绪渐渐平和，他收回目光，转去田里去看西洋参。

来到地头上，王安水意外地看到陈晓云站在离他不远的对面。

沉静的月夜里，皎洁的月光织成了细软轻柔的薄纱，罩着陈晓云的周身，让她有一种异样迷幻的美。

她的背后，是隐藏了颜色的庄稼地。起伏的灰蓝色庄稼像海浪一样磅礴地涌向远方，拥簇在女人的周边，烘托着她曲线流畅的身影。

陈晓云就站在那里，像个静默的雕塑。可她周身散发出来的那种激荡的情愫，排山倒海般涌向王安水，那是一种渴望被体贴、呵护、疼爱的召唤。

王安水呼吸一窒，有什么东西堵住了他的嗓子眼儿，他想说话，却没能发出声音来。

两个人就那么对站着，半天都没动静。

初夏的风里带着雨后的清凉阵阵拂来，王安水看到对面的陈晓云打了个寒战。他心里一颤，往前走了两步，却硬生生停了步子。他甩了甩头，把一直揣在兜里的一卷钱掏了出来，递过来，“陈晓云，拿去给你爹买点药，这深更半夜的，你一个女人该待在家里。”

陈晓云往前走了两步，看了看他手里的那卷钱，身子颤了颤，先是浅浅笑了两声，继而笑得花枝乱颤，“王安水，你别一本正经的了，你明明也想要我。”

王安水拿着钱的手臂垂落下来，两条腿站得有些僵麻，他想挪动，可那两条腿像生了根。

陈晓云火辣辣地看着他，又凑近一步，两个人的距离那么近，彼此都可以听得到对方惶急的心跳声。

“我要是想要钱哪儿弄不着？反正我现在离婚了，谁也管不着我！你以为我是稀罕你这点儿钱才找你吗？”

陈晓云见他还是半天一动不动，不由恼火地尖叫起来。

她的声音在静谧的夜色里格外高亢尖锐，把她之前那种静美破坏得一干二净。

王安水抬眼看着她，女人先前柔和的脸此时带着一丝狰狞，她的目光里揉着恨淬着毒，甚至她唇角的笑意也陌生得可怕，她说：“你以为我是来这里等你的吗？我告诉你，我本来是打算把你这些西洋参全拔了点火烧了！”

“什么？”王安水以为自己听错了。

“对，我就是想要你恨我！那样也比你不理我、忘了我强！”陈晓云从背后拿出一盒火柴，脸上满是疯狂的恶毒，“我还会告诉乡亲们你睡了我却想不负责任，所以我才放火。我倒要看看，你的王松钰还要不要你，乡亲们谁还理你！”

王安水难以置信地看着陈晓云，她这算是恼羞成怒了？他看向陈晓云身后的苗圃，想到如果他来晚一步，苗圃或许已是一片火海，不由得心有余悸。

“怎么，怕了？呵呵，你对我不仁，就别怪我对你不义！”陈晓云冷笑，“今天不巧被你撞上了，我就不信你能一天不落黑白看着！”

王安水的心狠狠沉下去，他盯住女人张狂的脸，一时不知说些什么。

和一个丧失了理智的女人讲理，根本就无理可讲。骂她更是丢脸，这深更半夜的，他不想跟她在这么僻静的地方吵架。

王安水沉了沉气，绕过陈晓云，往自家苗圃里走去。

陈晓云扑上来的时候，他一侧身，就让她扑了个空。他一步也不停留，大步流星地往前走。他来到苗圃前，掀开苇帘往里看去，朦胧的月光下，西洋参枝繁叶茂。

陈晓云气喘吁吁地冲过来，一把从苇帘上扯下一把苇草，放在脚下，抽出几只火柴一起划着了。火柴绚烂的光焰在暗夜里格外明艳，跃动的火苗带着危险的信息，落在那一把苇草上。苇草被雨浸湿难以引燃，那些火苗在风里摇晃了几下，就化成一股白烟熄灭了。

“该死的!”陈晓云一肚子闷气没处撒，愤愤不平地看着地上的乱草，又脸色阴沉地看向一直冷眼旁观的王安水，冷哼一声，“你知道我点不着是吧？今天点不着，总有点得着的时候!”

王安水沉默地看着因羞恼嫉恨而五官扭曲的女人，她原本白皙的脸在月光下泛着冷青色，嘴里吐出的字句全都带着深骨入髓的怨气，声音尖利而狠毒，划破月夜的静谧。

“你害怕了？哑巴了？你瞧不起我，在心里笑话我是不是？我落到今天这个地步，你就没有责任吗？你凭什么摆出这副模样？”陈晓云越说越生气，想起她受的那些委屈，她就觉得她所有的不幸都起源于王安水。

要不是他家太穷，要不是他一直在外面当兵，对她不闻不问，她又怎么会嫁给别人？她要不是嫁给别人，又怎么会被人打被人骂被人离婚？她本来指望嫁人摆脱贫穷，哪知道现在她比出嫁前还要穷!

出嫁前她要管的只有老爹，现在又加上两个孩子，老的小的三张嘴，她一个女人怎么顾得过来？光是这些就够她烦恼的，偏偏村子里的人都明里暗里嘲笑她。他们凭什么这么对待她？她干了什么见不得人的事了？

陈晓云的心里翻江倒海，也像地上的苇草一样杂乱无章了。她愤恨地盯着王安水，把经年积累下来的委屈和怨恨全发泄在王安水身上，“你听着，我过不好，你也别想过得好!”

王安水盯着她，半晌，他叹了口气，“陈晓云，你原来不是这样的。”

陈晓云怎么也想不到王安水不但不跟她计较，还说出这样一句话。她愣了一愣，身子一晃，往后趔趄了一下，紧接着眼眶就火辣辣地发烫，眼泪一下子冲了上来。她极力忍着，哽着声音强硬地说：“我就喜欢现在这样！”

王安水摇了摇头，指了指苗圃里面的西洋参，“这些西洋参是我们村脱贫致富的希望，你要是真把它们一把火烧了，你心里就真舒坦？”

陈晓云撇了撇嘴，两只眼睛憋得通红。

王安水俯身把那些冒着烟的苇草拢在一起，在地上搓了搓，仍然搭在原来的地方，说话的声音又慢又轻，“你不用发愁以后的日子，大伙儿会帮你的。你好好过日子，日子才会越过越好。”

“好好过日子，日子才会越过越好？”陈晓云重复着这绕口令似的话，狐疑地看着平静的王安水。

那一刻，陈晓云失去了撒泼的勇气。她突然觉得眼前的这个男人，并不是当初和她谈婚论嫁的那个。那时的王安水有些冒冒失失的，说话速度快，做事从不瞻前顾后。可现在的王安水沉默寡言，难得说句话，语气总是那么淡淡的，不紧不慢的，甚至连他的眼神都让她难以捉摸。他的目光也像语气那样淡漠，却又沉静得像经年累月的深潭，一丝情绪都没有。

面对这样的王安水，她撒娇放赖斗气耍狠全都像在唱独角戏，因为他根本无动于衷。

陈晓云很沮丧，她原本绷紧挺直的身体委顿下去，她蹲在地上，吸了吸鼻子，抑制不住的泪水淌了一脸。

王安水也不安慰她，自顾自地进了苗圃，挨个垄畦看了一遍。

连续下了几场雨，他怕地里积水，再加上天气闷热，参苗会招病虫害。他蹲下来用手指抠了一撮土捻了捻，又放在鼻子下面嗅了嗅，把那撮土揉成小泥团，安放在原来的地方，又拍了拍摊平。

陈晓云泪眼蒙蒙地看着王安水，不由得心灰意冷。王安水心里真没有她了。她这么难过，他却只顾得关心他的西洋参苗。她哭也哭了，闹也闹了，全都像拳头打在棉花上，除了让她自己倍觉羞愧，什么也改变不了。

陈晓云抹着眼泪站起来，失魂落魄地往地头儿走。

王安水目送陈晓云的背影，直到她的背影消失在那边的玉米地后面。他知道，拐过那片玉米地，就是直通村庄的田间小路。他收回目光，仰头长久地看着那轮弯月……

第十二章

这个秋天注定是一个充满了喜悦的季节。

女儿王慧出生了，苗圃里的西洋参开花结种了。

王安水的心里每天都像喝了蜜似的。粉妆玉砌的小慧有一双漂亮的眼睛，比天上的星星还要闪亮，那么天真无邪，却又似乎能看透一切。王安水抱着她软软的小身体时，总忍不住亲吻她的小脸和她的眼睛。

有了这么可爱的女儿，王安水似乎有使不完的劲儿。为了让生产后的妻子轻松一些，他承担了家里地里所有的活儿。一家人开心地忙碌着。

王继坤也像是一下子年轻了十岁，脸上的皱纹都舒展开了。他看着那么娇嫩的外孙女，想抱又不敢伸手，生怕闪了她的脖子和腰，就轻轻握着小慧的小手，语气轻轻地跟她说话，逗她玩。

王松钰忍不住笑他，“爹，小慧没那么金贵。不会是我小的时候你也没有抱过我吧?”

王继坤瞅了她一眼，“抱你那会儿啥也不寻思，跟抱根萝卜一样。小慧跟你能一样吗?”

王松钰叫起来，“瞧你说的，我怎么就跟她不一样了?”

王继坤笑眯眯的，“不一样，一点儿也不一样。嘿嘿……”

王松钰又好气又好笑。

家里有孩子的奶香气，有她咿咿呀呀的童音，还有妻子和岳父亲昵的斗嘴，每天都热热闹闹的；地里的西洋参也是日新月异，绿色的花托儿团团簇簇地长出绿色的果实来，没几天，果实变红，泛着莹润的光泽，团簇成球，煞是喜庆。

生活也似乎熬过了艰难，红红火火地令人期待。

可是，这几天，王安水回到家总是愁眉不展，欲言又止。

王松钰产后虚乏，又要夙兴夜寐照看小慧，对王安水的情绪变化浑然未觉。王继坤细心，把他拉到一旁关切地问：“怎么了？是西洋参招病了？”

王安水说：“不是，是成熟的种子奇怪地消失了。”

“什么？奇怪地消失了？”王继坤吃了一惊。

“是啊，昨天还好好的，今天去看看就不见了。”

“是不是掉在地上被叶子遮住了？”

“没有，我找过，没有掉在地上。”

“都这样？”

“嗯，都这样。熟一棵就丢一棵的。”王安水闷闷地说。

“难道让人偷了？”王继坤皱紧了眉头，“村里没有谁这么下作呀。”

王安水猛地想起陈晓云来。他还记得，那天晚上，陈晓云气急败坏，想点着苇草把西洋参全都烧了。她也曾扬言不让他称心如意。难道西洋参种子都是她故意偷走了？

王安水想到这儿，心里沉甸甸的。

“你知道是谁干的？”王继坤看王安水神色有异，问。

“不好说，没有证据的事不能随便冤枉人。”王安水想了想说，“晚上我去看着。”

王继坤点了点头，“只能这样了。”

连续三天晚上，王安水和王继坤都在苗圃里蹲点儿。

没有人进来，可是第二天都照样丢种子。

这样下去，刚成熟的种子都莫名其妙地丢了，那两三年岂不是白忙活了？

王安水和王继坤百思不得其解。

“我就不信了，这世上还真有鬼不成！今天晚上咱们俩分开看。”王继坤很恼火地说。

“好。”王安水看了看苗圃里的西洋参，有两片的果实长得特别饱满，他指了指其中的一片地，“爹，你守着那边。”

王继坤走过去，轻轻托着一棵西洋参球形的花托，数了数小红果，不由自言自语，“能在夜里神不知鬼不觉地偷种子，到底是什么人呢？”

这天夜里月亮圆满如镜，银色的光辉洒在成片的田地里。

为了便于抓贼，傍晚的时候，王安水和王继坤把白天遮阳的苇帘掀开了。

月光下，田垄间的一切虽仍是影影绰绰，却比往常清明很多。

王安水和王继坤分别趴在田垄间，忍受着泥土的潮气和蚊虫的叮咬，一动不动。

平心静气地等了很长时间，长到王安水的眼皮打起架来，可他不敢睡，使劲儿掐了一把大腿，疼得清醒些，继续看着。

王继坤也好不了哪儿去，他的老腰老腿都僵硬了似的，脖子扭得又酸又痛，还个贼的影子也没看着。

秋天的蚊子格外歹毒，成群结队地飞，专拣脸颊、脖子和手脚扑咬。被它们咬过的地方又红又肿又痒，令人难以忍受。王安水的右脸和双手被叮了好几个大包，痒得钻心，可他不想前功尽弃，只能忍着。

半夜，月上中天，四野一片静谧。

蟋蟀藏在庄稼地里高一声低一声地鸣唱，晚栖的鸟儿时而呢喃，远处的村庄在静夜里安眠，满地的庄稼在晚风里微微颤动着叶子，发出沙沙的轻响，像隐秘的私语。

王安水和王继坤也像这静夜里的两株庄稼，任由夜风拂动着他们的头发和衣角。

熬到全身都酸痛麻木，王安水怕王继坤受不了，刚要爬起来过去搀扶他，就在这时，他听到一阵细碎的响声。

如果不是侧耳细听，那细碎的响声会被夜风吹散，轻不可闻。王安水却听到了，因为随着那细响，长着饱满果实的花托瑟瑟地抖动起来，花秆下的西洋参茎摇叶动，像被什么东西碰触摇动。可会是什么呢？王安水疑惑地盯着离他两步远的西洋参，一颗心紧张得差点儿跳出嗓子眼儿。

茎叶的摇动越来越剧烈，随即，有个小黑影突然从西洋参叶子间冒出来，顺着花秆儿蹿上去，尖嘴一开一合，球状的果实转眼连根截断！

那是什么东西？

王安水头皮一麻，惊奇地盯着那片西洋参，紧握的手心里满是冷汗。

只一会儿，那个黑乎乎的小脑袋冒出来了，还是一样的快捷迅速，不过是一眨眼的工夫，另一个花秆上的果实也不见了。

这次，王安水看清楚了，那个小家伙竟然是一只老鼠。它的腮边鼓着两个包包，尖嘴一开一合间，西洋参果实就被咬掉藏在腮囊里了。

这地里有多少只这样的老鼠？怪不得这些天丢了那么多西洋参种子。

王安水怎么也没想到，罪魁祸首竟然是这种长着腮囊的地老鼠。他又好气又好笑，蹑手蹑脚地爬起来，想扑上去抓住那只小东西。可他刚有动作，那只老鼠就机警地不动了。它躲在参叶下面，王安水根本看不到它。

王安水的手臂和腿都麻了，撑着身子悄悄起来，想凑近些找那只老鼠。他刚迈出一步，那只老鼠就哧溜一下子顺着田垄跑得无影无踪。

听到王安水那边有动静，王继坤疑惑地问："怎么了？"

王安水活动了一下麻痛的四肢，走过来扶起王继坤，"爹，是老鼠偷的。我刚才看见了，它腮帮子鼓囊囊的。"

"老鼠？"王继坤瞪圆了眼，"哪儿呢？跑了？"

"跑了。"王安水呵呵一乐，"不过咱们知道是老鼠偷的就好办了，估计它是偷了储藏过冬的。回头我找着老鼠洞，说不定咱们丢的那些种子全都能挖出来。"

王继坤松了口气，想了想，也笑了，"这害得我们蹲了好几天岗，就说呢，怎么人影不见就丢了。"

两人稍微活动了一下，趁着月色，把撤下来的苇帘盖好，安心回家睡觉去了。

第二天天刚放亮，王安水就起来了。

王松钰抱着小慧在喂奶，诧异地问："这么早去地里干吗？"

王安水穿好鞋子，用老茧粗粝的手指轻轻摸了下小慧细嫩的小脸，"我先做早饭，你喂完了再睡一会儿，饿了就起来吃，不饿就接着睡。"

王松钰听了，心里暖融融的，"昨天晚上和爹抓着小偷了？"

王安水笑起来："你猜是谁偷的。"

王松钰："谁啊？咱村像是没有这样缺德的人。"

“呵呵，是老鼠。等会儿吃完了饭，我就去找老鼠洞挖种子。”

“是老鼠偷的？我的天，那老鼠洞可不好找。”

“我能找着，放心吧。”

王松钰叹了口气，“你说种个西洋参咋就这么多的事儿？先是到处找泥，现在又得到处找老鼠洞……”

王安水一脸轻松，“相比前面的困难，这不算事儿。”

王松钰看着丈夫憨厚的笑脸，想说什么，最终只是微笑着沉默了。

王安水麻利地做好了饭，简单吃了些，就和王继坤拿着镢头出门了。

结果，一天下来，一个老鼠洞没找着。

王安水一筹莫展：“到处是庄稼、野草和乱石堆，白天它们又不出来活动，不好找啊。”

王继坤想了想，“去你月明叔家借狗用，他家那条狗精通人性，让它找啥就找啥。咱们把它牵到地里去，等老鼠来了，让它追去。”

这办法行，王安水眉开眼笑。

王安水到陈月明家借狗，开门的是陈晓云。

看到王安水，陈晓云先是愣了一下，眼睛里闪过一丝欣喜，随即想到了什么，眼神一暗，眉头一皱，语气生硬地问：“你来干什么？”

王安水头皮一紧，他光顾着急着借狗用，压根没想着会碰上陈晓云。这会儿，他才猛然想起，陈晓云早就离了婚，没处可去，自然带着两个孩子住在娘家。

陈晓云瘦了一圈儿，一脸倦色，头发乱糟糟的，身上褪色的衣服皱皱巴巴，看去十分颓废。王安水挪开目光，往院子里张望了两眼，有些别扭地说：“我来跟月明叔借大黄。”

“被我杀吃了。”陈晓云说着就要关门。

她说得飞快，王安水一时没听清，“你说什么？”

“我说，大黄让我杀了，煮狗肉了！”陈晓云咬着牙根高声说，一脸的幸灾乐祸，“我不杀它，它也得饿死。趁早杀了，还能让我两个孩子吃几顿饱饭，也正好不用给你使！”

王安水张口结舌。

陈晓云看了王安水一眼，也不管他的手还扶着门，轰隆一声把门关紧了。要不是王安水及时抽开手，一准被门板夹断了。

王安水看着紧闭的院门，想推开进去看看，可想到之前陈晓云说过的话做过的事，举在半空的手无力地垂下来。他站了一会儿，转身往家里走。

村里的狗只有大黄被月明叔训练过，通人性听编排，别家的草狗只会虚张声势地叫唤，不顶用。这下可怎么办呢？鼠窝找不到，眼睁睁看着成熟的西洋参种子一天天被偷光，回头又要花大价钱从外面买种子，那卖参赚的钱恐怕要扣除了大半，四年岂不是白忙活？

王安水一边往家走，一边发愁。

到底是陈晓云故意不把大黄借给他，还是她家穷得真把狗杀吃了？王安水左思右想，心里乱糟糟的。

“安水！”

王安水正低头想事情，就听见有人叫他。他抬头一看，竟然是刘壮子。

刘壮子本来就长得五大三粗，估计做生意赚了钱吃得好，肥头大耳满脸油光，挺着个将军肚，越发浑实了。他又穿着一件白西装，脖子上挂着条金链子，乍一看，跟头被拴着的大白熊一样。

王安水一打眼都没敢认，刘壮子大大咧咧地凑上来，抬起戴着两只金戒指的肥手整了整西装领子，冲王安水伸过手来，“你好你好，安水，好久不见。”

几年不见，刘壮子学文雅了。他拽着讲究的词儿，偏偏嗓门还是粗声大气，举止也还是像个土匪。王安水忍俊不禁。

王安水刚要上前打招呼，刘壮子把摊开的手掌变成了拳头，一下捶在王安水肩头，“发什么愣？我是刘壮子啊。”

王安水笑，“知道，可是壮子，你怎么来了？”

刘壮子摸了摸梳得锃亮的大背头，“我来看看你的西洋参，我正好有销路，特意过来找你的。”

“你有销路？”王安水半信半疑。

刘壮子好胜，喜欢吹嘘，当年大家在工地上的时候，王安水没少听他放炮。不过他大老远地跑来，不应该是闹着玩的。

“怎么我还跟你说假的？我现在有公司，木材加工厂和销售公司都有，本事通了天了。别说你要我给西洋参找销路，就是你想卖老婆孩子，我都能给你卖了。”刘壮子挥舞着胖手大言不惭。

“你才卖老婆孩子呢！我的参还没出土，打算明年卖，今年的好留种。”王安水正烦闷，没心情跟他开这样的玩笑。

刘壮子又给他来了一捶，“怎么老爱拉着个脸？兄弟大老远的来了，好不容易打听到你家去，你家有个老头子说你在这边，我又不辞辛苦地找过来，你不感动好酒好菜招待我，拉着个脸多不够意思？”

刘壮子快言快语这么一抱怨，王安水有些不好意思了。想想也是，不管怎么，刘壮子确实大老远来了，他总不好冷落人家。

王安水正要说话，就见刘壮子被施了定身术一样，一只手举在半空，两只眼睛瞪得老大，傻愣地看着他身后。

王安水疑惑地转过头，就见陈晓云急跑着追上来，手里拿着一件军大衣。

也许是跑得急了，陈晓云营养不良的瘦脸上浮起两朵红云，眉眼生动顾盼生辉，又因为喘得急，胸脯起伏，波涛汹涌。

刘壮子的眼珠子都要蹦出来了，口水都快流成黄河了。

王安水回头看了刘壮子一眼，刚要拉他走，陈晓云一阵风似的跑到他眼前，把手里的旧军大衣往王安水身上一扔：“还给你！”

王安水想起这是他们以前谈对象时，他送给陈晓云的，隔了这么多年了，她竟然还留着。陈晓云的举动让他猝不及防，没顾得接那件军大衣。眼看那件大衣就要掉在地上了，刘壮子手疾眼快，一把捞了起来，把它送到鼻子下面闻了闻，露着两颗金牙嘿嘿一乐：“香。”

陈晓云的脸气鼓鼓的，眼里含着两汪泪，闻言看向刘壮子，正对上刘壮子热烈的眼神，不由微微失神。

刘壮子把军大衣抱在怀里，摸了摸，“这都褪色了，不暖和了，妹子，回头哥给你买新的。”

陈晓云张了张嘴，脸色稍缓。

王安水看着这两个人眉来眼去的，心里说不出的别扭，他想了想，还是问陈晓云：“你家的狗真没有了？”

陈晓云飞快地垂下眼睑，脸颊异样地红起来，眼皮一眨，两行泪水落下来，一张脸凄楚动人。她沉默了一下，转身就跑了。

刘壮子急了，把军大衣往王安水怀里一揣："你这个人，老是一点儿情趣没有，这好好的话不说，说狗干吗？都把人给气哭了你看！"

刘壮子追陈晓云去了。

王安水抱着军大衣，心里乱麻似的搅成一团。军大衣的颜色已经褪成了草色，里衬破了个洞，露出里面发黄的棉絮，散发着陈腐的味道。

这件军大衣是他当时没舍得穿省下来的，当宝贝送给陈晓云。时过境迁，军大衣旧了，人也早散了，再想多了也没意思。他掂了掂那件军大衣，蹲下来把它叠得整整齐齐，在路边挖了个坑，把它埋了。

王安水埋完了军大衣，刘壮子还没有回来。他站在原地想了想，转身径直向苗圃里走去。

借不到大黄，他得想别的办法找着老鼠洞。

半个月过去了，老鼠洞还是个悬念，种子照常丢。

老鼠的胆子越来越大，就算王安水和王继坤轮流值夜班，它们也不害怕了，反正它们跑得快。王安水愁得头疼。

放老鼠夹子倒是夹到了两只，可解决不了问题。反倒惹怒了"就义"老鼠的亲戚们，偷种子越发卖力。每天早上看着苗圃里断掉的花秆儿，王安水心急火燎，却无可奈何。

刘壮子搂着陈晓云的腰来到苗圃前，看着连绵成片的西洋参苗，刘壮子的嘴角抽了抽，"呵，行啊安水，真把西洋参给种活了，这大丰收了啊，你很快就成富翁了！"

陈晓云身子一僵，脸上闪过嫉恨，冷哼了一声。

刘壮子话锋一转，"不过这么多的西洋参想都刨出来，得不少人手，要不全都给你烂地里了。"

陈晓云娇娆一笑。

王安水正心烦，看了刘壮子一眼，"你要是真来买参，我不卖。你要是来说风凉话的，我不听。"

刘壮子的胖脸抖了抖，眼神不悦，"不卖拉倒，你可别后悔，就等着全烂地里吧。我寻思着扶持你一把，还不领情，真是的。"

王安水懒得搭理他。

刘壮子讨了个没趣，搂着陈晓云的腰，扭着肥屁股走了。

王安水这才注意到，陈晓云从上到下焕然一新，穿得十分光鲜。他看着两人的背影，只觉得这成片的庄稼地里空气稀薄，让他倍感憋闷。

王安水深吸了两口气，收回目光，蹲在苗圃前，把脸埋进双手。

“安水，和陈晓云在一起的男人是谁？”

问话声伴着由远而近的脚步声传来。

王安水抬头看去，是村主任赵建民夫妻俩。

王安水赶紧站起来，“噢，那是我之前的一个工友，说是想来收购西洋参。不过这参才开花结种，今年不能卖。”

赵建民点了点头，没说什么，于香快言快语，“我看他不是来收购西洋参的，是来找女人的。听说他和陈晓云在一起，不管人前人后，成天拉拉扯扯搂搂抱抱的。可是他真能娶了晓云？他都不在乎晓云还有两个孩子？”

于香的话在王安水心里掀起轩然大波，他压根儿没想过这个问题。他和刘壮子这么些年没什么联系，只是上回去农科院回来的路上，在车上碰着一回，刘壮子有没有老婆他还真不知道。

如果刘壮子有老婆，那他这么对陈晓云，不是坑了她吗？

赵建民瞅了于香一眼，“你就爱多管闲事。”

于香撇了撇嘴，又意味深长地看了王安水一眼，“怎么就是多管闲事呢？突然来了这么个人，不知底细的，回头晓云吃了亏找谁去？”

王安水皱了皱眉头，还真是一波未平一波又起，只是他该不该过问陈晓云的事呢？

赵建民看王安水心事重重的样子，看了一眼苗圃，转移了话题，“哟，绿油油一片，长得真好。安水，我看你和继坤叔这阵子忙活活的，轮班倒着往地里跑。这苗子长得这么好，也没什么要忙的啊？”

王安水叹了口气，“主任你不知道，这地里招老鼠了，结的种子都让老鼠叼洞里去了。我和我爹想找着老鼠窝，把种子挖出来，可是怎么找也找不着。”

赵建民说：“就你们俩找那得多费事？我叫大伙一起帮着找！”

于香插话进来，“哪儿用兴师动众的！安水，婶告诉你个好法子，你把老鼠要走的地方撒上白灰去，老鼠身上沾了灰，你沿着撒落的灰粉找不就找着了？”

王安水心里一亮，感激地看着于香，“我怎么就没想到呢？”

于香笑起来：“再有事早些跟咱们说说，兴许能帮你出个主意。”

王安水腼腆地应了一声。

傍晚，王安水和王继坤把找来的石灰用一个面袋盛好，放在院子里。

王松钰做好了饭，抱着小慧招呼两人吃晚饭。

一家人刚吃了一会儿，刘壮子和陈晓云来了。

刘壮子豁着一口黄牙笑呵呵的，陈晓云冷着一张脸，脸上带着些嘲讽的神气。

两人大摇大摆地像进自家门一样，刘壮子干脆一屁股坐在门槛上，满面嫌弃地瞅了瞅饭桌上的粗茶淡饭，“安水，你们这吃的什么呀？猪食一样。”

陈晓云轻飘飘地扫了一眼桌子，又有意无意地看了王松钰一眼，目光顺着王松钰白里透红的脸庞落在她怀里的小慧身上，撇了撇嘴角。

进门是客。王继坤冲着忍着怒气的王安水摆摆手，起身招呼他们，“晓云来了，稀客，赶紧进来坐，外面冷。”

陈晓云看了看王继坤手里的板凳，一声不吭，只是低头掸了掸身上的呢子外套。

王安水这才注意到，今天陈晓云又换了一身衣裳，粉色的呢子外套有型有款，裤线笔直，站在那里像一棵开花的树。

王松钰一直不动声色地坐在那里，见状抬眼看了看陈晓云，唇边浮起一抹浅笑，“晓云姐，今天真漂亮，怕把裤子坐出褶子来吧？”

陈晓云的脸色微微一红，“我什么时候成了你姐了？我这是新买的衣服，可不想弄脏了。”

王松钰飞快地看了王安水一眼，垂下眼帘，起身抱着孩子转身去了里屋。

王安水看着这两个不速之客，气得都笑了，“壮子，你来有事？我和我爹还有事要忙。”

刘壮子夸张地笑出声，“你们那叫什么事儿啊？种一池子西洋参三年颗粒无收，这又是要借狗又是要撒灰，这眼看着要从老鼠嘴里讨生活了，还干个什么劲儿呀！”

王安水咬了咬牙，他不想跟他吵架。

王继坤听了，也只是淡淡地笑笑，再也不理会他们了，坐下来慢条斯理地吃饭。

刘壮子讨了个无趣，凑近些，“安水，你别不识好人心。我也没有别的意思，我这已经说动了晓云跟我回城里去干体面的工作，干脆你也跟着我去吧！晓云推荐你，说你有力气能干活，我也这么觉得。我那里还少个工头，念在我们前时是工友的分儿上，我让你干，每个月怎么也上百块钱。”

陈晓云酸溜溜地开了腔儿：“就是呀！像你来倒插门，就能过上好日子？嘁，成天给人当牛做马出苦力，一分钱捞不着吧？”

王安水黑了脸。

这两个人对他说什么都不要紧，连扯上王继坤和王松钰，他不答应。他最困难的时候，是王继坤给了他温暖，王松钰给了他爱和家，他绝不允许别人这么冷言冷语说三道四！

陈晓云看王安水不说话，继续添油加醋，“男人总要活得有骨气，别成天窝窝囊囊的，被人家当免费的驴使还感恩戴德的……”

王安水看了看王继坤。

王继坤稳坐如山，一手端着碗，一手拿着筷子，旁若无人地吃饭。

王安水的目光长久地落在他骨节粗大的手上，汹涌的愤恨像潮水一样瞬间退去。

经历了那么多的磨难，岁月匆促，沉淀下来的从容是最强大的力量。这种力量，不应该被任何微不足道的嘲讽和挑衅亵渎。

王安水轻轻笑着摇了摇头，他悲悯地看了陈晓云一眼。这个女人经历了一次失败的婚姻，还是那样执迷不悟，几件衣服就让她对一个陌生的男人以身相许，他不知道自己该不该劝劝她。

他又看了看一脸得意的刘壮子，说：“壮子，谢谢你的好意。我哪儿也不去，就守家守业踏踏实实过日子。我多句话，你家里没老婆？”

刘壮子脸色一窘，有些心虚地瞟了陈晓云一眼。

王安水一看他这神情，心里就明白了，再看看陈晓云，她偏着头有些迷糊地看着刘壮子，似乎在努力想着什么事情。他转向刘壮子，“壮子，你要是家里有老婆，就别吃着锅里的看着碗里的，不好。”

刘壮子一瞪眼，强横地说：“你别吃不着葡萄说葡萄酸，我有钱，有的是女人哭着喊着跟我在一起，才不管我有没有老婆！你是穷酸得没这势力，你要是像我一样，陈晓云就是你的了。”

当着陈晓云的面这么说话，刘壮子毫无顾忌。王安水意味深长地看向陈晓云，她竟然不羞不恼，莞尔一笑，“是啊，安水哥，壮子说的一点儿没错。”

王安水看着她那张笑得变形的脸，一句话都不再想说了。

王继坤这时放下筷子，擦了擦嘴，“安水，咱们没工夫管他们的事，你赶紧吃点儿，我们去干活。”

刘壮子和陈晓云听出王继坤这是在下逐客令，脸上有些挂不住，再看王安水已经坐下吃饭了，也就待不住了。刘壮子虚张声势地清了清嗓子，“嗯，安水，你以后可别后悔，揭不开锅的时候可别说当初哥不帮你。至于我和晓云，呵呵，大家你情我愿，就不用你操心了。”

陈晓云幽怨地看了王安水一眼，王安水只管埋头吃饭。

“晓云，我们走。”刘壮子起身，揽过陈晓云的肩膀，横着往外走。

王继坤跟着去关院门的时候，叫住陈晓云，苦口婆心地劝了一句，“晓云，做事别光看眼前，打算得长远。你不顾及自己的名声，也应该顾及你一双儿女的，他们总是要长大成人的。”

陈晓云动了动嘴角，眼圈有些泛红，嘴上却强硬，语气酸溜溜的，“继坤叔，我不看眼前，哪还有命打算长远？我的儿女得吃饭穿衣，他们只会感激我。”

刘壮子闻言笑了，紧搂了陈晓云一下，一语双关，“我就喜欢聪明人。”

王继坤叹了口气，关了门。

王安水听到了陈晓云刚才的话，拿着筷子的手停在半空，嘴里的饭如同嚼蜡。

王继坤坐在王安水对面，王松钰也抱着孩子走出来。一家人沉默了一会儿，王松钰先开了口，“安水，你要是还惦记陈晓云，就再去劝劝她。”

王安水回过神儿来，看了王松钰一眼，“你别胡思乱想，那些都是过去的事了。”

王松钰微微一笑，“我没有胡思乱想，她是咱们村里的人，乡里乡亲的，我怕她吃亏。”

王继坤瞅了王松钰一眼，“你怕她吃亏，让安水去劝，就不怕你自己吃亏？”

王松钰看向王安水，“不怕，我相信安水。”

王安水感激地拍了拍妻子的手。

王继坤想了想，说：“松钰，你先吃饭，凉了就不好了。安水，咱们去干活。反正该说的话咱们都说了，陈晓云不是小孩子，她愿意怎么样就怎么样吧。”

王安水跟王继坤来到院子里。

暮色沉沉，铅灰色的天空像一张倒扣着的铁锅，张着饥饿的大嘴，俯望着欲求不满的尘世。

王安水拿起石灰和铁锹，他要去继续努力，与艰难的命运抗争，和穷困的生活决斗。

第十三章

整整一晚上，王安水都睡不踏实。

前半夜，他看着窗外黑乎乎的窗子，满脑子放电影似的，一会儿闪过刘壮子油光光的肥脸和陈晓云怨气横生的眼睛，一会儿浮现出尖嘴的老鼠昂头挺胸地顺着参秆儿吃果实，一会儿重现他和王继坤在田垄间低头弯腰撒灰粉的身影。

这些画面交叠出现，扰得他心里七上八下的。

夜色浓重，屋子里什么都看不清。因为看不清，所以听觉和嗅觉就格外灵敏。

王松钰看了一天孩子，早累得睡过去了。女儿更是一派天真，无忧无虑。

她们均匀美好的呼吸，她们身上散发出来的淡而甜的奶香味，都让他觉得温馨。他紊乱的心绪渐渐平和下来，迷迷糊糊地进入了梦乡。

睡着的似乎只有他紧闭的眼睛，他的脑海里似乎更喧腾了，他做了个很长很长的梦。

梦是荒诞不经的，可是情节生动逼真。他坐着由一片西洋参种子堆垒起来的红云漂洋过海。西洋参绿色的茎叶在下面疯狂生长，以肉眼可见的速度迅速开花结果……

王安水醒来的时候，天已经蒙蒙亮了。

回想梦里的一幕幕，竟然只是恍惚记得踩着红色的浮云。王安水揉了揉鼓胀的太阳穴，情不自禁地笑出了声。想起妻子和女儿，他赶紧闭紧嘴巴，转头看看她们。她们睡得正香，脸庞恬静甜美。

这时，从隔壁屋里传来了王继坤的咳嗽声。

王安水赶紧轻手轻脚地起身，穿好衣服来到院子里。

王继坤已经收拾好，站在院子里等着他了。

“爹，你就多睡一会儿吧，我一个人去找就行了。”王安水的脸有些发烧，每每有要紧事，他总是起得比老人家晚些。

“哪还睡得着，走吧。”王继坤把镢头递过来，背着手走出院子。

清晨的庄稼地里霜冷露重，王安水在前面用镢头把子挡开玉米张扬的叶子，领着王继坤沿路寻找老鼠的踪迹。

直到苗圃前，沿路撒了白灰的地方，没有老鼠跑过的脚印，倒是有几处被野兔子或山鸡蹿起飞腾的时候拂散的地方。

王继坤的脸色前所未有的凝重，他的眼睛有些花，他戴着黑框的老花镜，一路弓着腰，细致地看着每一处撒了白灰的地方，一句话都没有说。

王安水的心沉了又沉，他满怀希望，生怕再次一无所获。他甚至又重返了一遍来路，还是没有发现什么。他不由得有些灰心，掀开苇帘的时候，他抬起的腿沉重如铅。他突然间有些恐惧。

这样的恐惧像藏在暗处的毒蛇，蓦然蹿出来咬住了他，然后毒素迅速地扩散，他几乎来不及反应就已经全身瘫软。

他蹲在地头，丧失了继续查看的勇气。

那种恐惧如同洪水一样，从他身体里一泻汪洋，很快溢满了整个苗圃。

那些只有茎叶，花秆上光秃秃的西洋参，像头发被拔光了的少女，看上去让人无比沮丧。

如果没有了种子，这些西洋参就是名副其实地断子绝孙了，或许明年出土的参根能卖个好价钱，可那些钱扣除成本，也许刚够买种子。那样的话，这四年岂不白折腾了？

这块地四年后十五年内再不能种西洋参了，到时候，他和王继坤该去哪里种西洋参？他又要花费多少心血去改良一片苗圃，重新试种西洋参？

王安水蹲在田垄间，第一次觉得力不从心。

那些过往的苦难，当时咬牙坚持，也一一蹚过来了，当时也不觉得有多苦。可现在回头想想，那一次次的隐忍坚持，那一次次的血泪斑斑，光想想要再经历一次，心都会不由自主地抽搐。

五年的努力，如果颗粒无收，如果最终被老鼠打败了，他不知道自己还有没有勇气再坚持五年。

王安水看着仍然认真寻找老鼠脚印的王继坤，心潮起伏难平，他看着老人家瘦弱而倔强的腰身，弯曲成满弓似的弧度，像在向每一棵西洋参鞠躬，向这片土地致敬，他不由得泪眼模糊。

那张弓坚若钢铁，韧若柔丝，那张弓久经风雨的打磨，已经弯成了一尊丰碑，不到最后，绝不轻言放弃，无论何种境遇，都是处变不惊。

那一刻，王安水对王继坤肃然起敬。

他擦了擦眼睛，站起来，认认真真地检查地上的灰粉。

王继坤年老体弱都不怕输，他年轻气壮的怕什么？他为自己刚才的怯意感到惭愧。他顺着田畦一道道地找过去，凡是开过花结过果的西洋参，他一棵都不放过。

就在王安水穿过第五道田垄，转到第六道的时候，他眼前的地上，白灰上赫然出现了一道浅痕，在浅痕的中间，老鼠的脚印清晰可见！

王安水的心猛地一提，说不出的喜悦让他激动得全身震颤。他指着那一串脚印，冲着王继坤低沉地喊了声："爹！"

王继坤身子一顿，一只手顶着后腰，慢慢直起身来，另一只手推了推眼镜，满怀期待地看着他。

"看这里！它昨天晚上真来了。"王安水说。

王继坤扭了扭腰，才慢腾腾地走过来。他顺着王安水的指向看去，点了点头，"前四趾后五趾，是老鼠留下来的。顺着找！"

王安水平心静气，拨开旁边的两棵西洋参，那白色的脚印脱离了白灰的区域，往苗圃的西南方向去了。

王安水小心翼翼地往前跟进，地上那一串深深浅浅的白脚印不再面目可憎，而像开在褐色泥土上的白桂花，指引着他找到那些失窃的种子。

"看来，这窝老鼠就在咱们地里打了洞，近水楼台，偷起来方便。"王继坤跟在王安水后面，迈着不紧不慢的步子。

王安水不敢分神，那些脚印变得越来越浅，他的心又有些慌了。如果这些脚印中途断了，那就前功尽弃了。

跨过了几条田垄，终于，在地头的石墙下面，一堆茂盛的野草下面，王安水找到了那个老鼠窝。它太隐秘了，混杂在大大小小的石头缝里，根本看不出有什么特别。就连那丛野草也似乎平淡无奇，可如今仔细一看，野草根下的部分，正托着一块石板，从而给老鼠搭了一个天然的通道。

“挖!”王继坤的声音里也有了掩饰不住的期待和喜悦。

三个小时过去了，太阳已经上岗了，明晃晃的阳光沐浴着这片生机勃勃的庄稼地。

王安水挥汗如雨，喘息着停下了抡动镢头的手臂。在他的面前，一个椭圆形的地坑里，密密麻麻的西洋参种子掺杂着泥土，白得刺眼。

老鼠们是建筑的高手，把地洞打得四通八达，突然遭遇这样的灭顶之灾，大都逃得无影无踪。有一只心有不甘的老鼠，在一个洞口探头探脑，黑溜溜的眼睛留恋地看看那些参种，又满是怨愤地看看愣在坑边的王安水和王继坤。

王安水和王继坤一直没动静。

两个人就那么静静地站在那里，看着那些失而复得的种子，像两棵生了根的树。

老鼠瞪了他们一会儿，垂头丧气地转身，钻到了更深的地洞里去了。

王安水抹了一把汗水，看向王继坤，“爹，可叫我们找到了。”

王继坤对他的话充耳不闻，他沧桑的脸上绽开灿烂的微笑，像突然返老还童一样，身手敏捷地跳下土坑，俯身捧起一把参种，举到眼前看，直到热泪盈眶。

王安水看到这一幕，心里一颤，也不由得眼眶潮热。他俯身拿起布袋，又找出圆形的筛筐来。跳到坑里，把混着泥土的参种捧进筛筐，左右一阵晃动，那些粉粒状的泥土就从筛眼里漏下去了，只剩下白白胖胖的参种。

王安水这样反复着操作，一会儿，瘪软的布袋就胀鼓起肚子。白花花的参种像高粱米，密密匝匝地堆在一起，不断地垒出新的高度。

王继坤小心翼翼地把那捧种子放在王安水的筛筐里，乐滋滋地蹲在一旁，拿出旱烟袋来，点着了深深地吸一口，长长地吐出白烟来，咂巴着嘴唇的声音响亮又惬意。

王安水筛着种子，刚刚疲软的身体像被注入了新的力量。他抚摸着参种，想起当初自己用纸包包着八粒种子，诚惶诚恐地走在回家的路上，那种种的情境还记忆犹新，不由得感慨万千。

“爹，这些老鼠也真能干，竟然收拾了这么多种子，倒省了我们一点点采摘的辛苦了。”王安水笑着说。

王继坤抽了一口旱烟，“嗯。它们有储藏粮食过冬的习性。”

“爹，咱这算成功了吧？”

“当然。我们种活了西洋参，让它们顺利地结出了种子，明年还能收一茬儿。有了这些种子储备，我们就能不断地种下去，一年一年地扩大种植规模，收入也能逐年见涨。”

“真好。”

“安水，这都是你的功劳。”王继坤美滋滋地抽着旱烟，又来了一句，“别说松钰那丫头平时不省心，倒给我找了个好女婿，有眼光。”

王安水听了，忍不住笑起来。

秋天的阳光明媚而温暖，罩在身上像盖了层绒绒的薄被，说不出的舒服。轻风掠过山岗，拂过庄稼地，带着瓜果的甜香，熏人欲醉。

这是个丰收的好时节，是个充满了喜悦和希望的季节。

王安水动作轻快地筛着种子，觉得之前所有的辛苦都有了回报。他深情地看着那些从泥土里脱颖而出的种子，一个个胀鼓鼓的，泛着蜡白的光泽，齐刷刷地挤聚在一起，就忍不住笑弯了眉眼。

王继坤蹲在一旁，仍然一下下抽着旱烟，沉默了片刻，问他：“安水，这五年里，你没有间断地记笔记，种西洋参需要注意的事项，你都记准了吧？”

“记准了，都在我脑子里呢。”王安水一边忙活，一边说。

“那就好。储藏和处理种子的方法也记了？”

“记了。”

“各种病虫害的防治呢？”

“也记了。”

“那行，我就放心了。安水，不管穷富，都不能忘本，不能忘记你自己当初吃的苦，不能忘记乡亲们对咱的帮助，要懂得谦虚，知道感恩，不要为富不仁。”

“嗯。”

“……扑通……”

王安水半天没听到王继坤再说什么，却突然觉得王继坤跟他说这些话别有用意似的，他刚要问，就听到一声闷响。他回头一看，就看到王继坤歪倒在地上，手里的旱烟袋锅儿脱了手，斜倒在一边儿，还冒着烟。王继坤紧紧闭着眼睛，憔悴的脸上沾满了泥土。

“爹！爹！”王安水慌了神儿，放下筛筐赶紧过去扶他起来，“爹，你这是怎么了？快醒醒，爹，你快醒醒。”

王继坤半天都没有反应。

王安水摸了摸他的脖子，还温热，脉搏也在跳动。他松了口气，给他揉着胸口，忍不住哽咽，“爹，这些年也把你累坏了，都是我不中用啊，你还夸我……”

半天，王继坤才幽幽地转醒过来，看着哭得跟孩子似的王安水，脸上浮起虚弱的微笑，“别担心，人老了，总有不行的一天。”

王安水心有余悸，“爹，这阵子你又帮着看孩子做家务，又要跟我到处跑着找老鼠洞，晚上还要看书琢磨种植技术教给我，铁打的人也受不了。从今天起，你就好好养着身体，其他的事我干。”

王继坤坐起来，拍拍王安水的肩膀，“别担心，我没事儿……”他这么说着，刚要站起来，可他的两条腿像生了根似的挪不动，艰难地迈出一步，身子一个趔趄，又要往一边儿倒。

王安水手疾眼快，一把扶住他，“爹，你先坐在这里别动，缓缓气儿休息一下。”

王继坤点了点头，坐在一旁的一块石头上，捶了捶自己发麻的腿，“这条腿这阵子就不太听使唤，老喽，不中用了。”

脚边还有许多种子没有筛出来，王安水也顾不得了，“爹，我先送你去医院看看吧！”

“不用慌，先干正事。把这些种子都筛出来再说。”王继坤摆摆手，故作轻松地说。

王安水不敢拗着他，又担心他扛不住，正要说什么，王继坤又说：“我刚才就是太累了，觉得有些发昏，你不用担心我，安心筛种子。等你筛完了，咱们一起回家，我歇歇就好了。”王安水只好点点头，手脚麻利地继续干活，不时回头看看老人家。

王继坤捶着腿，也没有再说话，只是那么慈爱地看着王安水，偶尔转头看看身旁大片大片的西洋参，脸上满是欣慰的笑意，看起来丝毫不像是刚刚昏倒的人。

王安水心里的喜悦被不安替代，他知道，王继坤的身体一直不太好，这几年来更是积劳成疾，加重了病情，他也曾提议带他去医院看看，他总笑着说不要紧。现在看来，这病不能再拖了。

鼠洞找到了，种子失而复得，本以为苦尽甘来了，可生活的剧目总会花样翻新。

王安水带着王继坤去镇医院做了全面体检，情况不容乐观。王继坤要死要活也不肯住院，王安水只好把他带回家。

王松钰看着体检结果，难过得直抹眼泪。

王继坤拉着她的手，把她的手放到王安水手里，笑呵呵地："哭什么哭？我这不还没死吗？等我真死了你再哭。再说了，有安水照顾你，我就算死了也安心，你有什么好难过的？"

他不说还好，这一说，王松钰哭得更厉害了。

王安水的心痛如刀绞，医生的话像是带刺的荆棘，一遍遍地抽打着他，"他想吃什么就吃些什么，想做什么就让他做什么，老人家没几天活头了，好好孝顺着吧。"

对于王安水来说，王继坤犹如他的再生父母，给了他关爱和引领。他现在所拥有的一切，都与王继坤密不可分。在他心里，王继坤是座山，有令他敬仰的高度。他虽然是个农民，可他从不懈怠。他认真读书学习，刻苦研究各种药材的种植技术，而且从来没有被失败吓倒。他有大海一样宽阔的胸襟，无论遇到了什么困难，他都从容应对，不急不恼。

就是这样一位可亲可敬的父亲，他陪着他王安水熬了这几年艰难的光阴，还没跟着他享福，就得了重病，即将不久于人世……想到这些，王安水也情不自禁地哭起来。

"安水，你怎么也跟着起哄！男人哪有动不动哭鼻子抹眼泪的？赶紧擦干净了，该干什么干什么。让我抱抱乖孙女，瞧瞧，你们两个大的还不如我的小孙女。"王继坤被他俩闹得哭笑不得，转身抱起一旁吮手指的小慧，拉着她的小手逗她玩。

小慧瞪着一双乌黑的大眼睛，天真无邪地看着王继坤，突然咧开小嘴笑起来，发出好听的童音。王继坤看着可爱的小外孙女，鼻子一酸，也险些流下泪来。

王安水转身走到屋外，捂着脸蹲在地上饮泣。他的肩膀剧烈地抽搐着，整个身体都在发抖。王松钰跟出来看他这样，反倒来安慰他，“安水，你别太伤心了，爹看见了会难受的。咱们好好孝敬他，让他每天都开开心心的比啥都强。”

王安水抹着眼泪点点头，起身时，透过窗户看到王继坤正抱着小慧，满脸都是慈爱的神色，他刚刚忍下去的泪水又涌了上来。

这时，院门被推开了，村主任赵建民领着几个乡亲走进来，各人手里多多少少都提着些东西，有的是一包点心，有的是一些鸡蛋。

赵建民快步走过来，看到王安水哭得有些红肿的眼睛，脸上的笑意一僵，担忧地问：“安水，听说继坤哥病了，我领大伙来看看。”

王安水赶紧招呼：“谢谢主任和大家的关心，谢谢。”

赵建民看见王安水泛红的眼睛，踮着脚探着头从窗户往屋里看了看，王继坤正抱着小慧一边轻拍一边哼唱。

王安水和王松钰顺着赵建民的目光看去，王继坤坐在炕上，也不知道是因为他正弯腰哄着小慧，还是他年事已高，他的背影佝偻而羸弱，笼罩着压抑感，偏偏他哼唱的曲调是欢快轻松的，令人听了更加心酸。

赵建民不明所以，疑惑地问，“这不挺好的吗？安水，你怎么哭得眼睛都红了？”

王安水难过得说不出话来。

王松钰强打精神，“建民叔，我爹没事儿，小病，休养几天就好啦。来来，快进屋里坐，别都在院子里站着。”

大家信以为真，乐呵呵地应和着。

王继坤听到院子里闹哄哄的，转头一看，来了这么多人，赶紧抱着小慧走出来。

王松钰上前接过孩子，劝他，“爹，你上炕坐着，别乱走。”

王继坤不以为然，“坐什么坐？老坐着不得把人憋死？安水，快泡壶参茶去，让大家都尝尝。”

王安水前脚低着头进屋去泡参茶，后脚陈晓云提着一斤月饼走了进来。

王松钰一抬头，就见陈晓云冷眼相向的脸上闪过一丝得意，不由心里一紧。

“哟！来了这么多人啊！继坤叔这是病入膏肓了还是怎么的？闹这么大动静?”陈晓云幸灾乐祸的声音像平地旋起的阴风，瞬间把一院子的和气吹散了。

“怎么这么说话呢?”赵建民出声呵责。

“我就这么说话怎么了?”陈晓云的神气就像她身上火红色的褂子一样张扬，她甩着手里月饼散漫地走到王松钰面前，把月饼举在半空晃了晃，“我可是好心好意来送城里新出的月饼给你们尝尝，可看这情形，想团圆?难啊!”

王松钰气得浑身打战，腾出一只手来，一把扯过那斤月饼，举起来就想砸到她脸上去，却被王继坤给拦住了。

“爹!”王松钰幽怨地叫了一声。

“松钰，上门是客。”王继坤慈祥地看了王松钰一眼。

王松钰咬了咬牙，硬生生把火气压了下去，不好意思地看了看大伙儿。

这时，王安水一手提着一壶参茶，一手提着两个板凳走出来，“茶泡好了，屋里小，咱们在院子里坐，来来，自己动手拿凳子，都坐下尝尝这新晒的参花茶好不好喝!”

大家一哄而上，七手八脚地找凳子，找不着凳子的在墙角拖两块砖头，摞在一起当凳子。转眼，大家围坐了一圈儿，中间的木头方桌上，摆满了茶杯茶碗，各人自取。

气氛一下子火热起来，陈晓云被晾在一旁，谁也不搭理她。

王安水一一给大家倒上，淡褐色的参茶飘着淡而雅的香气，氤氲在空气里，令人神清气爽。他扫了陈晓云一眼，看到她手里拿着的月饼，再看看一直沉着脸的王松钰，隐隐猜到了什么，想了想，他拿了个杯子递给陈晓云，“既然来了，也喝一杯吧。”

陈晓云歪着眼睛瞅了瞅那杯茶，迟疑了一下，没接。

这边，赵建民端起一杯喝了一口。茶香清冽，微微的苦中带着丝丝甘甜，十分爽口，不由得啧啧赞叹起来，“安水，以前皇帝老子才能吃上人参喝上参茶，这会儿咱们也跟着你沾光喝上了，果然是好东西啊!”

其他人一听，纷纷端杯痛饮。

赵建民忍不住笑起来，“你们小点儿口喝，当喝凉水啊？得学着品味一下，就像我这样。”说着，他又慢条斯理地吮了一口。

大家哈哈笑起来，有样学样，都斯文起来。茶香绕口，回味无穷，大家喝过，无不啧啧称赞。

原本还有些尴尬的小院，此时充满了欢乐的气氛。人们围坐在桌旁，交杯换盏，你来我往，边喝茶边谈天说地，只觉得别样畅快。

王继坤倚在门框上，开心地看着大家，那一脸慈祥的微笑，像阳光一样温暖。看着这样的父亲，王松钰的眼眶一阵阵涨热。

王安水忙着招呼倒水泡茶，和大家说说笑笑，再没有过多理会陈晓云。他给她倒的那杯茶水就放在她旁边的窗台上，热乎乎的茶水升腾着白色的雾气，把那独特的清香沸荡起来，勾引着她的好奇心。

陈晓云看了看乐成一团的乡亲们，想端起那杯茶尝尝，可她提醒自己，今天她来是找碴儿的，不是来凑这热闹的。她慢腾腾地解开了那包月饼，把从中间切开的月饼拿出来放在桌子中间，“光喝茶有什么意思，尝尝城里新出的月饼。”

周东海呵呵一乐，大大咧咧拿过一块，放到嘴边刚张开嘴，愣了，“月饼不该是圆的吗？这怎么是半圆？改模样了？”

他媳妇宋梅看了看陈晓云和王安水，用胳膊碰了周东海一下。

周东海没心没肺地乐呵，“你拐我干什么？好好，分给你一半！”他刚要把那半块月饼掰开，看见大伙都意味深长地看着他，不由迷糊，“你们不吃都看着我干什么？”

于香一把把他手里的月饼拿过来，放回桌上，抬眼看向皱着眉头的王安水和忍着怒气的王松钰，再看看脸上还挂着淡淡笑意的王继坤，不由有些生气地站起来，把那些半圆的月饼一股脑儿拎起来，塞给了陈晓云，“晓云，乡里乡亲的，你怎么好这么幸灾乐祸的？继坤哥有什么对不住你的吗？你就这么指望着人家家里不团圆？做人要厚道，可不兴这么埋汰人。”

陈晓云脸上有些挂不住，手一松，那几半月饼落在了地上，散乱在各处。她一脚踩上一块，踏得粉碎，冷哼了一声，瞅着王安水，“是，我就见不得他们好。”说完，她就踏着那一地碎屑趾高气扬地走了。

“造孽啊！这心思够歹毒的，怪不得没好报！”宋梅气不过，嘀咕了一句。

其他人也愤愤不平。

王松钰更是气得涨红了脸，有些怨愤地看着王安水，“安水，以后不许她进咱家的门！”

王安水刚要说话，王继坤笑了，“松钰，这算个什么事呢？大家都别在意，晓云也不容易，有些言错语错的，咱们别跟她计较。”

王继坤淡淡的几句话，轻易化解了之前尴尬的气氛。王安水扶王继坤坐在大伙中间，大家继续喝茶聊天，小院充满欢声笑语。

“继坤叔，安水，这参茶真好喝，等明年，我也跟着你种西洋参。”周东海乐呵呵地说。

王继坤点点头，“行，你们谁想种都找安水学，他把我会的都学去了，他教得一定比我耐心。”

“安水，你会教我们吗？”秀儿大声问。

“会！我早就打算好了，咱村谁想学都教。”王安水肯定地说，“等明年我们把地里的西洋参刨出来卖了，就能赚些钱了，再买些种子，和咱们自己采的种子一道儿种，种出苗来，分给大家一些。”

“好咧！”大家欢呼不已。

院门外，陈晓云靠着墙，仰头看着天空，听着从院里传来的阵阵欢笑声，眼泪止不住落下来。

王继坤的那些话一字不落地传进了她的耳朵，一遍遍响起，“晓云也不容易，有些言错语错的，咱们别跟她计较。”

那样宽容温暖的话语，平复着她满心的嫉恨和委屈。她抹了一把泪水，形单影只地往村外走，没有跟任何人告别。

身后的那些欢声笑语被秋风吹散了，小路两边的庄稼密密匝匝地生长着，不知名的野花在草丛里竞相开放，所有的一切充满了蓬勃的生机。

陈晓云却心如死灰，她慢腾腾地往前走着，感觉自己像一只被生活搁浅的鱼，连呼吸都变得异常艰难。

刘壮子果然有老婆，他把她带到城里，玩了没几天就厌弃了。她没读过书，没有文化，什么活儿都不会干。她在刘壮子那里要来的钱很快花光了，她唯一能回的就是娘家。

可是，这村里没有人喜欢她，她也不想让任何人看出她的窘迫。她带着两个孩子在陈月明那两间破屋子里忍了两天，看着陈月明腿疼得连床都下不来了，两个孩子又要这要那，她实在待不下去了。

她提着那包从城里带回来的月饼，本想着找个邻居借点钱对付几天，听说王继坤得了重病，她鬼使神差就去了王安水家，又不可理喻地把月饼都掰成两半，去诅咒人家。

想想这些，陈晓云心里五味杂陈，失魂落魄地往前走。她不知道这是要去哪里，她还能做点儿什么。直到看到村口的那棵柳树，她的眼睛亮了。

活着太累了。

陈晓云脚步沉重地往那棵柳树走去。

秋色正浓，还没有转向萧瑟。那棵粗壮的垂柳一边还枝繁叶茂，一边已经枯竭。那繁盛的一边摇动着柔软的枝条瑟瑟轻语，在秋风里活跃着生机，反衬着另一边的无尽萧条。它古褐色的树干苍劲而沧桑，从中间皴裂开的，分别往两边伸展出旁枝。那道裂缝宛如岁月的伤口，深邃而沉实。

陈晓云站在树下，仰望着那棵树，仰望着树干顶端中间的那道皴裂。

村里的人说那是某次雷雨天，闪电击中了树干劈开的，可在裂缝的边缘，并没有焚烧的炭黑，而是白色的，宛如露出了骨骼，翻开血肉的纹理。

陈晓云想，好端端的一棵树，招谁惹谁了，要遭受天灾人祸，还无法控诉。

这个问题很烦人，因为找不到答案。陈晓云看了很久，想了很久，而后，她踮起脚，伸出双手，分别拽过两根柳条，交缠成两根绳索，又把末端系在一起打了死扣，一个天然的吊绳就结好了。

陈晓云用力拉起吊绳，两腿腾空，抬起下巴，把自己挂在上面，然后松开了双手。身体猛然下沉，像有一双看不见的手死命地拉着她。胸闷气短的感觉让她手脚痉挛，她想抬头自救，可她的身体已经不受控制，严重的窒息感让她全身无力，她陷入汹涌的恐慌和悔恨里，可她无法自救。

“妈!”

朦胧中，听到有孩子的惊叫声。那声音像天际遥遥传来的闷雷，在陈晓云混沌的意识里留下一片尾音……

第十四章

陈晓云醒来的时候，她的两个孩子正哭得撕心裂肺。

陈晓云有些恍神儿，半天才想起自己一时冲动做了什么，一时羞愤难当。

“来，喝碗参汤。”

陈晓云闻声看去，就见王松钰从隔壁走过来，小心翼翼地端着热腾腾的参汤放在炕沿上。碗沿烫手，王松钰捩了捩手指，拿起汤勺舀了一勺，凑去嘴边吹了吹，才送过来。

陈晓云心里堵得慌，紧抿着嘴，诧异地看着王松钰。王松钰语气淡淡地说：“乡亲们刚刚来看过你了，拿了好些东西放在那边桌子上，你先喝点参汤开开胃，我再去找些点心给你吃。”

陈晓云别扭地欠了欠身子，躲开伸过来的汤勺，有气无力地说：“我不用你瞎好心。”

王松钰有些气闷，紧接着就笑了，“晓云姐，你这不是跟自己过不去吗？你死了两个孩子多可怜？安水去给你拿药了，我爹还在家里病着，却非要叫我过来照顾你，你自已想，这汤你喝还是不喝？”

陈晓云眼眶一热，她垂下眼帘把泪水忍了下去。

“妈，妈！你不要我们了吗？”

儿子丛越生和女儿丛越花扑到她身上放声大哭。

“看你把两个孩子都吓坏了。”王松钰说着，又换了一勺汤，“怎么能光顾着自己轻松，就不为两个孩子想想？赶紧的，要么我喂你喝，要么你自己喝！”

陈晓云嚅动着嘴唇，半天才伸手接了汤勺，“谢谢……”

这时，王安水走进来，把一包药放在炕沿上，拍了拍两个孩子的后背，“别哭了，你妈刚醒过来，你们让她清静一下。”

两个懂事的孩子立刻忍着号啕，互相拉扯着站起来，一个个小脸上挂着泪痕，抽搐着肩膀，可怜巴巴地看向王安水。

两个孩子瘦得皮包骨头。八岁的从越生已经有半人高了，像个麻秆似的单薄；五岁的从越花还不太懂事，吸溜着鼻涕流着口水，不时瞟一眼参汤。

王安水拍了拍从越生的肩膀，“自己去锅里盛，给你姥爷盛一碗，再给妹妹也盛一碗。”

从越生一听喜出望外，飞快地跑出了门，又返回来，拉着妹妹一起跑到外屋去了。不一会儿，就有饭勺碰响铁锅的声音，然后是两个孩子欢快地喝汤的声音。也许是因为参汤鲜美，也许是两个孩子早就饿得慌，就听到他们不停地咂巴着嘴发出赞叹声。

王安水和王松钰相视一笑，王松钰的气闷也已经烟消云散了。

陈晓云半天不好意思抬头，一直垂着眼帘舀汤喝，原本苍白的脸颊浮上两抹嫣红，后背绷得生硬。

王松钰神色复杂地看了陈晓云一眼，又转头看了看王安水，“你在这陪着她说说话吧，我回家看看爹和孩子。”

“好。”王安水应了一声。

不想，王松钰刚转身要走，陈晓云伸手拉住了她的衣角。

王松钰回头一看，不由一愣。

陈晓云把参汤碗放在一旁，抹了抹嘴上的汤渍，整张脸都涨红了，才终于说出话来，“松钰，谢谢你不跟我计较。我看出来了，你和安水更合适……”

王松钰心直口快，“还说这些干什么？都当妈了，不合适也得好好过日子不是？晓云姐，我和安水都知道你心眼不坏，过去的事不提了，咱们往后看。我和安水商量好了，我们把参池子最南面的那亩参地划给你，那些参明年卖了钱也都是你的，怎么也不会眼看着你过不下去。”

“给我？”陈晓云难以置信。

“嗯。晓云姐，这是我爹的主意，我和安水也赞成。不只是你，明年咱们的西洋参出土了，能卖个好价钱，到时候除了留两亩地继续养着长种子，其余的都刨出来卖，谁家困难就多帮帮。咱们村就这么几户人家，谁也不是外人。”王松钰笑着说。

陈晓云看着王松钰的笑脸，半天不知道说什么才好。

王松钰扯了扯王安水的袖子，“你老愣着干什么？你告诉晓云姐，她还不信我呢。”

王安水刚要说话，陈晓云窘迫地说：“我信，信！只是……我……”

陈晓云想到自己做过的那些事，愧疚得无地自容。她比王松钰大好几岁，可这心胸真不如王松钰开阔。她突然想，如果她和王松钰互换角色，她能不能像王松钰这样宽容大度。

王安水能猜出陈晓云此刻的心思，可他不善表达，再想起陈晓云之前的种种，也说不出安抚的话来，他闷闷地看了陈晓云一眼，只说：“你把参汤喝了吧。”

“嗯。”陈晓云端过参汤大口大口地喝起来，泪珠子滚落进汤里，被她统统喝下去了。

陈晓云好歹也算在鬼门关走了一趟，身体康复后，性子似乎都变了。她不再怨天尤人，每天都忙活活的，把两个孩子和老爹照顾得无微不至。她还会到王安水家帮着王松钰看孩子，两人跟亲姐妹一样。

只是，陈晓云来的时候，王安水大都在地里忙活。

王松钰看出道道来了，问她：“晓云姐，你是故意躲着安水？”

陈晓云呵呵一笑：“我是怕你多心。我以前钻牛角尖，现在改邪归正了。我现在不巴望看他，就想看小慧。”

王松钰深深看了她一眼，“姐，你是好女人。”

陈晓云一愣，一窘，自嘲地摇摇头，“好女人？唉，估计也就你肯这么说我了。松钰啊，姐现在知道，女人能不能做好女人，有时候不在自己，在男人，在命。谁不想守家守业团圆和美地过日子，就像你和安水这样？可不行啊，每个人的命不一样。要怪，只能怪我自己命不好。”

王松钰安慰她，“你别这么说，也别灰心，以后会有好男人喜欢你的。”

“不敢再结婚了。我那还有一对儿女，我舍不得他们受委屈。”陈晓云叹了口气，顿了顿，“你和安水还有乡亲们真心实意帮衬着我，我这日子也有盼头。我就把你们划给我的那片地当靠山，总不会让两个孩子饿死。”

王松钰想说什么，终究没吭声。

因为王安水的坚定和宽厚，两个女人就这样化干戈为玉帛，传为一段佳话。

时间在西洋参默然的成长中、在小慧咿咿呀呀学语中飞逝而去，转眼，草木枯荣，秋冬过后，又是百花竞放的融融春日。

在这花红柳绿生机勃勃的时节，苗圃里的西洋参增枝长叶，长势比往年更喜人。

慕名而来的参农和采购商一茬茬地来，一茬茬地走，口子李这个僻静的山村变得热闹非凡。

王安水忙着招呼客人，不厌其烦地给他们讲解种参养参的技术，病着的王继坤也打起精神，招呼着这些远道而来的朋友。乡亲们看在眼里，疼在心上，主动地搭锅起灶，烧火做饭，帮着给客人们提供吃住的便利。

前来参观的人各有所得，有的学了技术回去种西洋参了，有的领略了口子李村的淳朴民风，有的喜欢上这世上桃源般自然优美的风景，还有的享用了这里美味的农家宴，口子李村一时间美名远扬，来自全国各地的人络绎不绝。

这样的热闹从初春一直持续到秋天。

十月，瓜果飘香，硕果累累。地里的西洋参历时四年，终于要出土了。

王安水撤了苇帘，终日光线幽暗的苗圃得见天日，那些刚刚被采了果实的西洋参茎叶招展，绿意盎然，在阳光下连成一片绿色的海洋。

王安水和王继坤站在地头，看着这一片用辛勤的汗水哺育出来的西洋参，半晌静默无语。

乡亲们围着苗圃，手里拿着小镢头，小耙子，有些好奇地看着那沉默的两人，等着他们下令挖参。

宋梅忍不住问旁边的周东海，“西洋参长得像萝卜吧？还是白白胖胖的像小孩子？”

周东海笑了，“费那个脑筋干什么？等一会儿挖出来看看不就知道了。”

宋梅拐了拐他的胳膊，“安水他们俩杵在那里半天了，怎么不声不响的?”

周东海挠了挠头，半天憋出一句来，“他们是怕刨不出西洋参来吧。”

旁边的赵建民扫了他一眼，嘴边挂着笑，“长了四年，怎么可能刨不出东西来？依我看，他们俩是不舍得刨，这一片西洋参耗费了他们多少心血，只有他们自己知道啊。”

赵建民的话让众人不约而同安静下来。

就在这时，王继坤转过头来，目光依次在大家伙的脸上扫过。那样炙热的眼神，那样郑重的神情，让他因为病痛而瘦削的脸庞有一种崇伟的灵光。

“乡亲们，我王继坤种了一辈子草药，最大的梦想就是把西洋参这种名贵的药材引种成功。这种药材的医药价值和养生价值是别的草药不能替代的，只要引种成功了，让这种药材造福更多的人，我们村就能脱贫致富，就能住上大房子，过上好日子。这一片西洋参终于要出土啦，这不只是我和安水的辛苦换来的，也离不开大家的帮助。今天，我们就一起把它们挖出来!”王继坤说着这些话，双手激动地挥舞着，他羸弱的身体似乎被注入了新的活力，看起来精神百倍。

“好！那咱们就开始，一人一垄，注意一点点除泥，别挖伤了参根。大伙儿看着，我先给大家示范一下。”王安水说着，走到一条垄畦旁，蹲下来，一手扯着一棵西洋参的茎叶，一手拿着小铲子一下下……拨开泥土，小心翼翼地清除西洋参根部的泥土。

一棵根须发达的参根被挖了出来，乳白色，两指粗细，散发着独有的药香清气。

王安水激动地站起来，把它拿起来，冲大家晃了晃，“就这样，大家学会了吗?”

“学会啦!”乡亲们异口同声地答道，然后各自占了一垄畦，蹲下来刨挖。

泥土像被打开的襁褓，献出它滋养、庇护下的硕果。一棵棵西洋参破土而出，有的像嫩藕，圆短肥胖；有的像小树，颀长挺拔；有的像弯月，憨态可掬……

人们脸上挂着灿烂的笑容，像迎接期盼已久的礼物，把一棵棵西洋参从泥土里邀请出来。

王继坤背着手，从田垄这边走到那边，走走停停，像检阅部队的首长。他的病也似乎一下子好了，脚步轻松地走着，脸上始终挂着微笑。

王安水在忙碌的间隙，抬头看过来，正看到王继坤拿着一棵长得格外浑实的人参，举在眼前翻来覆去地看，那饱含喜悦的目光中有泪光闪动。

王安水放下小锄头，起身走到王继坤身边，关切地问："爹，你累不累？要不你先回家歇着，我在这儿领着大家干。"

王继坤的目光一直没有离开西洋参，他似乎根本没听到王安水说了什么，只是笑眯眯地说："我们可算熬过来了。"

是啊，总算是熬过来了。

王安水想说什么，看到了王继坤裹着厚茧的双手。那双手早已失去了皮肤的本色，肌理纵横，像松树皮一样粗糙。他涌到喉头的话，一个字都吐不出来。辛苦了一辈子的王继坤，是他的慈父、良师、益友，是他给了他种植西洋参的希望。他教给他技术，带领他成长，给了他一个全新的世界。可眼看好日子熬过来了，王继坤的身体却熬不了多久了。

医生的话，王安水记得清清楚楚。他比谁都清楚，王继坤时日无多。

王安水看着王继坤眉开眼笑的脸，看着他手里白胖的西洋参，鼻子一酸，险些掉出泪来。

王继坤的声音慈祥又温暖，带着疼惜，"安水啊，西洋参能长成了，全是你的功劳啊。我好几次都打了退堂鼓，要不是你坚持下来，咱们根本种不成。有了这些西洋参，你和松钰的生活就不用发愁了，乡亲们以后要走的路也就顺当啦。安水，你是个好孩子，我有你这样的女婿，是我的福气。"

王安水艰难地吞了口唾沫，把涌到眼眶里的泪水忍下去，"爹，咱不说这些。你在地头坐着，好好歇会儿，要不我现在就送你回去？"

王继坤不接他的话，"安水，这西洋参种出来了，可不能忘了大家伙儿。谁家有困难，咱也不能站在一旁看着不理会，能帮就多帮一点儿。咱们开荒、割苇草的时候，乡亲们可没少帮忙。人啊，穷的时候得有志气，富的时候得有仁义。"

"爹，我记住了。"王安水搓了搓手上的泥，扶着他，"咱有什么话回家慢慢说。"

这次，王继坤点了点头，转身刚要挪脚，眼前一黑，就栽倒在王安水怀里。

“爹！爹！”王安水慌了，连连唤他。

可是，王继坤紧闭着双眼，一点儿反应也没有。

乡亲们呼啦啦围上来，看到王继坤昏倒了，全都急了。就在这时，王继坤紧握着那棵西洋参的手臂像棍子似的落下来，紧拢的五指松散开，那棵西洋参落在了地上。

“爹！爹！”王安水肝肠寸断，抱着王继坤连连呼唤。

可是，这次，王继坤再也没能睁开他慈祥的眼睛。

这是一个令人喜悦的秋天，西洋参大丰收。

这也是一个令人悲痛的秋天，王继坤离世。

王安水拒绝了乡镇干部的邀请和表彰，拒绝了各地来采访的新闻记者，他把自己关在屋子里，守着王继坤的灵柩足足三天三夜。

在这三天里，王安水把他和王继坤在一起的点点滴滴都回忆了一遍，把想跟他说的话也全都说了一遍。他抚摸着王继坤最后握着的那棵西洋参，眼泪止不住地往下掉。他把那棵西洋参放在王继坤的灵柩前，颤声说：“爹，你放心吧。你叮嘱我的话我都记着，穷的时候有志气，富的时候有仁义。”

王安水从灵堂里走出来的时候，人已经瘦脱了形。满院子都站着人，每个人的脸上都写着悲凄和关切。乡亲们把给王继坤办后事需要准备的东西都准备齐了，还扎了些纸牛纸马。镇上的党委书记和其他领导也来了，他们抬着花圈，花圈上挂着挽联。

王安水看看大家伙，扑通一声跪在地上，冲着乡亲们磕了个响头：“我王安水在这儿替我爹谢谢各位了，谢谢！”

乡亲们抹着眼泪，七手八脚地把王安水扶了起来。

赵建民拍了拍王安水的肩膀：“安水呀，你和继坤哥都是好样的。乡里乡亲的本来就是一家人，有什么可谢的，何况我们也没帮什么忙。快起来吧，看看你把自己熬成什么样儿了。走吧，我们得给继坤哥下葬了，让他入土为安吧。”

王安水点点头，扶着他的王松钰已泣不成声。

那一天，人们给王继坤下葬了，埋在村后山王安水父母的坟墓旁。

王松钰抱着小慧，两只眼睛哭得又红又肿。王安水默默地把乡亲们替他采来的野山菊放在墓碑前。

群山肃立，万木含悲。

王继坤安静地走了，他就像这万木丛中的一棵树，默默无闻又执着坚韧。他质朴、仁厚、勤劳，从来没有愤懑和抱怨，平和而又从容。

王安水抹去脸上的泪水，从王松钰怀里接过小慧，带着妻女跪在王继坤墓碑前，磕了三个头。

小慧太小，还不知道生死是怎么回事，她转动着水灵灵的大眼睛，好奇地看看这儿，看看那儿。也许是气氛太过压抑，她撇了撇小嘴想哭，却没敢出声，只是委屈地看着身边跪着的父母。

王安水把小慧抱起来，又扶起妻子，转过身，他对着乡亲们深深鞠了一躬。

王继坤猝然离世，王安水悲痛欲绝，这几天一直守着灵柩，没有心思去管地里的西洋参。可乡亲们在村主任赵建民的带领下，把地里的西洋参一棵不少地挖出来，清理干净泥土，码放得整整齐齐的。就连腿脚不灵便的陈月明都没闲着，帮着收拾地里的参叶儿，帮着给王继坤扎纸牛纸马。

“安水，松钰，你们也别伤心。继坤哥他累了一辈子，也该歇歇啦。你们种西洋参吃了那么多苦，我们大伙儿都知道的。西洋参都收起来了，再需要大伙儿做什么，你就直说。”赵建民走过来说。

王安水点了点头，却突然想起，西洋参是出土了，可接下来怎么卖出去，什么价位，王继坤都没有跟他提过，他心里没底。

王安水不由有些心慌，如果不及时卖掉这些西洋参，处理不好，西洋参可能会烂掉，那就前功尽弃了。

这时，镇委书记走过来。这位新上任不久的镇委书记叫张程，四十来岁，戴着金丝边眼镜，白净斯文，举手投足都带着知识分子的儒雅。他握着王安水的手，恳切地说：“王安水同志，你和王继坤同志为我们张家产镇发展农村经济作出了突出贡献，你们的种植技术和经验，为国内西洋参种植产业的发展积累了宝贵的财富。西洋参的销售渠道，镇上已经帮你联系好了，明天，镇上派车帮你把西洋参拉到市里的药材公司去，那里有收购西洋参的商家。”

王安水一听，悬在心头的石头顿时落了地，连连感激地说："谢谢领导们的关心和帮助，谢谢。"

"这都是我们应该做的，镇上要发展农村经济，你们带头种植西洋参，给大伙儿领了路，要说谢，也是我们谢你们才对。"张程笑着说。

王安水点了点头。

放眼望去，青山绿水，秋色正浓。他们的村庄在山后的坳地里静默着，黑瓦石墙镶嵌在一片黄土地里，被方方块块的庄稼地包围着，固守着古朴和清贫的姿态，与他遥遥相望。

一种沉实的责任感和使命感油然而生，王安水在心里告诉自己，他要做的还有很多。

王安水怎么也没想到，在市药材公司的大院里，他竟然遇到了熟人。

这个熟人不是别人，就是他之前的工友，之后在农科院里工作的郑少平。

郑少平也很意外，杵在那儿，看着王安水从拉了满满一车西洋参的拖拉机上跳下来，张口结舌半天说不出话来。

"少平，是你？你怎么在这儿？"

王安水想都没想，直接就问了。

郑少平回过神儿来，脸上闪过一丝难堪，又很快恢复了优越感，"我在学院里待够了，换个工作易如反掌。"

郑少平把"易如反掌"四个字咬得很重，他上下打量了一下王安水，又把目光生硬地掠到了车斗里的西洋参上，眼睛亮了，"这西洋参是你种的？你还真把西洋参种出来了？"

王安水憨憨地笑着，"嗯，是我种的，还有两车，在后面。"

郑少平眨巴了两下眼，往院门口看去，那两辆拖拉机正往院里开，每辆车的后斗里都堆着小山似的西洋参。

郑少平围着拖拉机转了一圈儿，嘴里发出啧啧的感叹，"行啊安水，你发财了。"

王安水有些不安。

他对郑少平的感觉很矛盾。原本他当郑少平是生死相交的兄弟，可后来在农科院里打过几次交道，他觉得郑少平变了，变得盛气凌人、高深莫测，他和他不能再称兄道弟，宛如两个阶级的人，无法坦诚相待了。

现在再在这里遇见，王安水有些别扭，他不知道郑少平在药材公司担任什么职位，这么两眼放光地看着他，他是福还是祸。

郑少平见王安水不说话，有些不高兴。他背着手，不像之前那么殷勤急切，迈着方步，又走去后面的两辆拖拉机旁，掀开篷布看了看裹在里面的西洋参。

赵建民和周东海分别从那两辆拖拉机上跳下来。赵建民乐呵呵地问："安水，行情怎么样？"

王安水没应声。他看着郑少平，依稀记得那年，郑少平为他清理包扎伤口，他替郑少平点炸药，那一幕幕，曾烙印在他心底，时时泛起温暖。可从什么时候起，那时的肝胆相照，那时的兄弟情深，都被埋葬在时光里，找不见踪迹了。

此时的郑少平，张扬着自己的优越感，刻意地疏远他。他伸出白胖的手，抓起一把西洋参，送到眼前仔细瞅了瞅，很随意地把那把西洋参撒在了地上，拉着官腔慢条斯理地说："安水啊，你这参虽然是种出来了，可是品相不太好。算了，你把这些西洋参都卸下来，依次排放好，用那边的高压水枪冲洗干净了，然后放在日头底下晾晒干了再过秤。"

王安水怀疑自己听错了。他记得，之前王继坤说过，西洋参出土后清理干净了，可以直接卖鲜参，晒干加工都是收购商的事情。可是，郑少平让他先把参晾晒干了再过秤，那他得在这儿等几天？

郑少平见王安水愣怔，得意地勾起嘴角，走过来，"噢，忘了告诉你了，我现在在这儿干副经理，专门负责这事儿。你呀，烧了高香了，碰着我在这儿。你这参虽说差了点儿，但是等晾干了，我还是能给你个优惠价儿的。"

王安水对郑少平的话将信将疑。他第一次出来卖参，对行情和程序一无所知。他凭直觉，郑少平并不会像他说的那样，会关照他给他优惠，反而会借机为难他。可即使是这样，他该怎么办？

王安水看了看被随意倒在地上的西洋参，被郑少平吆喝来的两个工作人员用脚踢散着，一股火气直冲头顶。

这些西洋参是他和王继坤熬了四个年头辛辛苦苦种出来的，每棵西洋参都凝聚着他们的血汗，凝聚着乡亲们的祝福和期盼。可现在却被人怠慢和践踏，他的心像被揪住扭转了一般疼痛。他愤怒地看向郑少平，却看到郑少平趾高气扬地走向新来的两辆车。

赵建民和周东海交换了下眼色，脸上的笑意凝固，都不满地看向郑少平。

那两辆车不是拖拉机，是卡车。每辆车的后车厢里，同样堆着刚出土的西洋参。

郑少平换脸比翻书还快，白胖的脸上堆满了谄媚的笑容，老远就冲着车主喊起来："哎呀呀，宋总，你可来了，我盼了你好几天啦。"

被称呼宋总的人下了车，站在那里，神情倨傲，爱搭不理地看了看郑少平，"郑主任，今年鲜参什么价收？"

郑少平点头哈腰，凑近了小声说："给你自然算最高价，三十五，三十五一斤。"

宋总点了点头，和颜悦色了，"行，那赶紧称，好好称。结账的时候按老规矩。"

郑少平脸上的笑容有些垮了，站在那儿没动，看了看卸在地上的西洋参，半天不吭声了。

宋总心知肚明，凑过来，"给你加一成，赶紧称秤，我还有要紧的事。"

郑少平一听，立刻眉开眼笑，"行，行，马上称，立刻称！"

说完，郑少平就招呼了几个人，把宋总那些连泥都没清理干净的西洋参拿去过秤了。

那边在称秤，这边，郑少平和宋总聊得热火朝天。

郑少平掏出香烟，给宋总点了一根，殷切地送到宋总嘴边，"抽根歇歇，这辛苦了大半年的，嘿嘿。"

宋总接了烟，没有抽，不经意一抬眼，看见王安水，立刻热情地叫过来，"王老师！是你啊！你也来卖参了！"

王安水一直被冷落在一旁，看到郑少平厚此薄彼，正生气，刚要去抗议，一听这人叫他，不由一愣。

宋总大步走过来，握住王安水的手，"王老师贵人多忘事呀，我是您的学生呀。三年前，我去口子李村找您讨过经验，你手把手地教给我好些要紧的技术，你忘啦？"

王安水看着他似曾相识的脸，有些不好意思，“我有点儿印象……”

宋总哈哈大笑，“您教的学生太多了，记不住我不算事儿。我叫宋宏达，我去找你的时候是冬天，你还领我去山上看了你的试验田，在山上的石头房里给我烤过山鸡。”

王安水猛地想起来了，的确有这么回事。

宋宏达感激地说：“王老师，我能种出西洋参来，全得益于你。要不是你帮忙，我哪儿能种出来？”

王安水看着宋宏达真情流露的笑脸，心里的闷火稍微消散了些，他握着宋宏达的手，客气地说：“没什么，你老远来找我，我会什么自然教给你什么。”

宋宏达满脸是笑，“王老师，你不知道，我去找你之前，可没少跑腿。同行是冤家啊，能像你一样倾囊相授的人太少了。”

王安水被夸得有些犯窘，又听宋宏达说，“我还寻思着，等忙活完了，去口子李村好好谢谢你，哪想到在这儿碰到了，太好了，太好了。”

土安水点点头，“是啊，遇到你我也很高兴。”

郑少平站在一旁，看着宋宏达和王安水这么亲热，脸上有些挂不住，清了清嗓子，讪讪地笑着说：“安水啊，原来你们认识。”

王安水看了他一眼，压制着心里的不快，“少平，为什么你给宋总称鲜参，却要让我把参放在这儿晾干了再称？”

郑少平似乎早料到王安水这么问，对答如流，“干参贵，干参一斤三十块，鲜参一斤二十五！”说着，冲着宋宏达使了个眼色。

宋宏达先是吃了一惊，随即很快镇静了下来，心照不宣地看了郑少平一眼，犹豫了一下选择了沉默。

周东海眉头一紧，上前当胸抓住郑少平的前襟，冷哼一声，“欺负人是不是？敢跟我们要诈？我刚才看你那神气就知道你没安好心！主任，咱们镇委书记说了，提前给咱们联系好了的，去找他们药材公司的经理去！”

赵建民心领神会，立刻转身假装往办公室那边走。

郑少平一看，急了眼，赶紧改口，“安水，安水，这是干什么呀，都是老熟人，有话好说，有话好说！”

王安水不想难为郑少平，毕竟当初的八粒种子还是他给的。他上前拍了拍周东海的手，周东海松了手，冷颜厉色，“要不是看在安水的面子上，我今天就让你知道狗眼看人低是什么后果！”

郑少平威风扫地，恼恨又不敢发作，一张胖脸涨得通红。

宋宏达一看赶紧打圆场，“误会，误会。王老师，郑主任一定是觉得跟你熟识，跟你开个玩笑。我作证，鲜参三十一斤，不用晾干。王老师，您先来的，您的参先过秤。”

王安水看向一脸尴尬的郑少平，心里像压着一块大石头般沉闷。这个他曾经豁出命去帮的兄弟，为什么会处心积虑为难他。他想问清楚，可话到嘴边全是酸涩，他一个字都说不出来。

郑少平整理了一下衣襟，不耐烦地一挥手，“算了算了，就按宋总说的，鲜参三十一斤，你们都赶紧称，一会儿还有的是人来，我忙着呢。”

周东海一听，刚刚放下的手握成了拳头，“你最好称得公平，要不然少不了一顿打！”

郑少平退后两步，又羞又恼却不敢发作，闷闷地看了王安水一眼，转身往称重的几个人那边走去。

郑少平这一眼让王安水的心里说不出是什么滋味，他眼神里的冷漠和鄙视，甚至是愤恨，像刀片一样刮过他的心。他看着郑少平气呼呼的背影，深深地叹了口气。

“安水，这种人就是欠揍！你在这里等着我们，我和主任去看秤。”周东海义愤填膺，“我就不信了，他还能要个花儿出来。”

王安水点点头，走到满地散乱的西洋参前蹲下来，想起劳心劳力了一辈子的王继坤，心中百味杂陈。

第十五章

王安水一大早赶去市里卖西洋参，却没拿回钱来。

郑少平说药材公司的货款都结算完了，得去银行取了才能结账，让他过两天去拿。

周东海当时听了就火了，可村主任赵建民说："一个大药材公司还能跑了？过两天就过两天，谅他也不敢耍滑头。"

王安水也有些顾虑，可郑少平指天发誓，"我要是有一句说谎，天打五雷轰。安水，我刚才不过跟你开个玩笑，以前，我们在工地上的时候，我什么时候坑过你？"

王安水听他这么说，也就同意了。

三个人回到村里，盼了一天的乡亲们呼啦啦围上来，每一张脸上都带着喜气和期盼。可是，他们看到王安水三个人都是一脸疲惫和沮丧，不由面面相觑。

赵建民老婆于香一头雾水地问："建民，西洋参卖了？"

"卖了。"

"卖了还不高兴？"

赵建民看了王安水一眼，叹了口气，没出声。

周东海耐不住骂起来："怎么到哪儿都能碰到这么种浑蛋？当个小官就了不得了？我就不信，那么大一个药材公司，到了我们这里就不能结现，我怀疑又是那小子故意使坏。"

王安水心头的不安因为周东海的话而越发沉实，他不愿相信郑少平会做手脚，可他想不明白，郑少平为什么要百般刁难。他回来的路上想了一路，他并没有做什么对不起郑少平的事。

赵建民看了王安水一眼，拍了拍他的肩膀："算了，别想了，过两天我去药材公司要钱，欠条还在我们手里，他们不会不给。"

周东海直着脖子，"就是，安水，不管遇到什么事儿，有我们大家伙儿，还有镇长、市长，还有天理国法，想明目张胆欺负人，没门儿!"

王松钰猜出个大概，上前拉了拉王安水，"你们还没吃饭吧？先回家吃饭去，有什么事情回头再说。"

王安水抬眼看看大家，那一张张熟悉的脸庞，一双双温暖的眼睛，让他痛苦的心瞬间充盈了力量。他点点头，扯起嘴角笑了笑，"是的，大伙儿不用为我担心。药材公司那边说资金不足，等两天再结账。他们给我打了欠条，还盖了公章，不会赖账的。"

大家听了，都松了口气。围簇着三个人向村子里走。

弯月东升，深邃的天空泛着蓝灰的冷光。已临近寒冬，草木枯萎，万物萧瑟。收割过庄稼的田地裸露着纵横的肌理，坦陈着惶惑的表情，与广袤的天空默然相对。

就是这片天地，养育着口子李村世世代代朴实的人们。可是他们的汗水日复一日地洒落在岁月的尘埃里，始终无法让这片贫瘠的土地肥沃。时间证明，他们要继续付出的不只是辛劳，而是智慧。

也许，王继坤就是因为想明白这一个问题，所以他选择种植西洋参。

可历尽千辛万苦，西洋参种植成功了，但郑少平能不能守信，王安水心里没底。他攥着那张薄薄的欠条，脚步沉缓地往前走。

这条通往村庄的小路很窄，窄得大家只能自动排成两队。王安水一直走在乡亲们的后面，默默地看着惨淡的月光下，此时那一片片了无生机的庄稼地。

如果郑少平昧了那笔钱，他该怎么办？

这个问题突兀地蹿进他的脑海，他脚步一顿，心一沉，整个人乱了方寸。

"安水，怎么了？"王松钰关切地问过来。

王安水转头看了看妻子。

月光下，妻子年轻而姣好的脸庞罩着一层白纱般皎洁的清辉，一双水灵灵的眼睛像天际最闪亮的星星。她的怀里抱着小慧，孩子恬静地睡着，世上的荣辱得失于她而言都还无足轻重。

王安水把小慧接抱在怀里。小慧只是迷糊地睁了睁眼睛，就靠在他怀里继续熟睡。这样的一个瞬间，王安水酸楚的心泛起异样柔软温热的潮汐。他给孩子掩了掩被子，给妻子一个微笑，“没事，别担心。”

王松钰松了一口气，“好。”

乡亲们回头看着他们一家三口，那本是温馨圆满的一幕，也不知是因为月光太过惨淡，还是深秋风冷，竟让人们不约而同地难过起来。

于香拉了拉赵建民的袖子，“当家的，是有人故意难为安水了吗?”

赵建民心里有些烦，瞪了老婆一眼，“闭嘴，男人的事，女人少管!”

于香撇撇嘴，嘀咕了一声，再不敢问什么了。

气氛很压抑，往常生龙活虎的人们都静默着，脚步沉重地往前走着，就连投落在地上的影子都是呆滞无力的。

一直夹在乡亲们中间的陈晓云此时心里翻江倒海，她很想问问赵建民或者是周东海到底是怎么回事，可刚才看到于香吃了瘪，她什么都不敢问。她远远地看向西洋参苗圃那边。那儿一片荒凉，了无生机。她想起那一片绿油油的西洋参，还有红得像朱砂似的球形果实，被挖出来后摆得整整齐齐的白嫩参根，眼泪就忍不住落下来。

家里还有两个等着吃饭的孩子，老爹陈月明眼看着一天不如一天。原本充满了希望的生活似乎一下子又灰暗了下来，就像这残月当空的秋夜，让人遍体生寒。想着这些，陈晓云越发难过，却努力压制着情绪，偷偷抹掉眼泪。

身旁有人擦肩而过，陈晓云一转头，就看到王安水抱着小慧大步走到了队伍前面。

乡亲们停下了脚步，诧异地看着王安水。

他站在淡淡的月光下，背后是沉寂在夜色中的村庄和平旷的土地，他刚毅的脸庞和挺直的身板充满了沉静的力量，让人觉得心安。他说：“让大家跟着担心了。不要紧的，不管什么事，总有解决的办法。”

是的。不要紧的，不管什么事，总有解决的办法。

郑少平携款外逃。

那次从药材公司回来，王安水就一直等着拿钱的信儿。结果，一等等了一个月。今天星期一，王安水和赵建民、周东海一起进城来问。结果，药材公司的财务部主任袁建强告诉他们，参款早就让郑少平提走了。

得知这个消息，王安水先是一愣，而后异常镇静地站在窗边。

郑少平这么干是意料之外，却也似乎不足为奇。不知为什么，王安水一直就觉得，郑少平不会爽快地给他结账。可他当时以为郑少平顶多拖他一段时间，没想到，这小子直接拿着他的参款跑路了。

一向沉稳的赵建民暴跳如雷，“你们药材公司是怎么监管的？应该和安水面对面结算，怎么能把货款随随便便交给那个兔崽子？他拿着安水的血汗钱跑了，你们得负责！今天要不把账给结算了，我们全村、全镇人不答应！”

袁建强面如土色，豆大的汗珠子顺着额角往下淌，“这位大哥，你消消气，听我说。我们也没想到郑经理，不，郑少平会这么干。他说和你们很熟，是你们让他先把货款取出来，让他捎给你们的。他还把他和王安水同志当初一起在工地上干活时的合影给我看了，我就没有怀疑。你们知道的，他也是我们药材公司的人，还干的要紧的职务，我怎么能想到，他为了这笔钱，会干出这样的事来？”

周东海火冒三丈，一拳捶在桌子上，“我们不听你这些话，反正我们把西洋参卖进这里来了，当面结账天经地义！”

这一拳捶得地动山摇，惊得袁建强的耳朵嗡嗡作响。他知道，他管财务，这钱要是真追不回来了，他难辞其咎。他焦灼地抹了一把额头上的冷汗，忙不迭地道歉，“对不起，真对不起，我轻信了郑少平，可、可我怎么会想到他……”

“别跟我们说这些没用的！”赵建民打断他，“你一句对不起就行了？你知不知道我们安水为了种西洋参吃了多少苦受了多少累？你这是市里的大药材公司，怎么能出这样的茬子？我们不管，这笔钱是你不按程序私自放款，你得负责！”

袁建强最怕的就是这“负责”二字，他不吃不喝干十年，都不一定能还上这笔款子，那可是三万多块钱啊，他现在一个月工资才一百来块！

想到这些，袁建强两腿发软，脑门上的汗珠子滚得越发勤快。他不停地擦着汗，却突然间想起什么，两眼放光，“这件事虽然我也有错，可主要错误是郑少平犯的。他监守自盗，目无法纪。对对，咱们报警，全国通缉，不信他还能跑到国外去！”

“报警？”周东海眉头一皱，看向赵建民。

赵建民看了看一直沉默的王安水，转头对袁建强点点头，“赶紧报！”

袁建强如获大赦，跑到电话机旁，抓起话筒就要拨号，不想，王安水走过来，按住了他的手。

袁建强诧异地看着王安水，赵建民和周东海也一脸不解。

王安水语气淡淡的，似乎丢的不是他的血汗钱一样，“算了。也许郑少平家里有事急用这钱。”

袁建强把头点得像小鸡啄米，“对对，也许是这样。王安水同志，我的态度是很坚决的，是你不让我报警的，那我跟这件事也就没什么关系了。”

“你放屁！怎么能跟你没关系！”周东海急了，又拉住王安水，“安水，你不能老替别人想。那个郑少平根本不是个东西。他要真是家里有事用着钱，为什么不告诉你一声？他这么不声不响地把钱拿跑了，根本就是想吞掉你的血汗钱。你要是不报警，这事就不好办了，3 万多块钱啊，你不能这么白给那个坏蛋了。”

赵建民也急，“安水，你念着人家的旧情，可人家早不把你当朋友了。你忘啦，他称参的时候就没安好心。要真当你是朋友，他怎么会那么黑心眼儿？”

王安水低着头想了一会儿，松开了手，“算了，主任，我们回去吧。”

赵建民和周东海面面相觑，“安水，你三思啊，这可不是小事！”

“人是活的，钱丢了还能挣回来。人要是毁了，就难有回头路了。郑少平要是没有急事，不至于干出这么缺德的事。我们要是报了警，他被抓起来这辈子就完了。”王安水看着窗外，“当初，还是郑少平给了我八粒种子，要不是他，可能我也种不成西洋参。这次的钱就当答谢他了。”

屋子里的其他人都不吭声了。

袁建强虚惊一场，总算松了口气，回过神儿，冲王安水竖起了大拇指，“王安水同志，我、我对你肃然起敬，真的，我佩服你的胸襟，你是个了不得的人。”

周东海看着袁建强那张讨好的笑脸，气不打一处来，一翻手掀了那部电话，“少满嘴抹蜜。我告诉你，这事不能就这么完了。安水，报警吧，郑少平就算用着钱，至少给你留着点儿。他这么缺德，你就别跟他仁义了。”

赵建民也苦口婆心地劝：“就是呀安水，马善被人骑，人善被人欺。对待这种人，不能太宽厚了。”

“我想好了。就这样吧，主任，东海，我们走。”王安水转过身，毫不犹豫地往门外走去。

赵建民和周东海也不好再说什么，恨恨地瞪了袁建强一眼，跟着王安水走了出去。

袁建强一屁股瘫坐在椅子上，看着账本上那一串数字，刮着汗珠子喃喃自语，“郑少平那小子胆子壮，遇上这么个二百五，一下子白得了三万多……”

王松钰火了，三四天没搭理王安水。

这是自结婚以来，两个人第一次闹意见。王松钰天天虎着一张小脸，半点儿好气不给王安水。白天，她抱着孩子去找陈晓云，躲着不管王安水；晚上，她搂着小慧睡觉，不让王安水上炕。

王安水苦不堪言，却不敢抗议。他知道，王松钰气他不报警，不把郑少平抓起来，不去追讨那三万多元的参款。他也不是没想过，可是一想到郑少平会因为三万块钱蹲大狱，他怎么都于心不忍。

两个人冷战了几天，王松钰一肚子火还是忍不住发作了，“安水，不是我难为你。你想想，为了这三万块钱，你和我爹受的什么罪？还有大伙儿都白帮了那么些忙了吗？你那都是些什么工友啊？一个刘壮子已经够可恨的了，骗得晓云姐团团转，差点儿连命都搭上了。这会儿又出来个郑少平，你好歹当初救过他，他怎么能干出这种事儿来？也别怪他敢干，他就是欺负你老实！他拿准了你这样的人狠不下心来。得，你不报公安，我报！”

王安水痛苦地看着妻子，她说的每一句话都在理，他不能怪她，可她去报公安，郑少平这辈子怕都翻不了身了。

“松钰，得饶人处且饶人，何况，郑少平当初也帮过我了。”王安水艰难地说。

“得了吧！他不过是给了你八粒种子，可那八粒种子最后只有一棵活下来了，根本没起什么作用！”王松钰反驳他。

“就有一棵活下来了！哎呀，我差点儿忘了！”王安水突然想起路边的那棵西洋参来，他顾不得跟妻子计较，飞快地冲出门去。

“你去哪儿？你给我回来！我话还没有说完呢！”王松钰气坏了，可王安水早一溜烟儿地跑没影了。

“我怎么摊上这么个榆木疙瘩！”王松钰悲从中来，忍不住抹起了眼泪。这时，她听到门口有人叫她，赶紧擦干眼泪，领着小慧出门看，是陈晓云。

“晓云姐，你怎么来了？快进屋，外面冷。”王松钰看见陈晓云的两只眼睛也红红的，身上穿的倒是之前很久穿过的那一身漂亮衣服，肩膀上背着一个鼓鼓的包裹，不由有些诧异，“你这是要去干什么？”

“松钰，这是你昨天给我的钱，你收好。我知道你家日子也不好过，我也不想再拖累你们。我打算进城去找活儿干。”陈晓云说着，眼睛里泛上一层泪光，被她极力忍了下去。

“你要进城找活儿干？那两个孩子和月明叔怎么办？”王松钰没接那卷钱，“晓云姐，你一个女人孤苦无依的，去城里能干什么？这钱虽然不多，好歹能应付一时。你别担心我家，我还有些余钱。唉，说起来都怪安水，他的心怎么就那么软？我这几天一直都不理他，他也跟我倔上了，死活不认错。刚我忍不住说了他几句，可好了，他转身就给我跑了，气死我了。”

陈晓云扯起嘴角苦涩地笑了笑，“松钰，也许安水这么做有他的道理，你就别生气了。村子里好些乡亲也不理解安水，你多体谅他，别跟着大伙一样对他冷淡，他会难过的。”

王松钰一愣，看着陈晓云，想说什么，喉咙里像塞了团棉花。

陈晓云把那卷钱放进王松钰手里，“妹，我很感激你，谢谢你和安水，还有继坤叔对我的体谅和照顾。可是我也不能老指望别人，还是得靠自己。”

陈晓云说完，转身走了。

王松钰想叫住她，可话到嘴边，变成了一声叹息。

暮色沉沉，落叶翻飞。

深秋时节，到处草木枯黄，一片萧瑟。

王安水蹲在村路上，拨开一丛匍匐的枯草，找到那棵西洋参。

它的叶子已经委顿，与周围的野草融为一片。可它就在那里，深藏在泥土下面的参根仍然潜滋暗长，日益茁壮。

王安水坐在那棵西洋参旁边，看着它，回想当初从郑少平手里接过那八粒种子的情景。那时的惊喜和激动，他还记忆犹新。现在，他已经成功地种出了西洋参，也拥有了许多饱满的种子。虽然郑少平把这次的参款卷走了，可他曾经帮助过他，这是不容置疑的事情。

那八粒种子，各有各的命运。有的萌生了枝叶，最终得了枯叶病，一天天枯萎死去；有的被狐狸挖出来吃掉了；有的还没出苗就烂掉了……只有这一棵，因意外侥幸存活，在他几乎要放弃的时候，给了他启迪和希望。

这是一粒顽强的种子。

它就像一个被意外卷进生活寒流中的人，流落荒野，自生自灭。没有人为它松土和施肥，甚至，没有人知道它的存在。可是，它自己不曾放弃，扎根贫瘠的泥土，汲取阳光雨露，拼命生长，长成它自己梦想的模样……

村落里炊烟渐起，萦萦袅袅地浮荡在空中，被秋风吹散，了无痕迹。那样的过程，就像一个个升腾的梦境被时光稀释，成为空白。

王安水坐在暮色里，看着那棵西洋参，看着那些炊烟，看向那片曾长满西洋参的苗圃，往事一幕幕在眼前重现。他想起开荒的艰辛，想起到处寻找泥土的惶惑，想起他和王继坤在地里掺和泥土的那个月夜。

不能因为郑少平卷走了参款，就否认所有的努力，就怀疑人性心怀愤恨。他现在应该做的不是怨天尤人，而是想一想该怎么做才能扩大西洋参种植面积，熬过三年再丰收。

王安水打定主意，站起，一转身，就看到了陈晓云。

她似乎站在那里很久了。

她的头发被风吹得纷乱，丝丝缕缕地拂在脸上，让她的眉眼变得朦胧不清，柔美而又温和。她提着一个大袋子，身上的呢子外套在霞光中颜色亮丽，像盛开在枯萎秋色里的花束。

王安水愣了一下，就不由得拘束起来。他说不清自己此时的感觉，有一点感动和温暖，又有些别扭和抗拒。他看着雕塑般站在那里的陈晓云，想了想，走了过去。

陈晓云一直失神地看着眼前的这个男人。

记忆的闸门打开，她记得也是在这条小路上，他们曾经相依相伴地走向村庄，那时，他们正谈婚论嫁……此时，眼前的男人是别人的丈夫。他曾冷漠地拒绝了她的邀约，曾善良地拯救过她的性命。看他一个人落寞地坐在衰草铺地的土路上，她的心除了疼惜之外，没有了丝毫的怨艾——她对他的爱恨都已淡化成了关切。

王安水站在了她的对面，两人间的距离只有一步。

她看着他的眼睛，他微微垂着眼睫，深邃的眼眸中一切沉静，如同静水幽潭，波澜不惊。她有些失望，也有些释然，刚要说告别的话，他却伸过手来，接过她手里的包裹，语气淡淡："回去吧，打算吃苦，不用跑到外面去。"

陈晓云手里一轻，抬头时，王安水已经擦身而过，提着她的包裹，大步往村子里走。她看着他坚挺的背影，叫了他一声："安水！"

王安水停下脚步，回头看了她一眼，"赶紧回家吧，两个孩子还等着吃晚饭。这么晚，你能去哪儿坐车？"

陈晓云迟疑了一下，"安水，我走去镇上能坐上公共汽车。你的钱让人给昧下了，日子也是紧巴巴的，我不好再连累你和松钰，我还是想自己进城去找活儿干。"

王安水想了想，"月明叔老了，照顾两个孩子吃力。"

陈晓云鼻子发酸。生活四面楚歌，逼得人焦头烂额，她一个女人，到底要怎么做才能改变这样的窘境？

"走吧，回去吧。我可以把留存的西洋参种子卖些出去，日子总还要过下去的。"王安水一脸轻松，"你放心，算我借给你的，回头你也学会种西洋参了，挣了钱再还给我。"

陈晓云心里一暖，看着他笑容和暖的脸膛，满心的凄楚突然烟消云散。

王安水提着一小袋西洋参种子要出门的时候，赵建民带着镇委书记张程和镇长周京梁来了，后面跟着看热闹的乡亲们。

转眼，王安水的小院子被挤得水泄不通。

"安水，你这是要去哪儿？"赵建民笑呵呵地问。

"噢，我本来想去把这些西洋参种子卖了。"王安水提了提手里的袋子。

“你赶紧把东西放下，张书记和周镇长都来了。”赵建民接过那袋种子，“你啊，不用去卖参种，留着自己种吧!”

王安水一愣，疑惑地看向张程和周京梁。

张程上前一步，温和地笑着，从衣兜里掏出一个信封递过来，“王安水同志，这是你卖西洋参的钱，你收好。”

王安水看着那个大红的信封，一时没敢接。

乡亲们面面相觑后，个个面露喜色。

王松钰放下小慧，走上来拿过那个信封，打开往里瞅了一眼，激动得声音都颤了，“这么厚，我还从来没见过这么多钱？主任，这、这都是给我们的？”

赵建民和张程、周京梁对望了一眼，三人不约而同笑起来。

周京梁说：“当然是给你们的，这是你们卖西洋参的钱呀，是你们的血汗钱。”

王松钰欣喜地把那个信封按在胸口，难以置信地掐了自己大腿一下，“哎呀，真的，不是做梦!”

见她这样，王安水的脸都红了，其他人都哈哈笑开了。

王安水把信封从王松钰手里拿过来，看了看里面的钱，问张程：“张书记，这钱不是让郑少平给拿走了吗？抓到他了？”

赵建民在一旁数落他，“你不报案，公安不立案怎么能抓人呢？”

王安水疑惑不解，“人没抓到，这钱是哪儿来的？”

“市里领导知道了你的事情，专门开了会研究解决这件事，最后决定把这笔钱给你垫付了。”周京梁替张程告诉他。

“这怎么行？我怎么能给组织添麻烦？这钱我不能要!”王安水把那个信封递了过来，“张书记，周镇长，我谢谢领导们的关心和支持，可这钱不是药材公司给的，我不能要。”

王松钰眼看着到手的钱要飞走了，心里难受，又觉得王安水说得有道理，一时不知所措，脸涨得通红。

乡亲们急了，又不敢大声说话，一个个匪夷所思地看着王安水。

赵建民似乎早料到王安水会这样，当即笑起来，“张书记，周镇长，我说得没错吧，他呀，一根筋。”

张程郑重地点了点头，握住王安水的手，“王安水同志，你是一个能吃苦耐劳，有高风亮节的人，我和周镇长敬佩你的人品啊。这钱是市里批准发给你的，市领导也很重视咱们镇西洋参产业发展的情况，你不但要自己种好西洋参，还要领着大家一起种，争取把西洋参种植产业做大做强，成为我们镇富农经济的重要项目。”

王安水听了，只觉得一股暖流自心底汹涌而来。他看着张程和周京梁，感动得说不出话来。

赵建民拍拍他的肩膀，“安水，听领导们的安排。”

王安水这才把钱收下来，递给了王松钰。

王松钰拿着失而复得的大信封，忍不住喜极而泣。

“安水，快让张书记和周镇长到屋里坐坐。大家伙也都别愣着，今天中午请张书记和周镇长跟我们一起吃个饭。你们去大队灶上把饭给做好了，咱们中午好好凑凑乐呵乐呵！”赵建民指手画脚，“东海，你负责安排营生，让兄弟们给女人们打下手。于香，你领着老娘们烧火做饭，拿出手艺来，别给我丢人！”

“好！主任放心，我保准给你安排妥帖了！”周东海拍着胸脯保证。

于香冲姐妹们一招手，“走，咱们露一手给书记镇长瞧瞧。”

乡亲们笑开了，一个个兴高采烈。

张程和周京梁本想拒绝，看大伙儿都这么热心，一时有些为难。周京梁拉住赵建民，“主任，我和书记中午……”

赵建民哈哈一乐，“周镇长，您就别客气了。领导要和群众打成一片，你看看大伙儿，都盼着呢，您就让大伙儿称心一回，行不？”

王安水刚要说话，王松钰从那个信封里抽出一沓十元钱，递给于香，“今天的客我们安水请，犒劳大伙儿这几年对我们的帮助，感谢张书记和周镇长的关怀和支持！”

乡亲们一阵欢呼。

于香接过钱，“瞧好吧！”说完，于香和周东海乐滋滋地领着乡亲们去大队院去了。

张程看着团结和睦的乡亲们，感慨地说：“主任，安水，你们村真让人羡慕，就像一个大家庭。”

周京梁说："这样的村风要大力倡导和推广，希望有朝一日，我们张家产镇也成为一个大家庭。村与村之间，村民之间都能互帮互助，共同致富。"

赵建民呵呵一乐，"这倒是，我们村一家有难，全村帮忙，确实做到了有难同当，有福同享。"

张程点点头，"好啊，真好。"

王安水把张程三人领到屋子里，王松钰泡了参茶，一一倒上。

"安水，我听主任说，接下来你是想带着全村人一起种西洋参，是这样？"周京梁喝了一口茶，问。

"嗯。既然是一条致富路，大家一起走，路会越走越宽。"王安水说。

"你就不怕别人把技术学去了，抢了你的饭碗？"张程笑着问。

"不会。张书记，现在国内种植西洋参的人并不多，西洋参的市场需求很大，别说我们村，就算我们镇的老百姓一起种植西洋参，相对于整个国家来说，也远远不够。"王安水想了想又说，"何况，如果产量大，我们还可以试着卖到国外去。"

张程和周京梁对视了一眼，满是赞赏地看着王安水，"真想不到，你有这样的远见。不瞒你说，我和周镇长的确有这样的打算，先把口子李村作为试验村，如果可行，就把西洋参种植产业进一步推广，把它作为全镇、全市的重点富农项目。"

"如果那样，我们市就成了国内头一份西洋参生产基地了。"周京梁接着说，"那样，会有更多的人发家致富。"

赵建民看了看王安水，忍不住泼凉水，"书记，镇长，这想法是不错。可你们不知道，这西洋参不好伺候，安水和继坤叔当时可是吃了不少苦才种成功的。不说别的，就说苗圃里的泥土，是安水大老远一车车推回来，和着大田里的泥土改良了土壤成分，才把山上的西洋参移植成功的。不只这个，还有割苇草结苇帘，把人手都割烂了，几天才能结那么几张帘子。唉，说起来我这手还疼。"

张程听了这一番话，不由得蹙起了眉头，若有所思地看向一直沉默不语的王安水。他坐在那里，神情恬淡平和，似乎无论发生什么事，他都波澜不惊。他朴实得就像秋天山野间的一株草，乍看貌不惊人，可在平淡之下，却蕴含着沉静而汹涌的力量。

张程知道，这样的力量是久经风雨才能磨砺沉淀下来的，而有了这样的力量，赵建民所说的这些困难，都将迎刃而解。于是，他把问题抛给了王安水："王安水同志，依你看，西洋参种植产业在全镇加以推广可不可行?"

赵建民有些沉不住气，他可不想让王安水把西洋参种植技术传到外村或者整个乡镇。那就意味着丢掉了口子李村唯一可依傍的优势。口子李村本来地处偏僻，交通不便，人少事杂，想找条致富的出路不容易。现在好不容易看到曙光了，还没完全光明，就先把这曙光分享出去，那岂不是太不划算了?

想到这些，赵建民提醒王安水，"安水，咱可不能逞强。别人不知道，我可知道你和继坤哥种西洋参这几年都吃的什么苦。西洋参是值钱，可三四年才有一轮收成，这也不是谁都能等得起的。这种好了还能见着利，要是中间因为病虫害或者旱涝灾害歉收了，那到头就白白辛苦三四年，人家要怨恨你可怎么办？你可要三思啊。"

王安水抬眼看了看赵建民。赵建民心里想什么他知道。于公于私，他把西洋参种植技术传出去的确算不上明智之举。可如果再往大处想，张家产镇需要有效发展经济的富农项目，文登更多的人需要发家致富的门路，市场需要更多物美价廉的本土西洋参，他不能藏私。

何况，推广西洋参种植技术也是岳父王继坤的遗愿。

王安水的沉默让张程和周京梁有些忐忑。如果王安水不肯传授这门技术，那他们制定的那些以大力发展西洋参种植产业为核心的富农政策就无法推进，毕竟到目前为止，整个张家产镇，甚至整个文登，王安水是唯一一个掌握了西洋参全套种植技术的人。

周京梁有些坐不住了，刚要说话，被张程一个眼神给制止了。

张程耐心地等着王安水说话。

这个刚刚三十出头的退伍军人，身上还保留着军旅生涯留下的痕迹，坐姿端正，举止沉稳，说话前喜欢深思熟虑，语速也总是慢条斯理。他正是年富力强的时候，布满老茧的手指骨节分明，黝黑的脸膛轮廓刚毅，目光坚定而沉着，难得地透着睿智的灵光。

张程知道，这样的王安水，不会像赵建民一样保守，他有着一般农民所不具备的素质和能力，有他独特的思维，更将有军人的气度和眼界。

果然，王安水郑重地点了点头："可行。"

张程和周京梁都舒了口气，赵建民苦着一张脸，有些不解地看着王安水，"安水，这不是闹着玩的。你不用再想想?"

王安水冲赵建民笑笑，又看向张程两人，"困难肯定会有，可毕竟现在我已经明确地掌握了西洋参种植技术，不像之前完全两眼黑，走了许多弯路。我本来也打算好了，明年开春领着大伙儿选好地，把西洋参苗分给大家一起学着种。咱们村的人种，外村的谁想种也可以来学。"

张程和周京梁一听喜出望外，张程说："太好了，安水，有你这句话，我心里的石头总算落了地。周镇长，回头就让人统计一下各村想学西洋参种植技术的农户，让他们自愿报名。"

周京梁应了一声，"好。"

赵建民有些不高兴，当着张程和周京梁的面又不好说什么，半天才憋出一句来，"安水，你把西洋参苗都分派了，那不是亏大了?"

张程和周京梁对望了一眼，张程说："赵主任考虑得对，西洋参种子是有成本的，不能让安水白白付出。这样，外村人想学技术的，都要花钱买参苗，这也是天经地义的事。"

周京梁赞同："张书记说得对，反正他们到别处买种子也不见得省钱，自己种种子还不一定能顺利出苗，直接买你们的参苗移植，省钱又省力，哪还会有不高兴的?"

赵建民听了，勉强同意了，"既然张书记和周镇长都这么说，安水你也答应了，那就这么办吧。"

王安水拍了拍赵建民的手："主任，你放心，人多走路，路总会越走越宽。"

赵建民一愣，有些不好意思地笑了，"也对，安水，你的觉悟比我这个村主任高。"

张程和周京梁见状，都开心地笑起来。

张程握住王安水的手，激动地说："王安水同志，我代表镇政府和全镇人民谢谢你，谢谢你愿意跟大家分享这条致富之路。"

王安水腼腆地笑了，笑容朴实无华。

第十六章

那是张家产镇有史以来最隆重热闹的日子。

在镇政府宽敞的大院里，农民自发组成的临时乐队敲锣打鼓，喧声震天。来自不同村子里想种参的农民个个穿得体体面面的，排着长队依次报名。

王安水坐在主席台上，看着这么多人报名，激动之余有些紧张。掌握西洋参种植技术和学习任何一门技艺一样，除了有老师们教，更要紧的是个人的耐心和悟性。他比谁都清楚，想掌握这门技术要付出怎样的艰辛，他不敢保证能让这些殷切的人全都满意而归。

前面报了名的交了钱拿着西洋参苗乐呵呵地走了，后面等着报名的议论纷纷，有些话随风传过来，让王安水哭笑不得。

“听说人家今年一下子成了万元户，咱们也学着种，说不定明年咱们也能成万元户！”

“西洋参苗这么贵，万一种不活怎么办啊？”

“人家能种活，咱们怎么就种不活呢？放心，就跟种花是一样的，没什么难的。何况，就算我们种不活，他也得给咱们补苗。”

“就是，种不活是苗不好，好苗怎么能种不活呢？等一会儿，我要挑大些的苗，好种。”

“喂，你们说，会不会是他们急着卖参苗，才动员我们学技术的？要不然，怎么会有人免费教手艺呢？不是说同行是冤家吗？”

“我也觉得奇怪，既然是这么赚钱的营生，他把我们教会了，不是自己砸自己的饭碗吗？”

……

这些话里，透出不同的想法。有的人过分狂热，幻想一夜暴富；有的人瞻前顾后，左右摇摆；有的人疑神疑鬼，难以置信……

坐在王安水身边的赵建民越听越上火，他本来就不赞成王安水把这门致富的技术传授给其他村的，现在这些人白得了便宜，还在这里说三道四，岂有此理。

赵建民转头看了看王安水，他还是那副不温不火的样子，好像那些话都是无关紧要的风，吹过来，散了也就散了。赵建民忍不住小声说："安水，你看看这些人，都没有个感激你的，你还教给他们干什么？"

"这不是还没开始教吗？让人家感激什么？"王安水说出来的话如火上浇油。

赵建民张口结舌，看着王安水半天，恨铁不成钢地说："你呀你，真坐得住。"

王安水拍拍他的手，"别上火，既然已经决定教了，镇上领导又这么支持，报名大会都开了，他们人都来了，其他的事走一步看一步。这些人里，哪怕有十个八个学会了，也能带动许多人一起发家致富，这是好事。"

赵建民使劲点了一下头，"好事儿？希望是好事儿！我倒没觉得好在哪儿。"

王安水安慰他，"建民叔，全国这么多人，肯定不能只有我们村种参吧，既然咱们市、镇政府的领导这么重视和支持，把它当成全市的富农政策，挺好的。"

赵建民想了想，看了看仍然像长龙一样的报名队伍，"你说的有道理，是我目光短浅了。之前，我真没想开这事，碍于镇长和镇委书记在，我不好阻拦你。现在你这么一说，我总算通透了。都说好人有好报，你不藏私，把吃饭的本事传给大伙，我这当叔的应该支持。"

王安水正欲说什么，就听有人叫他。闻声望去，是周东海。

周东海气喘吁吁，"安水，我也想报个名，晚不晚？"

王安水刚要说话，赵建民扫了他一眼，"种西洋参是个绣花的活儿，得耐性好的人干。你这么个急躁脾气的人，学不来。"

周东海窘迫地摸了摸后脑勺，"我也是这么觉得，可家里的赶着我来。我思来想去，也是该学点技术，就来了。"

赵建民又要数落他，王安水说：“东海，报名不晚，学着种种试试吧。”

周东海一听来了精神，激动地立正，冲着王安水敬了个礼。可他姿势不对，滑稽可笑，逗得赵建民都乐了。

周东海放下手，把正在签字的一个人往旁边一顶，抢过人家手里的笔就要签字，王安水拍他，“去后面排队！”

周东海扭头看了看长长的队伍，“安水，你真让我去排啊？”

“你来得晚，就应该排队，赶紧去。”王安水笑着说，“你不会连排队的耐心都没有吧，那我是得想想到底教不教你。”

周东海一听，急了，“行行，排队就排队。”说完，赶紧把笔还给人家，老老实实去后面排队了。

赵建民忍不住笑起来，“安水，东海一向不听人摆布，这次还真被你降住了。看来，他是真想学种西洋参了。”

“嗯。”王安水点点头，“东海很聪明，学什么都不难，只要他有耐心，会种好的。”

赵建民看着在那边耐心排队的周东海若有所思，“安水，我突然觉得，教给这些人种西洋参也不是件坏事。闲人生巧计，就说周东海，闲着的时候没少给我找麻烦，现在看，也不是不好管。”

王安水哭笑不得，“建民叔，你说得太对了。”

赵建民转过头，蓦然来了一句，“那我也学吧。”

王安水一愣，随即点头，“好。”

赵建民起身，乐呵呵地排队去了。

看着仍然不见缩短的队伍，王安水感慨良多。他的目光掠向远处，层层叠叠的青山连绵起伏，在蓝天下如画图铺展开去……

一年之计在于春。

王安水领着大伙在地里种西洋参种子，他先示范了两遍，把种坑的深浅、种坑的间距行距，以及掩土的要求都讲明白了，大伙分散在各个垄畦旁开始劳作。

这活儿看着简单，可要弯腰低头，或者半蹲前行，不多会儿，就把人累得腰腿酸痛。

“这得一个种一个种地往泥土里摁?”周东海捶着双腿抗议,“这么小的种子,这么长的地垄,这么种,光种种得种一个月吧?太折腾了。”

其他人早就腰酸背痛腿抽筋了,只是不好意思抱怨。听周东海这么一说,大家都站起来捶腰抚腿,个个面露苦相。

赵建民的腿也酸,可他是村主任,不能和一般村民一样发牢骚。他瞅了周东海一眼,“刚开始播个种你就受不了,还能指望你干啥?”

周东海辩驳,“这跟种芝麻似的,可芝麻用撒种,这一粒粒摁,就没有个好法子能省时省力些吗?”

“没有!爱种不种,爱学不学!”赵建民看了看旁边默不作声的王安水,吼了周东海一嗓子,“就你毛病多!”

周东海憋屈地眨了两下眼,看了看其他人。其他人怕惹赵建民和王安水不高兴,都忍着牢骚蹲下身子继续种种。

周东海唉声叹气,“本来寻思这个比种庄稼来钱多又省事儿,哪知道这么费劲!”

王安水抬起头,眯着眼睛看着周东海,又看看他眼前的地垄,眉头紧锁。

周东海一看他这表情,不由有些窘迫,“安水,你别生气,我就是发几句牢骚,种!接着种!这点儿苦算什么?想当初比这还要命的苦我都没在乎。”

赵建民冷哼一声,表示怀疑。

周东海见王安水半天不说话,也不敢再说什么,蹲下去继续种种子。

一上午,王安水都不声不响,到了晌午,他招呼大家:“今天下午都在家休息,不种了。”

赵建民一听急了,“怎么就不种了呢?安水,你别跟东海一般见识,他就会胡说八道……”

周东海也紧张起来,刚要说话,王安水笑着说:“东海说得一点儿也没错,这么一粒粒种是太费事了,总是有省时省力的法子,我回家想想,大家也想想。要是能想出来告诉我一声,我们试一下。”

周东海松了口气,“安水,你真的不怪我?”

“当然不怪你,你善于发现问题,是好事。”王安水说,“干活也不能老使笨劲儿，能省时省力最好。”

大家听了都赞同，可是，能有什么法子让种种子省时省力？

王安水锁着眉头回了家，坐在院子里看着墙边的那棵槐树，半天都不挪地方。

王松钰终于忍不住了，上前扯了扯王安水的袖子，“你不领着大伙去种种子，坐这半天发什么呆？”

王安水转头看了妻子一眼，一闪眼，就看见女儿王慧拿着两个纺锤坐在门槛上玩。她把那两个纺锤摆放在地上，用小手拍拍这个，又拍拍那个，咧开小嘴呵呵笑，憨态可掬。

王安水脑海里电光火石，他盯着女儿的小手和那两个纺锤，半天目不转睛。

王松钰不明所以，嗔怪起来，“人家跟你说话呢，你发什么呆？”

王安水转过头来，愣愣地看看妻子，眨巴了两下眼睛，一副魂不守舍的样子。

王松钰伸手在他眼前晃了晃，有些担心地看着他，“你到底怎么了？掉了魂儿一样。”

王安水一声不响，只看着她发愣。

王松钰急了，刚要说话，王安水突然一拍脑袋，两眼放光，“有了！”

王松钰吓了一跳，不可思议地看着王安水，“你吓死我了。有了？有什么了？”

王安水顾不得理会她，风一样冲进厢房，关上门倒腾去了。

王松钰看着紧闭的厢房，又转头看了看小慧，纳闷地摇了摇头，转回屋里忙去了。

没想到，一下午，王安水都没有从厢房里出来。

王松钰不由得担心，她走去厢房门前，把耳朵贴在门上听了听，里面一点动静都没有。她刚要推门看，王安水抱着一个长条木板拉开了门。

王松钰猝不及防，吓了一跳，往后退了一步，疑惑地看他兴奋得发红的脸，“你倒腾什么呢？窝在里面大半天了。”

王安水把那个长条木板往松钰面前一翻，就见在木板的反面均匀排列着两列螺旋状的小木塞。木塞被钉在木板上，互相间隔相同的距离，看去像个大型钉齿耙。

“你做这么个东西好干什么?”王松钰不明所以，看着那个精工细作的“钉齿耙”微微皱起眉头，“这几天不是得赶着播种，你还有心思摆弄这些东西?”

小慧闻声跑过来，看到新鲜东西，两眼放光，伸出胖乎乎的小手，稚嫩的声音像三月的莺歌，“给我玩!”

王安水疼爱地摸了摸女儿的头，“小慧乖，这可不是给你玩的，这是用来摁参种坑的。”

“嗯？不是给小慧玩的?”王松钰恍然大悟，盯着这新工具，钦佩地看着王安水，“行啊安水，你还会小发明。对对，这样摁一下，一下子就能二十个坑，省力又省时。呵，亏你想得出来。”

王安水欣赏地看着妻子，“一点就通，不愧是我老婆。你看着小慧，我去地里试试。”说完，他抱着他的新发明一溜烟儿地跑了。

王松钰目送他跑出院门，猛地想起他还没有吃午饭，想叫他，他却已经跑得没影儿了。

王安水来到地里的时候，赵建民还在领着大伙儿弯腰低头种参种。

周东海落在后面，磨磨蹭蹭东张西望，一看王安水抱着块长条木板跑过来，苦大仇深的脸顿时眉开眼笑，“安水，你来晚了！在家抱着松钰亲热了吧？哈哈，你抱着块木板子干什么?”

王安水跑过来，抹了抹额头细密的汗水，举起木板佯装要打人，“看谁不干活抽屁股!”

周东海往后一跳，看见木板反面的木塞，好奇地伸手摸了摸，“哈哈，安水，你要当猪八戒吗，还整个钉齿耙扛着?”

王安水拍了拍他的肩膀，“这还是受你的启发想出来的呢!”

周东海一愣。

赵建民闻声走过来，把那个木板拿过来看了看，眼睛一亮，把那块木板往垄畦上一放，木塞向下，平面向上，人站上去用力一踩，揭开木板，垄畦上赫然出现二十个种坑。

大家叹为观止，一下子沸腾了。

周东海大呼小叫，“天啊，安水，你是怎么想出来的？这家伙好使，一下子出来二十坑，这要是人手一个，那这一片地一天就种完啦！”

王安水笑眯眯地看着他，“要不是你上午叫唤着累人，我还真没想到做这东西。”他说着，抓了一把参种，每个坑撒一两粒，把木板侧起来轻轻拨动泥土，二十个坑立刻被泥土填满覆盖。他拍拍木板，“还行，好用。大家琢磨琢磨照样做，明天都带来！”

“都看仔细了，大小尺寸，间隔距离，都算计对了。有了它，以后大家播种就不用受累了！”赵建民大声吆喝。

大家听了欢欣鼓舞，凑上来研究了一下，各自回家照着做。

王安水站在田垄间，看着一直延伸到地头的大片大片的参田，一颗心激荡不已。

通过这件事，他深刻地认识到，凡事都不能蛮干。如果能找到事半功倍的方法，就要努力去做，这样才能节省人力和时间，轻松圆满地做事。

早春的风里带着清新泥土的气息，还有嫩草春花的芬芳，扑面而来，熏人欲醉。远处的群山脱尽了素朴的冬装，悄然转绿，望去，重重叠叠如绿波涌荡，一直蔓延着伸向远方。

王安水的目光从田垄间挪向那片广袤的天地间，他相信，不久的将来，他带着乡亲们种植出来的西洋参可以遍及祖国甚至世界各地。

等到那一天，他这饱经岁月洗礼和贫困蹂躏的故乡必将焕然一新，人们的生活也将幸福美满。

春风化雨，万象更新。

一夜醒来，推开门，泥土被雨水浸润后颜色深了许多，山间野地里绿意盎然。村后冰封了一个冬天枯瘦的河道水量丰涨，河水顺势而下，淙淙作响。岸边绿杨垂柳，桃李竞放，连绵出一片锦绣河山。

王安水和学员们来到参田里，掀开覆盖在垄畦上的苇草，嫩绿可爱的参苗像稚童娇柔的手臂，颤巍巍地舒展着，带着蓬勃的生命力和无尽的希望。

“真是场及时雨啊！安水，老天爷开眼，今年一准是个丰收年。”赵建民眉眼带笑。

“可不是，咱们的西洋参种子刚发芽，正是用着浇灌的时候。”周东海看看这边，看看那边，有些得意忘形，“这垄是我种的，看看，长得多好。”

王安水却一声不响，他在垄畦间慢腾腾地走，时而低头捏一下西洋参苗下旁的泥土，眉头微微锁着，看不出悲喜。

王安水这么郑重其事的神情，让乡亲们安静下来。大家都看着王安水，脸上也有了些担忧。

王安水直起腰来，长舒了口气，“还好，雨量刚刚好，没有大量存水。不过，我们还是要做好排水防涝的准备，要把地里和周边的沟渠挖深挖平些。”

王安水的话让大家松了口气，同时也传达了新任务。周东海看了看成片的参田，不由头皮发麻。邻村的一个学员苦着一张脸，“怎么就没有闲歇的时候呢？种庄稼可没有这么多的事！”

赵建民瞪了他一眼，“那你就回家种庄稼！庄稼能几十块钱一斤吗？”

那个人闷闷不乐，却也没再吱声。

王安水走过来，语重心长地说：“想发财就得苦干，我一开始就跟大家伙儿说了，种西洋参不是件轻松容易的事，得能吃苦耐劳。”

学员们纷纷点头，那个学员沉默了一会儿，瓮声瓮气地说：“太累人了，我还是不要发这财了。”说完，他转身就走。

其他人看着他的背影，神色不一，而后不约而同转头看向王安水。

王安水站在那里，目光淡淡的，“人各有志，不能强求。大家都想好了，要么趁早知难而退，要么就坚持到底。”

赵建民第一个表态，“吃得苦中苦，方为人上人。咱们村就没有这样的孬种，这么点儿苦都吃不了?! 安水，你放心，我们这些人都看准了，跟你学这手技术没错的。你说，咱们从哪儿挖，挖多深合适?”

周东海也坚定了，“安水，你又懂技术又会动脑子，跟着你干不亏。”

陈晓云一直站在人群里默默地看着王安水，她的心里此时满是苦涩。种西洋参吃苦她不怕，她怕的是等。西洋参漫长的生长期让她觉得度日如年。老爹的身子骨像即将枯竭的老树，一日不如一日，药汤却不能断，每天都得花销；两个孩子一天天长大，饭量越来越大，眼看着都要去镇上小学里念书，还得缴学费。这些事，想想她都发愁。

看着其他人纷纷表态继续学种西洋参，陈晓云几次张嘴，都没有发得出声儿来。

王安水不经意地抬头，透过重重人影，正看到陈晓云含泪的眼睛。想到陈晓云家里的情形，王安水心里一紧，他转头看了看其他一些闷不作声的人，他知道，这些人家里的情况和陈晓云大同小异，也是穷得揭不开锅。

让这些吃不饱穿不暖的人跟着他学种西洋参，苦等三年见收成，只怕还没到三年，这些人里就有家破人亡的。

想到这些，王安水脑海里灵光一闪，他语出惊人，“这样，我给大家发工钱，你们每干一件事，我多少都按工时工量给你们发工钱。这样你们的生活有了保障，就没有后顾之忧了，怎么样？”

赵建民和周东海闻言都是一愣。

周东海低声提醒他，“安水你疯了吗？这些人可是跟你学手艺的，哪有不交学费，反拿工钱的道理？”

赵建民也拽他，“你跟松钰商量了吗？你好不容易积攒点儿钱，过好自己的日子就行了，哪儿够给这些人发的？”

王安水看向陈晓云，她灰暗的眼睛焕发出喜悦的生机，又有些不忍地看着他，“安水，这样你太亏了。”

王安水摇了摇头，“只要大家能坚持下来，熬过三年学会了这门技术，就有了发家致富的门路。我也不算吃亏，就当花钱请大家帮我干活了！这样，咱们按月发工资。明天上午，先去我家排队，每人领二十块钱，算是种种子和今天挖排水渠的工钱，大家别嫌少就好。”

王安水的话让一些犹豫不决的人喜出望外。他们一直就是矛盾的，又想学技术，又怕受三年穷。这样一来，他们既能学技术，又能养家糊口，多好！

再没有一个人半途而废了，那天，大家把排水渠挖得又快又好。快到傍晚的时候，先前离开的那个学员一脸窘迫地回来了，磨磨蹭蹭地凑到王安水面前，吭哧了半天，“安水，我还能回来学吗？我也不是怕吃苦，就是觉得三年才能卖钱等得太久了。”

“一边去！不要脸！走了又回来，你不是嫌事多吗？回家种你的庄稼去吧！”周东海气不过，数落他。

那个学员一脸愧色，站在那里，留也不是，走也不是。

王安水收起铁锨，转头看了看他，语气仍然淡淡的，“再给你一次机会，要是再打退堂鼓，就不要学了。”

那个学员感激不尽，“好，好，再不会了。”

看着那个学员欢天喜地地抢过王安水手里的铁锨，跑去一旁卖力地挖排水渠。赵建民都忍不住笑了，“也就你脾气好了，要是搁我，这种墙头草，我可不教。”

王安水说：“互相体谅吧，我熬了这么些年，没觉得三年有多长，可庄稼每年有收成，西洋参三年才见利，相比之下，他们觉得难熬也是情理之中的事。何况，谁都得养家糊口，他们等得起，家里的老婆孩子也等不起呀。”

赵建民叹了口气，“你呀，就是心眼好。等着回去松钰闹你吧。”

“松钰通情达理，不会怪我的。”

赵建民：“那可说不定，女人心，海底针。”

王安水想了想，打定了主意。

王松钰一没哭二没闹，因为她压根儿不知道王安水给学员们发工资的事。

王安水回家提都没提。

第二天，家境困窘的学员们排着队来到王安水家，王松钰还一头雾水。

王安水也不解释，拿了钱点数了，一一发放了。

学员们欢天喜地地走了。陈晓云拿着二十块钱，只觉得这钱像块大石头似的沉甸甸地压在心上。她看着疑惑不解却强忍着不哼声的王松钰，窘迫地转过身，刚要走，被王松钰叫住了。

“晓云姐，月明叔这几天病得沉，这些你也拿着，花剩下的给两个孩子置办件衣服。”王松钰从王安水手里又抽出两张十块钱，放在陈晓云手里，“我昨天看着孩子都长高了，衣服小得绷在身上，还打着那么些个补丁。”

陈晓云接过那些钱，心里百味杂陈，“松钰妹，谢谢你和安水，这份情意我一辈子记着。你可别难为安水，他实心眼地想教更多的人学种西洋参。”

王松钰笑眯眯的：“我刚才在这看了半天，也看出来门道来了。他是怕我生气才没先跟我说的，没事，钱都发出去了，我生气也白搭。”

陈晓云点点头，由衷地说：“到底是你通达，安水娶了你是他的福气。”

王松钰一愣，看看王安水，他窘迫地红着脸，攥在手里的钱只剩下薄薄的几张了。

陈晓云出了门，转身把门关好。

王松钰看着王安水不说话。王安水怯怯地不敢看她，像个做了错事的孩子似的东张西望。

小慧在里屋炕上睡着了，屋子里静得能听得见两个人的呼吸声。

王安水有些熬不住，抬眼看了看王松钰，嚅动着嘴唇小心翼翼地说："你别生气，想骂想打都行。"

王松钰本来是一肚子气，可听他这样说，再看他不知所措的样子，心一软，什么火也发不出来了。她叹了口气，眼圈红了，"安水，我生气是气你不提前跟我说一声。我跟着你也不图个什么，穷富都不要紧，可你有事不跟我说我心里憋屈。咱们现在是有了点钱，你这么安排也有你的道理。钱花了可以再挣，可是咱们两口子心得往一处想，劲儿得往一处使，你不能什么事都瞒着我吧？"

王安水没想到王松钰会说出这么一番话来，心里暖融融的，他深深地看着妻子，把她揽进怀里，"我知道了，以后不了。"

王松钰叹了口气，"你说你这么发钱，他们能领情吗？三年都这么发下去，咱们往后的日子也得精打细算。"

"不怕，他们领不领情，我们做事对得起自己的良心，心里踏实。精打细算过日子是应该的，你会当家，我放心。"

"是，我会当家，可你哪让我说了算，真是的。"王松钰嗔怒地横他一眼，"咱们也有闺女了，咱们吃苦受累不要紧，你可多少给咱们闺女留点儿。"

王安水豪情满怀，"放心，家有贤妻，不愁过不好日子。"

王松钰捶了他一拳，"少给我戴高帽子，以后再敢自作主张，我可饶不了你。"

王安水乐呵呵的，"好，有事都和你商量。"

两个人这些话都落在陈晓云的耳朵里，她站在院子里，看着攥在手里的四十元钱，不由得脸上发烫……

第十七章

既能学技术又能赚钱，王安水的“壮举”一时美名远扬，四里八乡前来学种西洋参的人络绎不绝，一时人满为患。

“安水，我说你不能这么整，这下好了，来了这么多人，你怎么教得过来？就算你教得过来，工钱你发得起？”赵建民都替他着急。

王安水看了看眼巴巴看着他的新学员们，想了想，从口袋里掏出一本书来，是之前王继坤留给他的那本《西洋参种植技术》。他把那本书举到头顶，对学员们说：“大家都回家看这本书，两个月后咱们考试，考过了的跟我学技术，发工钱，考不过的另谋生路……”

学员们一听不高兴了，有的嚷嚷：“这不是难为人吗？我连字都不认识，你让我看书不说，还得考试？”有的冷笑：“要是我能把这本书看会了，还用跟你学？”还有的质疑：“就这么一本书给我们这么多人看，一年能传一遍就不错了，还两个月后考试，开什么玩笑？”

王安水看着他们叽里呱啦，不由得苦笑。想当初，王继坤给了他这本书，他如获至宝，每天都翻着看，不懂的地方记在本子上，认真听王继坤讲解。那时，可没有人给他发工钱。现在倒好，他话还没说完，这些人就这么多牢骚，好像是谁求着他们学似的。

赵建民在一旁越看越生气，虎着脸走到王安水身旁，冲着学员们吆喝了一嗓子：“静静，都给我静静！”

学员们这才安静下来，很不满地看着王安水和赵建民。

赵建民整了整皱巴巴的中山服，底气十足地训开了，“你看看你们那点儿出息，还没开始学就那么多毛病。你们不识字，难道连图都不会看吗？这书我看过，里面净是些图，画得跟真的一样，一看就知道是西洋参。还有啊，你们要真能把这书看会了，当然就不用跟着安水学了，照着书种就行了，还省得干力气活儿。你，说你呢，你知道就这么一本书，不能自己去买本啊？市里图书馆里有卖的，你们不会连本书都买不起吧！”

赵建民这一通训，前面让王安水哭笑不得，后面的倒是很有道理。一本书当然不够这么多人看，他的意思也是让大伙各买各的。

学员们听得半懂不懂，你看看我，我看看你，终于有几个开窍的，拉帮结伙说要去买书。剩下的，是连图都懒得看的，看没有便宜捡，愤愤不平地走了。

转眼，一大群人走得只剩下两个半大不小的孩子。

两个孩子个头差不多，都黑乎乎瘦得皮包骨头。一个浓眉大眼薄嘴唇，一个眯缝眼厚嘴唇。

两个孩子站在那里，拘谨地绷直身体，愣愣地盯着王安水手里的那本书，抿着嘴不说话。

“你们两个小鬼头来凑什么热闹，走走，找你们家大人去！”赵建民走过去，挨个儿摸了摸脑袋，笑呵呵地打发他们。

两个孩子不动，大眼睛的那个似乎想说什么，憋得脸色通红。

王安水走过来，把手里的书递过来，“你们想要这本书？”

两个孩子愣了一下，不约而同地拼命点头。

王安水有些为难：“可是我就有这么一本。”

大眼睛说：“没事，我们俩能一起看。”

眯缝眼补充：“我们能看会的，我俩都识字。我们看会了想来考试，想跟你学种西洋参。”

眯缝眼这些话说得又快又急，像顺口溜儿。他说完了，紧张得微微有些气喘，似乎这两句话耗费了他全部的体力。

王安水看着两个孩子，心头漫过一阵热流。

赵建民笑了，“呵，这俩小子。你们是哪个村的？跑这瞎胡闹来了！”

大眼睛梗着脖子：“我们没有瞎胡闹，我们是认真的！”

眯缝眼还强调：“我们跟着王老师学习，不要工钱，能给口饭吃就行了。”

赵建民还要说什么，王安水拉了他一把，把那本书郑重地放在大眼睛手里，语气也一样认真："等你们看懂了来找我。"

大眼睛喜出望外，捧着手里的书如获至宝。眯缝眼也高兴得合不拢嘴，小心翼翼地抚摸着那本书的封面，又把手往衣服上蹭了又蹭。

王安水看着两个欢天喜地的孩子，连日来的烦闷一扫而空。

山中岁月，寒尽知年。

又是一年春好处，短短不过两个月，迎春花、桃花、杏花你争我赶竞相开放。花事如潮，犹如云霓漫卷，一浪追着一浪一直涌到远方的山脚下去了。

这一天，王安水正带着一些学员在田垄间除草，大眼睛和眯缝眼两个孩子来了。

"王老师。"大眼睛站在地头上，远远地大声叫，底气十足。

王安水闻声抬起头来，可能是仰视的角度，他就觉得两个月不见，这两个孩子的个头长高了许多。他直起身，走到两个孩子面前。

"王老师，这是您的书。"眯缝眼把书递过来。

王安水接过来一看，就见书的封面被一张报纸包裹得严严实实，里面的扉页一点褶痕都没有。他的脑海里浮现出两个孩子脑袋凑在一起，小心翻书仔细看的情景，心里又是一阵温热，"这本书，你们看完了？"

大眼睛点点头，"我们不仅看完了，好些地方我们还能背下来。"

王安水有些意外："噢？你们背的是哪些地方？"

眯缝眼说："书里有些地方画着线，我们觉得那是王老师画的重要内容，我们都反复看，反复背，互相抽背，最后我俩都背下来了。"

王安水喉头一紧，鼻子一酸，险些掉下泪来。

大眼睛见王安水半天不说话，有些不安地问："王老师，我们没有骗你。如果你不信，你可以抽我们背一下，或者考考我们。"

王安水点了点头，找了一处不太显眼的地方，起了个头，让眯缝眼接着背。

眯缝眼略一思考，行云流水地背了下来。

王安水赞赏地看着两个孩子，"你们过关了，不用考试了。"

"呀！不用考试了？真的吗？"大眼睛喜不自胜。

“真的。不用考了。你们已经学了理论，再跟着我实践应用，把这些理论知识和实践经验结合起来，你们俩就会种西洋参啦。”王安水赞赏地拍了拍他们的肩膀。

大眼睛和眯缝眼激动得合不拢嘴，都不道应该说些什么好了。

“现在，能告诉我你们叫什么名字吗？”王安水笑问。

大眼睛先举了一下手。

王安水点点头，他才说：“老师，我叫董德。”

眯缝眼冲王安水笑笑，腼腆地说：“我叫李泽。”

王安水冲旁边的周东海说：“把他们的名字记在账本上，从下个月起，他们俩也有学员奖励。”

董德和李泽对视了一眼，刚要说什么，周东海对他们说：“听老师的。跟我来，带你们说说学员的规矩去。”

董德和李泽转身冲王安水鞠了个躬，一起跟着周东海走了。

看着他们的背影，赵建民有些纳闷：“安水，你倒是收这么两个小家伙干什么？手不能提肩不能扛的，干活不顶用，你还给他们发奖，这对劲儿吗？”

王安水笑起来：“怎么不对劲儿？有志不在年高，我敢说，他们会是最优秀的学员。”

赵建民不以为然：“不见得。”

王安水想了想，意味深长地说：“不管什么时代，有知识的人总比常人看得远些，学东西也快些。但光有知识还不行，还得有心。”

赵建民扑哧一声笑了，“有心？我没看出这俩孩子有什么特别。”

王安水说：“他们认真、诚信、勤奋还懂礼，虽然小小年纪，可有许多大人都赶不上的品性，咱们要培养的就应该是这样的人。”

赵建民歪着头琢磨了一会儿，用力点了一下头，“别说，你这一说，我也觉得这俩熊孩子不错。”

带学员的日子过得飞快。

当漫山绿装在秋风里斑斓起来，当地里的庄稼黄灿灿连绵成一片，当西洋参们傲然地挺起了细长的花茎，丰收的季节如期而至。

转眼三年，西洋参顺利成株。

上一次丰收的情景，王安水记忆犹新。就是那年，岳父王继坤心满意足地离世了。他研究了一辈子草药，梦想把西洋参引种成功。他坚守着这个看似无法实现的梦想，日复一日地努力，从来没有轻言放弃。他们把西洋参种出来了，还把种植技术传授给了全国各地的参农……那些一起努力的日子似乎就在昨天，那些屡败屡战的期盼和煎熬也不曾忘记，可是，王继坤已经走了三年了。

三年的时光，足以忘记很多事，也会有许多事日新月异。

王安水看着长势喜人的参池默默地想，他这一生永远都不会忘记王继坤。王继坤是他的岳父，也是严师益友，他传授给他的，不只是种植西洋参的技术，还有为人处世的道理。

做事先做人。这是王安水最初从王继坤那里学到的，也是他终生要奉行的准则，他也会将这些宝贵的精神财富传给更多的学员……

当学员们围着参池讨论今年的收成时，王安水一直神色凝重地看着成片的西洋参，陷在回忆和展望里沉默不语。

劳有所获的欣慰，苦尽甘来后的叹喟，王安水百感交集。他知道，这成片成片的西洋参是王继坤的福荫庇护，是这片土地馈赠给他的，他必须心怀感恩继续努力下去，用汗水和耐心回馈故土，造福一方。

兴致勃勃的学员们终于在王安水的沉默里安静了下来，大家诧异地看着他，看着他潮红的眼睛深情地看着西洋参，感受着他平静直立的身板里澎湃的心潮，每个人都不约而同地神色凝重。

那连绵成一片的西洋参在秋天和暖的阳光下碧叶生辉、花枝招展，迎风轻舞，瑟瑟低响。

某一刻，这些充满了旺盛生命力的西洋参像被赋予了通灵的气息。它们似乎在应和着王安水的思绪，安抚着他因追忆往事而翻卷的感念，用它们独有的淡雅的药香气，给他梦想成真的证实。

王安水蹲下来，深情地抚摸着眼前的西洋参叶子，它们在秋风的抚触中已悄然转黄，花叶交错掩映间透着三年光阴沉淀下来的生机。他抚去茎叶下面的浮土，缓慢而小心地挖着参根。

董德和李泽好奇地看着满畦的西洋参，又看看王安水，屏住呼吸看着他一点点地把那白胖的参根从褐色的泥土里挖出来。他们感觉得到，王安水的每一个动作都是那么郑重，脸上的神情近乎虔诚。

其他的学员们也目不转睛地看着，目光里带着期待。这是他们辛苦了三年的果实。他们和王安水一样，期待着一个好收成。

王安水把那棵西洋参整个儿从泥土里挖出来，抖去了根须间的泥土，凝视了半晌，猛地把它举高。人群中发出一声惊喜的呼声，紧接着，潮水般的掌声响起，每个人的脸上都洋溢着激动的笑容。

那棵西洋参的个头很大，主根强壮，侧根发达，神气地呈现在人们的眼前，宣告着一个丰收年。

激动过后，学员们跃跃欲试，各就各位，甩开膀子干起来。白胖的参根像出阁的姑娘，羞答答地离开闺房，每一棵都像知恩图报似的饱满，带给人们无限的喜悦和憧憬。

王安水看着欢乐劳动的人们，看着翻飞的泥土中不断被挖出来的西洋参，欣慰的笑意始终挂在他的唇角。

董德突然发出一声惊喜的欢呼，拿着一棵别样强壮的西洋参跑过来，举过头顶，给王安水看："老师，你看看这棵多大呀，算不算是最大个的?"

王安水抬眼一看，不由得一愣。那棵西洋参的确不同凡响，不但个大根直，而且根须盎然成趣，很像是一个奔跑着的婴儿，举着两只嫩藕似的手臂向他致敬。他仔细看了看花茎上的浆果状核果，竟然还没有被采摘，扁球的形状，鲜红的色泽。他心里一喜，伸手摘下那遗漏的核果，放进嘴里破皮吸浆，吐出扁圆形的种子。黄白色的种子静静地躺在他的手里，像精神饱满的士兵，等着为它们的主人冲锋陷阵，开辟新的战场。

王安水欣喜地看着它们："董德，这些可是我们的宝贝，来年种上了，三年后长出来的参一定像这棵一样好。"

董德和其他人听了，都不由得喜上眉梢。

陈晓云一直低着头专心地挖参，人们欢喜的谈论声在她耳边飘浮成一抹抹温润的风，拂起她心里激动的涟漪，久久不能平复。

一棵棵西洋参破土而出，在她手里打个滚儿，脱去根系间的泥土，惬意地躺在地上。她看着它们，新奇又喜悦。

这三年来，她和别的学员一样，按时从王安水那里领钱。她又感激又不安，可孩子要吃饭穿衣，父亲要吃药治病，哪儿都要钱，她也没有别的办法。现在好了，西洋参长大了，能卖钱了，她穷困的生活总算熬到头了。

虽然，这些西洋参也是王安水和王松钰接济她的。她想，就当是先借着，等她学会了种植技术，早晚有一天她会把借的欠的都还上，那时她就真轻松了。

回想以前那些昏天暗地的日子，她觉得像做了一场噩梦。陈晓云拿起一棵西洋参，抚摸着布满褶皱的参根，潮热的眼睛终是止不住湿润了。

“晓云姐，想什么呢?”

有人叫她。她转头一看，是王松钰。她赶紧擦干眼泪，不好意思地冲松钰笑笑，“丰收了，高兴。”

“晓云姐，你高兴的事儿可不只这一件，看看，这是什么?”王松钰变戏法似的从背后拿出一张红色的通知书，“越生以全镇第一名的成绩考上了市重点高中!”

陈晓云赶紧接过来一看，可不是，上面写得清清楚楚，儿子从越生成绩优异，好几门都是学科状元。她看着夹在里面的成绩单，眼前瞬间又模糊成一片。

王松钰乐了，“看把你高兴的，孩子争气，比什么事都喜庆是吧？还有更让你高兴的事呢！你看，谁来了。”

陈晓云疑惑地抬起头，顺着王松钰的指向，看到王安水从苇帘外拉进来一个人，正是她的前夫!

陈晓云的心猛地一提，又狠狠地顿下去，她不由得一阵慌乱，不由自主地把沾满泥土的双手放在身侧擦了擦。意识到手里还握着西洋参和通知书，她低下头愣愣地看那棵参，像是握住了救命的稻草，把它们贴在自己的胸口。

底气就从那棵西洋参和通知书上传递过来，平复了她满心的慌乱。她鼓起勇气抬起头，看向那个几年不见的男人，目光平静地问：“你怎么来了?”

“晓云，我对不起你，我是来向你认错的。这些年让你受委屈了，我想你，想两个孩子，我……”男人窘着脸，走到她跟前，微低着头，结结巴巴地说。

不幸的婚姻曾给予她的折磨和痛苦，随着年深日久，本已经被深深埋在了心底，此时再次翻卷出来，让她百味杂陈。她看着他那张熟悉又陌生的脸，想起他面目狰狞对她又打又骂的模样，再看看眼前这张沧桑愁苦的脸，她胸中涌起的愤懑化成了一声叹息。

王安水走过来，看了看陈晓云："我叫他来是想问问你的意见，你想给他个机会，就让他跟着我们一起种西洋参；不想给他机会，就让他走。我已经跟他说了你这些年一个人带孩子的艰辛，他也知道自己以前对不住你。俗话说，浪子回头金不换。看在两个孩子的分儿，你考虑一下，是不是还能接受他。"

陈晓云的目光从男人的脸上挪到手里的通知书上，停留在儿子的名字上。没有父亲，孩子没少受人嘲笑。孩子懂事，每次回家都忍着不吭声，还是老师家访时说起，她才知道孩子受了不少委屈。谁不想有个圆满的婚姻，可她敢再和这个伤害过她的男人再婚吗？

王松钰看出她的顾虑，"晓云姐，你别怕。你现在懂技术会种植，能靠自己养家糊口，他要是还敢欺负你，我们大家都不答应。"

男人一听，诚惶诚恐："晓云，我真知道错了，不会再打你骂你了，你就给我一次机会吧。"

陈晓云看着男人诚恳的眼神，几年来的辛酸苦楚全都化成了汹涌的泪水。她捂着脸蹲在地上呜呜地哭了一会儿，那么痛快淋漓的哭泣似乎是对过往苦难的控诉，又像是对不幸生活的诀别。

参地里，被新挖出来的西洋参成排的码放着，人们脸上的喜悦还没有收敛，连秋天的风也还带着夏日的余温，不那么沁凉，吹过来让人身心舒爽。可陈晓云的哭声让这美好的一切带上了悲壮的色彩，似乎在一瞬间唤醒那些掩藏在时光里的记忆，那些因贫穷而痛苦的记忆。

大家你看看我，我看看你，最后不约而同地沉默。许多人同情地看向陈晓云，在她的哭声中潮热了眼睛。王松钰想去安慰她，王安水拉住王松钰，对她摇了摇头。

男人想上前说什么，又不敢，只是焦灼地搓着手。

痛痛快快地哭出来，陈晓云的心情平静了很多，她擦干了眼泪，冲着男人笑了笑。

男人一愣，只觉眼前的女人像初春枝头带露的梨花，娇柔而纯美。他的心越发忐忑起来，“晓云，你……你不生我的气了吗？”

陈晓云点了点头，声音里还带着哽咽，可她目光坚定，吐字清晰：“从成，我已经不生你的气了。只是，很抱歉，我不能跟你复婚。”

陈晓云的话掷地有声，所有的人都感到意外。

从成措手不及，脸上涨红，眼神凶恶起来，可他猛地想起什么，尴尬地看看大家，最终凑前强压着声音，“晓云，你说什么呢？我都放下架子来求你了，你也说不生我的气了，怎么就不能和我复婚？”

陈晓云看了看手里的西洋参和孩子的录取通知书，目光坦然：“我是想有个完整幸福的家，可惜你给不了我。我们结过婚，家里的生活也不是过不下去，可你对我非打即骂，对两个孩子也是，我们离了。我和两个孩子过的是什么生活，只有我自己心里明白。要不是安水和松钰，还有乡亲们帮着我，我和孩子现在是死是活都不一定。你和我不能同甘共苦，我也不需要你来锦上添花。我不是记恨你，只是我已经不相信你了。我要的幸福，我会靠自己的双手去创造，不会再依赖你了。”

陈晓云的话在从成心里激起轩然大波，也让在场的其他人心神激荡，许多人不由自主地鼓起掌来。

从成擦了擦额头的汗，只觉颜面尽毁，无地自容。他耐着性子劝：“寡妇门前是非多，就算你不为自己想想，不为两个孩子想想吗？我可是他们的亲爹！”

陈晓云展颜一笑，“亲爹？你也知道自己是他们的亲爹，那为什么这七八年来，你不知道来找我们，来帮着抚养孩子，现在想起是他们的亲爹了？”

从成哑口无言。

陈晓云舒了口气，“我没有指责你的意思。经历了这么多，我也懂得了很多。夫妻就应该像安水和松钰这样，有福同享，有难同当。我和你离了就是离了，就不会再复婚了。我想，总有一天，我会找到真心爱我的人。如果你就是想孩子，我也不反对你偶尔来看看他们。我也祝福你早些找到称心如意的人。”

从成的脸红一阵白一阵，终是忍无可忍，指着陈晓云，又指了指王安水，恼羞成怒：“别当我不知道，你们年轻的时候就有一腿。给脸不要脸，哼，别以为我真稀罕你……”

见丛成口不择言，王松钰先火了，正要上前给他两个耳刮子，王安水拉住了她。

王松钰气得跺脚，“怪不得晓云姐不愿意跟你复婚，还没怎么的，你这就原形毕露了。晓云姐要真跟你复了婚，指不定你怎么欺负人呢。我告诉你，我是安水的老婆，他的为人不只是我信得过，我们村的人都敢打包票。你再敢在这里胡说八道，就别怪我们不客气!”

“对!”赵建民和其他人异口同声，一个个愤愤不平。

丛成一见这阵势，两条腿都软了，再不敢胡搅蛮缠，“行，行，陈晓云，还真是小看你了。你、你们给我等着!”

丛成说完，灰溜溜地走了。

陈晓云看着丛成的背影，只觉窝在胸口多年的一口闷气，总算是消散了。

于香在旁轻声问：“晓云，你不后悔?”

陈晓云长吁了一口气，看看大家伙儿，“不后悔，有些错误犯一次就够了，指望别人回心转意，还不如自己扬眉吐气。”

于香愣了一愣，哈哈笑开了，“晓云呀，到底是读过书的人，说话都一套一套的。对！我赞成你！指望别人回心转意，不如咱们女人自己扬眉吐气!”

赵建民在旁一听，拧了于香一把：“个老娘们，你跟着起什么哄？想造反啊?”

于香一叉腰：“男女平等，光靠老爷们过日子的时代过去了!”

众人被他们逗得哈哈大笑，原本气氛紧张的田垄间扬起一片欢乐的笑声。

口子李村西洋参再获大丰收，参农们的腰包鼓起来了。

丰收的消息伴着致富的喜悦传出口子李村，传出张家产镇，传出文登。大江南北，全国各地关注种植西洋参的农户、商户络绎不绝地聚集到口子李村来了。

偏僻的小村庄迎来了比之前更多的来访者，每天都像隆重的节日。来访的农户事无巨细地询问西洋参种植的有关细节，商户们除了感叹西洋参成品的物美价廉，更对口子李村淳美的生态环境和古淳的人文景观叹为观止。

在诸多的农户里，竟然有宋宏达。

宋宏达一连来了几天，都跟在别的农户后面闷不作声，似乎是来观光旅游的，又像是有什么难言之隐。

王安水每天忙得团团转，就连他手下的那些个学员，俨然也成了炙手可热的老师，被农户们围着问个不停。

西洋参种子怎样人工催熟，怎么下种，怎么防治病虫害……同样的问题，每天都被不同的农户问起，最后连王松钰都能对答如流了。

这天，王安水招呼了两帮人，抽出些闲空，叫宋宏达过来："宏达，你来了好几天了，该听的也听了，该看的也看了，有什么想问的就问吧。"

宋宏达有些难为情，"王老师，你这么忙，我不好意思再给你添麻烦。"

王安水："先说说什么事。"

宋宏达："我有事想问你，另外还想高薪请你给我当技术指导员。"

王安水："咱们一件件来，先说你想问什么。"

"我想知道你为什么不告郑少平，他昧了你好几万块钱呢。"

王安水："呵，这事你也知道呀。过去的事了，我不想再提了，何况镇上领导也替着把那钱给我了，我也没损失什么，就是觉得亏了公家。少平曾经帮过我，饮水思源，就算他一念之差做了错事，我想总有一天，他会悔改的。"

宋宏达看着王安水，半天才说："我知道郑少平现在在哪里。"

王安水语气淡淡的："噢。他过得好吗？"

宋宏达："不好，一点儿都不好。他这辈子恐怕都翻不了身了，你的那些钱估计他是没有能力还了。"

王安水不由诧异："他过得不好？"

宋宏达："可能是老天有眼，他对你干了那样的缺德事儿，恶有恶报吧。听说他老婆得病死了，留下两个孩子跟着他老妈过日子，穷得有上顿没下顿。他昧了你的钱后，跑到深圳在一个厂子里干销售，到处忽悠人，时间长了没人愿意搭理他了。他赚不着多少钱，穷得叮当响。之前还打电话过来跟我借钱，我才不敢借呢。"

王安水若有所思。

宋宏达凑近了："王老师，你心里一定很痛快是吧？他活该，手里有点儿权不知道怎么甩吧了，拽得跟个太上皇一样。现在好了，跟个丧家犬一样，谁稀得理他！"

王安水："你把他的地址给我。"

宋宏达："你要干吗？"

王安水从身上衣兜里掏出本子递过来："你别管我干什么，你帮我把他的详细地址写下来。"

宋宏达接了过来，一边写一边说："你去要也没用，他没钱给你。不过你去出出气也好。"

王安水等他写完，把那页纸小心地折了个角，把本子合起来贴身放好，"谢谢你。刚才你说想请我去干什么？"

宋宏达笑意真诚："是这样，我包了不少地，想扩大西洋参的种植面积，可是我的技术不行，上次侥幸丰收了，没想到这三四年的工夫，先前卖参赚的钱赔光了还不算，连借的钱都没有了。"

王安水不解："怎么就赔了呢？"

宋宏达："我要是知道原因我还就不用来找你了。苗招了枯叶病，根本救不及，全死了。我不甘心，想再试一次。你能去我那边帮我吗？你放心，我一定不会亏待你的。地我出，人力我出，你就去指派一下，什么时候做什么事，你给布置一下就行。"

王安水想了想，摇了摇头，"宏达，不是我不肯帮你，我去了你那里，这边的这些参田怎么办？种过西洋参的地不能重复种植，我们已经把村里的土地规划好了，按照顺序依次排下去。这边也需要我。"

宋宏达四下看了看，指了指周围的土地："这才多少地啊？丰收了也就赚个万儿八千的，有意思吗？我那边近百亩地，四年下来怎么还不收入百八十万的？不行的话，你带着你的学员去我那边，包吃包住，待遇从优。"

王安水笑笑，"宏达，你的心意我领了。你有不明白的地方，就来问我。我不能见利忘义，这四外里的乡亲们刚跟着我学，还没有全都学会，我得负责教到底。"

宋宏达脸上有些挂不住了，"王老师，咱们打开天窗说亮话吧。物以稀为贵的道理，不说你也应该清楚。你教给这么多人种植技术，不是砸咱们自己的饭碗吗？”

王安水这才明白了他的用意，不由有些生气，“宏达，没有你说得那么严重。西洋参在我国刚刚试种成功，市场需求量很大，但土地重复利用率低，供不应求的局面将会持续很多年，不会出现你担忧的情况。”

宋宏达恨铁不成钢，“王老师，你自己刚刚也说了，虽然眼下供不应求，但这些人都学会了，都回家种植西洋参，那将来总有一天西洋参供大于求，成了白菜价，那你现在做的就绝对不是什么好事！”

王安水不怒反笑，“你呀，别杞人忧天了。要是真到了那一天，老百姓能用白菜价买西洋参，也不见得是坏事，相反，应该算是大好事呀。西洋参的药用价值和保健功效都是别的药材不能替代的，中国人要都吃得起西洋参，都能强身健体，那不是大好事是什么？”

宋宏达张口结舌，半天才上来话，“王老师，你好不容易才把西洋参试种成功了，怎么能这么轻而易举地教给了别人，就算教，你得收费，高收费，是吧？我这么说都是为你好，过了这个村就没这个店儿了，你现在不收费，等会的人多了，你再想收也没有人稀罕了。”

王安水看着他，收敛了脸上的笑意，“宏达，我不是个商人。”

宋宏达犹不甘心，“你种西洋参不是为了卖钱？你不是商人是什么？”

王安水：“我是个退伍军人。我种西洋参不只是为了卖钱，是想为社会尽心，为村里乡亲做事，凭的是良心。好啦，宏达，你来这里几天也是辛苦，别再劝我啦。你想，如果你当初来求学，我不教你，你会不会很难过？换作别人也是这样的，将心比心吧。”

宋宏达站在那儿，再也找不出什么话来反驳，却总觉一口闷气窝在胸口，下不去上不来的，恨恨地跺了一下脚，“你这个榆木脑袋，一点儿打算都没有，怪不得被郑少平骗了钱！”

王安水刚要说什么，周东海和宋梅领着几个乡亲围过来。

“吃亏是福！老天有眼，要不怎么让安水丰收，让你歉收呢？”周东海优哉游哉地飘来一句，气得宋宏达两眼发黑，偏偏周东海人高马大，他不敢发作，只能忍气吞声。

周东海停在他跟前：“小子，别怪兄弟没警告你，别再来找我们安水的麻烦。看见你就没好事儿！别当我不知道，郑少平那小子跟你合着伙儿坑安水，我还没找你算老账呢！”

宋宏达辩解：“误会，误会，我是来请王老师去当技术顾问的。”

周东海冷哼一声，“我们安水自己能当大老板，为什么要去给你当跑腿的？真是异想天开，赶紧走，我们村不欢迎你！”

宋宏达被他噎得半死，却不敢还嘴，闷闷不乐地走了。

跟在周东海屁股后面的宋梅呵呵一乐，“东海，行啊你。恶人还得恶人磨，说得一点儿也不错，气死他！”

周东海自得地挺了挺胸脯，回过味儿来，“你说谁是恶人？”

宋梅一愣，捂着嘴笑，“我是夸你呢！”

周东海气急败坏：“用词不当！赶紧回家做饭去！”

王安水和乡亲们都忍不住笑了。

第十八章

深秋时节，草木萧瑟。

铅灰色的天空下，郑少平的村庄房屋稀疏，树瘦枝枯，了无生机。

王安水和周东海沿着崎岖的山路走过去。王安水不时看看本子上记的地址，眉头越锁越紧。

周东海瞅了瞅他手里的本子，“宋宏达那个家伙还挺细心的，写了两个地址。”

王安水摇摇头，“这个家庭住址是我之前记下来的，不是宋宏达写的。那时，我和少平在工地上干活，他没少帮我。那时候的少平别提有多好了，我腿上的伤还是他包扎的，要不是他，恐怕我就瘸了。”

周东海一听就来气，“安水，你能不能别老记一面？他把你三万多块钱给昧了，良心都被狗吃了，你怎么就一点儿不提？”

王安水沉默片刻，看了看远处破败的村庄，“东海，受人滴水之恩当以涌泉相报。好处要记得，坏处当然也要记得。可我怎么想，也觉得少平不至于有意昧那三万块钱，他一定是有什么急事需要用钱。”

周东海不以为然，“人心隔肚皮，这可说不准！安水，你就好心眼儿，坐车大老远地跑来找他，要是换了我，四年前我就报警了，让他坐牢！”

王安水合上本子，“他好歹是我生死相交的兄弟，就算后来他有个言错语错，又拿走了那三万块钱。可是，东海，钱到底是身外之物，不必看得太重。何况，如果没有他当初给我的八粒种子，也许到现在我也种不成西洋参。”

周东海叹了口气，“你说的似乎也有道理。”

两个人走了半天，总算穿过了那条布满沟壑的羊肠小道，来到了村子里。

几个衣衫破旧的孩子们正提着木棍子你追我赶，闹成一团。一个个头瘦小的孩子被其他孩子追得满头大汗，一脸惊惶。他迎面看到王安水和周东海，像遇到了救兵似的，一头钻到王安水的背后，紧紧拉住王安水的胳膊，冲着那群孩子叫："我爹回来了，你们再敢打我，我爹饶不了你们！"

孩子这一吆喝，不只其他孩子愣了，王安水和周东海也愣了。

其他孩子们看着眼前身强力壮的陌生人，你看看我，我看看你，一个个大气不敢喘了。其中领头的孩子壮着胆子问："郑凯你少胡说，你爹早就不要你了，你哪儿来的爹？"

郑凯探出半个头来，扯着嗓子号，"他就是我爹，就是我爹！我爹回来啦！"

周东海乐了，拐了拐王安水，"安水，行啊你，什么时候播了个种？"

王安水横了他一眼，"闭嘴！"

周东海瞅了郑凯几眼，"不用说，这孩子就是郑少平那小子的，眉眼长得一点都不差，是个小人精。"

王安水闻言，转头仔细看了看，果然，郑凯长得跟郑少平很像。只是，这孩子长期营养不良，瘦得皮包骨头，头大身子小，两只黑眼睛显得格外大，满是惊惶不安的神色。

王安水看了就心酸。他冲那些凶巴巴的小孩子甩了甩手，"以后要团结，不能欺负人！欺负人的不是好孩子，听到了没有？"

孩子们看到王安水真护着郑凯，都不敢说话了，你看看我，我看看你，转眼间一哄而散。

王安水明显地感觉到，郑凯紧抓着他裤子的小手松开了。他转身蹲下来，握着郑凯脏兮兮的小手，温和地说："你爹是郑少平？"

郑凯怎么也没想到这个陌生人不但没有骂他，赶他，还会这么温和地跟他说话。他更没有想到，他竟然知道他爹的名字。他疑惑地看着王安水，"你认识我爹吗？他在哪里？"

王安水想了想，点点头，"认识。他很快就会回来找你们的。"

郑凯一听，脸上浮现出小孩子可爱稚气的笑容，目光满含期待，"真的吗？"

王安水点点头，“真的。”

郑凯激动得不知说些什么了，抬起手抹了一把鼻涕，眉眼弯弯，憨态可掬。

王安水说：“郑凯，我和这位叔叔都是你爹的朋友。你能带我们去你家里看看吗?”

郑凯使劲点点头：“好。”

在郑凯的带领下，王安水和周东海很快来到郑少平的家。

石墙黑瓦的房子里光线阴暗，从里间传来苍老的咳嗽声，让人听了头皮发紧。那样用力地咳嗽，好像能把肺给咳出来似的，每一声过后，又总是沉寂半天，让人怀疑这人已经背过气儿去的时候，那折磨人的咳嗽声却又惊天动地地响起。

周东海皱了皱眉头，拉住王安水，“安水，别进去。这听着就是肺痨，传染。”

王安水刚要说什么，就听一个女孩子哇地哭了起来，“奶奶，奶奶!”

王安水拉着的郑凯闻声冲进屋里，“妹妹，奶奶怎么了？她怎么了?”

王安水和周东海对望了一眼，周东海冲他摇摇头。王安水转过身，一头扎进了屋子里。周东海跺了跺脚，只好跟了进去。

进了屋，眼睛适应了昏暗的光线，才知道这年久失修的屋子破败成什么模样。墙破剥落，到处落满灰尘。屋顶的黑瓦片摇摇欲坠，发出咯噔咯噔的声音——这座老房子，就像躺在土炕上的老妇人，在岁月里耗尽了元气，早已苟延残喘。

“奶奶！奶奶！你醒醒啊！你醒一醒!”

两个孩子撕心裂肺的哭声让王安水的心拧着疼。

王安水来到炕前，推了推老妇人，“大娘，你还好吗?”

老妇人紧闭着眼睛，毫无反应。

周东海凑上来，小心翼翼地把手伸到了她鼻子下边探了一下，立刻被蛇咬了似的缩回了手，“安水，她、她死了……”

周东海的话，吓得两个号啕的孩子瞬间噤声，像被人掐断了脖子。

王安水的心一提，说不出的悲痛压上他的胸膛，他看着躺在炕上瘦得跟树叶一样的老人，花白的头发纠结在一起，一张满是沧桑皱纹的脸上，五官痛苦地扭曲着，一双混浊的眼睛含着泪水，茫然地看着黑漆漆的屋顶。

王安水伸出手去，平复了老人的眼睑。

闭上眼睛的老人，面容有了一丝慈祥。可她全身的每一根线条，都写着悲惨命运的残酷无情。

两个孩子愣了这半天，才回魂迁魄，却不敢再哭出声来，拉着手远远地退到后面去。他们看着躺在那里一动不动的老人，眼泪像断了线的珠子淌个不停。

王安水怕吓坏了两个孩子，走到两个孩子面前，蹲下来，“别怕，孩子们，有叔叔们在，不怕。”

郑凯使劲地憋忍着泪水，“叔叔，我奶奶真的死了吗?”

王安水疼惜地摸了摸他的头，“奶奶累了，想睡觉了。咱们去屋外说话，好吗?”

郑凯点点头，拉着妹妹的手，跟着王安水和周东海走出屋来。

出了屋子，一回头，王安水对上那个小女孩子的眼睛时，不由得吓了一跳。女孩子黑白分明的眼睛空洞无物，就那么直愣愣地看着前方，像丢失了灵魂。

王安水伸手在女孩子的眼前晃了晃，女孩毫无感知，只是，她蓄在眼眶里的泪水汩汩地流下来，在她苍白瘦削的小脸上挂出两条晶亮的泪河。

王安水看着这一对孩子，心疼得他呼吸困难。他蹲下来，把两个孩子揽进怀里，“不哭了，不哭。奶奶累了，让她好好睡一会儿。”

王安水宽厚的怀抱让两个孩子感到无比温暖，他们的情绪稳定了很多。

不想，周东海问：“你们的妈妈呢?”

周东海话音刚落，刚刚平静下来的两个孩子又哭了起来，郑凯哭得一抽一抽的，“我妈妈病死了……”

果然是这样。王安水叹息了一声。他的脑海中浮现出郑少平衣着光鲜的模样，突然间明白昔日肝胆相照的兄弟为什么变得那么势利眼，也许，是困窘的生活让他绝望，让他用伪装起来的优越感排解心底的恐慌。他不想让任何人看轻他，他想活得扬眉吐气。可是，厄运从来不以人的意志为转移，最后，他选择了铤而走险，选择了离家出走。

周东海知道问错了话，窘迫地挠了挠头，“对、对不起啊，我不知道这事儿。”

王安水抚拍着两个孩子的后背，连声说：“不哭，不哭，你们的妈妈可不喜欢哭的孩子，她希望你们勇敢。”

听到王安水的话，郑凯立刻止住了哭声，眨着泪汪汪的大眼睛看着他，“真的吗？”

王安水说：“真的。郑凯是男子汉，要保护好妹妹，更不能动不动就哭鼻子。”

郑凯点了点头，哽着声音，“好。”

这么懂事的孩子。周东海的鼻子好一阵酸。

王安水想了想，把怀里的本子掏出来，递给周东海，“去村大队找电话，让他们给这个号码打过去，让郑少平回来奔丧。”

周东海应了一声，拿着那个本子走出了院门。

王安水转过身来，温和地问郑凯，“你妹妹的眼睛是怎么回事？”

郑凯看了看妹妹，摇了摇头，“我也不知道，妈妈活着的时候，说妹妹生下来就看不见。”

小女孩的眼睛看不见，耳朵却很灵光，她稚嫩的声音带着胆怯，“我叫郑小月。”

王安水：“好，以后叔叔带小月去大城市里的医院做检查，如果能治得好，叔叔一定给小月治好。”

郑小月一听，愣了愣，想说什么，一眨眼，成串的眼泪又落了下来，“叔叔，我不想看见，我害怕。”

“害怕什么？”王安水不解。

出人意料，小月说：“我害怕看见我爹。”

“为什么害怕看见你爹？”王安水和周东海都疑惑了。

小月沉默了半天才说：“我爹说我是扫帚星，我妈因为生我才病死了。我的眼睛又看不见，他很讨厌我。”

小月的声音越来越低，带着哭腔，听了让人难过。

王安水摸了摸小月的头，“小月不是扫帚星，小月是个好孩子，是你爹说错了。”

小月只是垂着头掉眼泪，“叔叔，小月是不是又害死了奶奶？”

王安水胸口一窒，“没有，不是这样的。小月最乖了，奶奶不是小月害死的。”

小月不再说话，怯怯地站在那里，小小的身体微微打着战。

王安水把两个孩子揽进怀里，想给他们更多的温暖。在他们的面前，那栋老房子孤苦无依地矗立在广漠的天宇下……

郑少平第三天才赶回来。

看到老母亲的灵柩，郑少平张了张嘴，两腿一软就跪下了。他扑到灵柩前，抚着灵柩号啕大哭，“妈，妈！儿子不孝呀，儿子回来晚啦……”

伴着郑少平呜咽的哭声，老房子墙头的枯草在深秋的风中瑟瑟发抖。

王安水看着趴在灵柩上的郑少平，难以相信他就是之前那个趾高气扬的人。他又变了模样，比之前在工地上还要瘦。因为瘦，就显得黑，不再是白净斯文的模样。甚至他的眼神都变了，不再是盛气凌人，而是黯淡无光，飘忽无着。

周东海看见郑少平就生气，看他这个熊样不由有些幸灾乐祸，上前一把抓住郑少平的衣襟，“你小子也知道自己不是个东西？你没想到我和安水在这儿吧？要不然估计你不敢回来。”

郑少平似乎这才看到了王安水，想起了什么，指了指灵柩，“安水，这、这是你帮我给我妈置办的？”

周东海冷哼一声，“不是安水还有谁稀罕管你呢？”

郑少平感激涕零，狠狠给了自己几个耳光，“我不是人啊，安水，我不是人啊！”

王安水拉住他，“过去的都过去了，你好好回来了就好。”

郑少平难以置信地看着他，“你不恨我？”

王安水摇了摇头，“不恨。我寻思你有难处。”

郑少平愣了愣，随即泣不成声，哭了半天，他说：“我是一时糊涂呀，我老婆生孩子急用钱，我寻思先拿那三万元回来用个急，可谁想到她把孩子生下来就得了急病。三万块钱扔在医院里，还是没能把人救回来。我没脸见你，也不敢回药材公司，只好另谋生路。可是我做了坏事，运气也坏了，到哪儿人家都不待见我，我这些年过得人不人，鬼不鬼的，没攒下钱来，还欠了一屁股债，我……我这样的人死了算了！”

说着，郑少平就往他老母亲的灵柩上撞，被王安水一把拉了回来，“你有点儿骨气行不行？你死了两个孩子怎么办？”

郑少平期期艾艾地看向两个孩子。两个孩子好几年没看见他了，眼神都怯怯的，躲在王安水身后不敢出来。

王安水把他们拉出来，“叫爹。你们的爹回来了，叔没有骗你们吧？”

郑凯憋了半天，声音小得像蚊子似的叫了一声，“爹。”

郑小月一直垂着头，再不敢抬起来，更别说叫爹了。

郑少平悔恨交加，捂着脸痛哭失声，“安水，我对不起你，我对不起你呀……”

王安水和周东海回到口子李村，带回了一大两小——郑少平和他的两个孩子。

赵建民刚一看到郑少平，根本就没认出来，直到看到一脸不情愿的周东海，又听王安水叫这人是“少平”才对上号。赵建民当即就不高兴了，根本不避讳郑少平，“安水，你怎么把他带回来了？”

王安水笑笑，“他是我兄弟，落了难。”

赵建民直着嗓子哈哈笑了，“落了难？真是大快人心！谁是你兄弟？就他？安水，你是不是忘了，当初可是他把你那三万块钱昧了。我是村主任，能留谁也不能留他。”

郑少平无地自容，拉扯着两个孩子转身就要走。

王安水一把把他拉回来，对赵建民说：“主任，你就当给我个面子，我把人都领回来了，就让他们住下吧。你看看这两个孩子，还这么小，你忍心他们跟着受苦受累吗？”

郑少平红了眼圈，耷拉着头，一副任打任骂的模样。

赵建民恨恨地看了他一眼，又看了看两个孩子，叹了口气，“安水呀，我说你什么好呢？好吧，就看在两个孩子还这么小的分儿上，就让他们先在村大队宿舍里住下吧。”

郑少平听了，头垂得更低了。

王安水拉了他一把，“还愣着干什么，快谢谢主任。”

郑少平抬头刚要道谢，赵建民不耐烦地摆摆手，“别谢了，我可当不起。”说完，赵建民气呼呼地拉着周东海走了。

王安水领着郑少平去村大队宿舍，又从家里拿了两床被子，给他们铺好了。

王松钰领着王慧一起来帮忙，看到郑凯和郑小月，王慧欢喜得不得了，三个孩子很快玩儿到一起了。王松钰把还热乎乎的饭盒递给郑少平，“一天下来还没吃饭吧，赶紧和孩子们一起吃点吧。”

郑少平窘迫地把手往衣服上擦了擦，这才接过饭盒，嚅动着嘴唇，吭哧了半天才说：“妹子，我对不住你们。你这还给做了饭，我……”

王松钰笑了笑，“你别说，之前安水说要去找你，我还真不愿意。可他说得对，人和人之间不能光念着别人的错处，要多想想别人的好。事情都过去了，咱们也就不提了。这日子还得往前看，你看你一个人带着两个孩子也不容易，能在咱村子里安顿下来也好。只是，以后别再跟我们安水要心眼儿了。你也知道，安水他人老实，要心眼不行。”

这番话绵里藏针，软硬兼施，让郑少平既感激，又不好意思。他连连点头，“放心吧妹子，不会了，以后我不会再做错事了。”

王松钰看向两个孩子，郑凯和郑小月身上的衣服又脏又破，“这样吧，你先吃饭，我领着这两个孩子回家去吃，顺便给他们洗洗澡换身干净的衣服。”

郑少平看了看王慧，有些诧异，“你家里还有他们能穿的衣服吗？”

王松钰说：“怎么没有？前两天安水就来电话让我准备了。”

郑少平一听，感动得眼泪在眼眶里直打转。

王松钰从被子下面拖出一个布包来，打开，里面有一套崭新的中山服，“这是给你的。”

郑少平接过，眼泪唰地淌下来。他扑通一声跪在了王安水面前，哽咽失声，“安水，你这算救了我两次命啊，我、我不是人……我对不住你呀……”

王安水把他扶起来，“兄弟，过去的事说不提就不提了。留下来和我一起做西洋参吧。”

郑少平瞪圆泪眼，“你、你肯教我种西洋参？”

王安水摇摇头，“不，你这个性格不适合学种西洋参，你哪有那个耐性等三四年收获一茬儿？”

郑少平抹了一把眼泪，“还是你了解我。别说，我真没有那个耐性。”

王安水笑起来，“所以我想请你当我公司的经理，你抓质检，抓技术。”

郑少平：“我不行，安水，我怕我不能胜任。抓质检没问题，我有收参的工作经验，可技术，我不懂啊。”

“这个技术不是种植技术，而是加工技术！”王安水掷地有声地说。

“加工技术?”不只郑少平，王松钰也愣了。

王安水说：“这要是说起来，还得益于之前去水果店给你买香蕉橘子那回，我看见人家城里的水果店里有卖进口的西洋参产品，有口含片、有代餐粉，还有口服液、参茶之类的，价格高得吓人。我一直琢磨，光卖成品参不行，如果我们能有自己的加工厂，能把自己种植出来的部分西洋参加工成各种营养保健品，岂不是一举多得？这样，既能增加收入、拓宽市场，又能有效安置闲余劳动力，让那些没有耐心学种植又想过上好生活的乡亲们都有事可做，发家致富！”

王安水一通话下来，把郑少平惊得半天说不出话来。

一直以来，郑少平都觉得王安水没念几天书，傻大兵一个，为人老实憨厚，胸无点墨只会出苦力。没想到，几年间，王安水的眼界和思想早已超出了他的预料。

王安水看他半天目不转睛地盯着自己，以为自己哪里说错了，“怎么？少平，你觉得不可行吗?”

郑少平回过神儿来，竖起了大拇指，“可行！可行！安水，士别三日当刮目相看，果然不假。你能有这样的想法不容易呀，有见识，有胆识！行，只要你信得过我，我赴汤蹈火也把事情给你办好了。”

王安水把郑少平扶起来，坐在炕沿上，“我怎么会信不过你？要是信不过，我就不领你来村里了。你是有文化的人，跟着我种西洋参屈才。不过，让你管理公司业务，你一定没问题。只要咱们兄弟劲儿往一处使，总会有收获的。”

郑少平拍着胸脯打包票，“安水，你放心，你这么对我，我必须知恩图报。开公司的流程我熟，你只要把事情交代给我，剩下的事我跑，保证两个月后，让你的公司风风光光地开起来！”

王安水大喜：“好！一言为定！”

“一言为定。”

两人击掌，握手，在彼此的眼睛里看到力量和信任。

灵堂上，王继坤黑白的遗照被镶在相框里摆在正中，前面的香炉里供着香。

王安水跪在地上磕了三个响头，“爹，我把您交代的事都办了，您看我还有哪里做得不好，托个梦给我，我好好干。”

王继坤慈祥的脸上，有岁月沉淀下来的坚毅。

王安水长久地凝视着岳父的遗照，心里充满感激之情和虔诚的信念，“爹，你看，咱们的西洋参一茬儿比一茬收成好，四里八乡想学种植技术的，我也都给教会了。现在我琢磨着办个公司，乡亲们里读书人少，会写字算账的人不多，我请少平来帮忙，您看妥不妥当？”

王继坤仍是笑眯眯的，只那么殷切地看着他。

“不妥当！”

身后传来斩钉截铁的三个字。

王安水回头一看，就见王松钰气鼓鼓地站在那里。

“怎么就不妥当了？”王安水问，“不妥当你白天当着郑少平的面咋不说？”

“我那是给你面子！”王松钰走过来，看了看她爹的遗像，“今天当着爹的面，我可得严肃地说说你。你说你用谁不好？用个小偷？”

“少平他不是小偷。当时他老婆难产，他急用钱，又拉不下脸来求我，就先拿着那些钱使了……”

“他说什么你就信什么？谁知道他有没有把那些钱用在他老婆身上？你很了解他吗？你要是真了解他，怎么就能让他昧着钱去？他这个人的品质有问题，咱们不能把公司交给他管！”王松钰愤愤地说，“我也问过两个孩子了，之前郑少平就很少回家，回了家对他老婆孩子也不和气，特别是对小月又打又骂。你说一个天生瞎眼的孩子多可怜啊，他当爹的不知道心疼还这么凶，这样的人，你还理他干什么？”

王安水没有立刻反驳王松钰，很认真地想了想才说：“松钰，你说得有道理。也许我对郑少平的确不够了解。但我不怀疑他的人品。他之前很少回家，是因为他和我一样，都在工地上没日没夜地干活。他省吃俭用，每个月按时往家里寄钱，有好多次还是我陪他一起去的。我在工地上受伤的时候，都是他给我包扎。刚开始的时候我没钱吃饭，也是他先帮我垫付着。松钰，我知道你是为我好，也知道你不喜欢他，这样，咱们走一步看一步，如果他诚心改过，我们就好好帮他。要是他还是说一套做一套，那以后我们和他桥归桥，路归路。"

王松钰没有再说什么，还是闷闷不乐。

王安水看着她，恍然大悟，"看我这记性，咱们松钰也一肚子墨水，在镇上读过高小，还上过初中，字写得漂亮，还会算账。这样，少平管业务，你管财务，这下你放心了吧?"

王松钰总算笑了，"这还差不多。"

王安水也忍不住笑了，"你呀你，当我看不明白？你就怕咱们辛辛苦苦赚的钱又让少平拿走了。"

"当然怕了，也就你不知道长记性!"

"好，你长记性。不过咱们可说好了，财务你管，可怎么花，你得听我的。可别到时候把公司的钱当成你个人的小金库护得死死的，谁也不让动。"

"公司是你开的，是你开的就是我开的。钱是公司的，也是你的，是你的就是我的。"王松钰煞有介事地说。

"是你的，都是你的，可你知道，养鸡为了下蛋，咱们开公司也是为了拓展业务开辟市场，开始的时候用着钱的地方肯定不少，你不能护着资金不让动。钱花出去了，再赚回更多的来，懂不?"

"那万一花出去再赚不回来怎么办?"

"凡事总要试试，不试光害怕怎么行?"

"也是，以前反对你和爹种西洋参，现在看是不对。那行，你说了算，我只负责数钱。"王松钰大方地一挥手。

"这就对了!"王安水拍了拍她的手，想到什么，情不自禁把她拥进怀里，"松钰，谢谢你。这些年多亏有你。"

王松钰脸上一红，推开他，"老夫老妻的谢什么呀？爹看着呢，快松开。"

王安水转头看了看王继坤的照片，由衷地感叹，"爹要是真能看见，知道我们把日子过好了，他一定会高兴的。"

王松钰点点头，眼睛里闪着幸福的泪光。

第十九章

明月悬空，万籁俱寂。

王安水从梦里醒来，一抹皎洁的月光从玻璃窗透进来，那轮圆月正遥遥对着他，像发出盛情的邀请。

王安水扭头看了看，王松钰和小慧睡得很香。他轻手轻脚地披衣起来，来到屋外。

银色的月光像瀑布一样洒落下来，让这个深秋的夜晚有一种圣洁的美。

王安水走出院子，往村大队大院里走去。大院西侧的库房里还放着些没有卖掉的西洋参。那些西洋参都是经过精挑细选的，个头大，主体饱满，侧根少。这些西洋参能卖个好价钱。

除了那些西洋参，还有种子。今年收获的种子是上次的两倍还多，白花花一片摊开晾晒，以备杀菌后沙藏，来年好春播。

经过这些年的摸索，他已经积累了许多宝贵的经验。播种的方法也灵活了，沙藏后的种子春播；低温处理的种子可以秋播。隔年种的种子挑选胚芽发育完全、没有根斑的。种好后覆上土，再盖上一层麦草，防伤防寒。

万事开头难。想当初他和岳父在山上试种的时候，诚惶诚恐地呵护着那几粒种子，历尽艰辛却少有收获。可是现在，有了经验，找到了规律，西洋参种子的发芽率和成活率再也不是问题了。想到这些，王安水不由得一阵感慨。

王安水来到村大队，院门锁着。他熟门熟路地从值班室的窗口探进手去，摸到一把钥匙，把锁打开了。寻思看看就回去，他把锁挂在门上，把钥匙放回原处，进了门。

值班室的炕上，董德和李泽两个孩子互相依偎着，睡得正熟。王安水看他们把被子蹬在脚上，想帮他们把被子盖好。没想到董德睡觉警醒，忽地一下子坐了起来，“谁！”

“董德，是我。”王安水有些抱歉，“把你扰醒了？”

“王老师！没事。”董德惊喜地叫了一声，悄悄起来穿好衣服，“王老师，咱们到外面说话，我正有事想请教你呢。”

王安水点点头，轻轻地把被子给李泽盖好。李泽睡得很沉，翻了个身，继续睡。

王安水和董德来到院子里，一起往库房那边走去，“你有什么问题要问我？”

董德说：“你今天白天讲说氮磷肥配合施用对西洋参产量和皂甙含量的影响很重要，那么具体比例和施用量是怎么样的情况？”

王安水欣慰地点点头，“你是个善于深入思考问题的人，这样很好。的确应该把具体比例和施用量准确地掌握好。等明天我做个数据表给你，你背下来。”

董德高兴极了，“太好了！谢谢王老师。”

“谢什么，有什么问题你就问。要是每个学员都像你一样好学上进就好了。有些人自己不好好学本事，种不出西洋参来再怨天怨地，那怎么行？”

“是呀。种西洋参看着挺简单，马虎一点儿都不行。像春播和秋播都要区别开，春播宁早勿晚，秋播宁晚勿早。老师，这些经验都是你一点点摸索出来的吗？”董德似乎有一肚子问题要问。

王安水转头看着他，孩子年轻求知的脸庞在月光下显得那么可爱。他不由得感叹，“是呀，孩子，都是老师一点点摸索出来的。”

“真辛苦呀。”董德崇拜地看着他。

“不苦。记得老师像你这么大的时候，还在部队当兵，后来退伍了去工地上搬铁轨垒石基，那才是真的苦。孩子，我告诉你，真正的苦不是干的活有多累，而是付出和收获不成比例，心里是空的，看不到希望。后来种西洋参虽然也很辛苦，可心里有梦想，再苦都是甜的。”王安水语重心长地说。

董德似懂非懂地点了点头。

王安水说：“那样的苦，你们倒不用再吃一遍。我把经验告诉你们，你们细致地记下来，认真去实践就行了。从选地、搭棚、播种、遮阴、防治、追肥等工序，到最后处理种子，每一个环节半点儿都不能马虎。要不然就会减产，甚至颗粒无收。就说你刚才想知道的营养施用方面，西洋参在四月中旬是追肥的最佳时期，六月到八月是它们的生长旺盛期，这时候每个月都要用百分之三的磷酸二氢钾进行叶面追肥。喷洒的时间最好是上午十点前，下午三点前。”

董德眨了眨眼睛，“百分之三？比例这么低？”

王安水笑了，“你这孩子真是机灵，很能抓住关键点。对啊，无论是追肥，还是喷药，比例必须掌握好。我们防治病虫害一般雨前抢打，雨后补打，用的都是低毒无农药残余的药，严防农残超标，影响西洋参的品质。”

董德连连点头，“怪不得咱们的西洋参好卖，品质好呀。”

王安水：“对，品质是第一位的。咱们种植西洋参要种良心参，农残超标的产品对消费者的身体有害无益，即使暂时产量高收益好也不能长久。董德，你和李泽以后也会成为种植大户的，你们要记住，无论什么时候，不能见利忘义。”

董德肃然起敬，“嗯。我记住了。”

两个说着话，不知不觉来到库房前。可是，就在两人要进库房时，一个人影受惊地一闪，躲到墙边货品柜的暗影里去了！

“谁？谁在那边？”王安水大声喝问。

董德从库房旁的墙边捞起一根粗木棒子攥在手里，冲着那边的暗影就冲过去了。

王安水怕董德吃亏，一把把他拉回来，“你别过去，我去。”说着，王安水径直越过董德大步走进库房，摁亮了墙上的灯开关。

一时间，库房里灯光通明。那个人躲在暗影里大气不敢喘，却被灯光拉长了影子，暴露了行迹。

王安水看着地上的影子，一步步往那个人靠近，“出来，你是谁？深更半夜来库房里干什么？”

董德冲过来，护着王安水，“你快出来老实交代，别想跑！”

憋了半天，那个人终于慢腾腾地从暗影里出来了——宋宏达？

王安水怎么也没想到会在村大队的库房里看到这个人。此时，他穿着一身黑色的衣服，手里还提着一个喷雾器。喷雾器里装着大半瓶子溶液。

王安水警觉地吸了吸鼻子，不由愤怒，“敌敌畏？你喷雾器里面装的敌敌畏？你想往我的西洋参上面喷？”

宋宏达站在那里，不声不响，脸色阴沉沉的。

“宋宏达，你良心被狗吃了吗？我听大家说，你是头一批跟着王老师学种西洋参的学生。你怎么能做这样伤天害理的事？”董德气不过，举起木棒就想往他身上招呼，被王安水拉住了。

“王老师，你别拦着我。这样的人我见一次打一次！”董德气呼呼地说。

“是啊，我是头一批跟着他学种西洋参的学生。可是为什么别人能接二连三地种出西洋参来，我种了一茬就再也种不出来？”宋宏达突然发作了，他把喷雾器对准了堆放在架子上面的西洋参，“我就是来报仇的。我把这些西洋参全喷上敌敌畏，我看他还怎么卖钱？我就是要让他尝尝赔钱的滋味儿。”

王安水听了，心不断地往下沉。他知道，这时的宋宏达说得出做得出。如果这些西洋参被喷上了敌敌畏，那这种要命的农药就会渗透到西洋参里面去，即使反复清洗，也不能把那刺鼻的味道完全去除。退一步说，就算去除了，这些西洋参也不敢再往外卖了。万一清除得不干净，有的消费者吃了中毒了，那他怎么担得起良心的谴责？如果这些西洋参废了，那这四年来就白辛苦了……

王安水的心里翻江倒海，他看着宋宏达，怎么也不相信他会坏到这种地步。他不由得后怕，如果今天晚上不是凑巧碰见了，后果不堪设想。王安水盯着宋宏达，两人对峙半晌。

王安水告诉自己，这时候不能激怒宋宏达。起码，他应该让宋宏达知道他这么干的后果。想到这里，王安水不怒反笑，“宏达，不要冲动。你知道，你要是喷了这药，我损失的就是这么些西洋参，可是你呢，名声会坏一辈子不说，还要负法律责任。”

“我、我管不了那么多，我就是咽不下这口气！你教别人尽心尽力，教给我就掖着藏着。不但这样，你还不听我劝，给那么多人教会了。他们都能种出西洋参来发财了，我就没活路了。行啊，你不让我痛快，我也豁出去了，我也不让你舒坦！”宋宏达叫嚣着，摁在喷雾器手柄上的手指暗暗往下用力。

“你敢！你今天要是敢把这些西洋参喷上药了，我就跟你同归于尽！”董德气得脸红脖子粗。

看着盛怒的董德，宋宏达有些迟疑了。

王安水暗暗松了一口气，和颜悦色地说："宋宏达，我教学生也是凭着良心，当年你是第一批学员，我记得我也是刚试种西洋参取得了成功。那时我的经验与现在比起来，的确天差地别。并不是我故意隐瞒什么不教给你，而是那时我也就知道那么多。后来的其他学员每年都来跟我交流一下，你一直没来。就今年你又来了，不是来学习，而是阻拦我教其他人。其实，我要是你，就不钻牛角尖，心平气和地把种西洋参失败的情况说给我听听，一起找找原因。"

听了王安水的话，宋宏达稍微冷静了些，"一样的地，一样的种子，一样的种法，我就不信还能差到哪儿去。"

"你还真别说，差大了。先说选地，常年种小麦的地最好。种过花生、豆科、蔬菜的地就不利于种植西洋参。另外，老果园、老桑园，都不能种西洋参，要不然，不是歉收就是绝收。还有，种过西洋参的地要经过十五年到二十年的休整，不能反复使用。"王安水说。

"什么？种过西洋参的地还得休整？"宋宏达难以置信，"庄稼都是种完这年种来年，怎么西洋参就不行？"

王安水并没有正面回答他，"这只是其一。其二，田间管理的每一个环节，包括参床的管理，参棚的搭建和遮光调光，排水防旱，病虫害防治，哪项工作做得不到位，都会让西洋参大面积死亡。宏达，你的情况，我也遇到过。还是那句话，种西洋参也得有个过程，不是一上手就能成功赚钱的。"

宋宏达听到这儿，愣在那里半天没说话。

董德大步走过去，一把从他手里把那瓶敌敌畏抢过来，给了他一脚，"给你能耐的，还跑到库房里来祸害人，要不是王老师拦着，我今天打爆你的头！"

宋宏达并没有反驳，只是傻愣地站在那里，扭头看着架子上的那些白胖的西洋参。

王安水走过去，宽厚地对他说，"你的心情我可以理解。我觉得你已经知道了你种植失败的原因是重复用地。这样吧，我送你些处理好的西洋参种子，你另外选块地，来年开春的时候再试种一次。我会去给你检测土壤的，定期去帮你看看。"

"真的吗？你真的愿意帮我？"宋宏达回过神儿，根本不相信王安水说的话。

“嗯。”王安水郑重地点点头，“我从来不说空话。”

宋宏达窘迫得不知道说什么好，只羞愧得一张脸火烧火燎。

王安水从董德手里拿过敌敌畏，摇头叹了口气，“你这一念之差差点儿把你变成杀人犯。嫁祸于人的事害人害己，你当你能瞒天过海？好啦，我不怪你，明起来带我去你地里看看。”

宋宏达咽了口唾沫，“我……我错了。”

王安水：“嗯，知道错了就好。这大半夜的，你不老实睡觉，跑这儿来使坏，也提心吊胆累得够呛吧？跟董德去值班室睡会儿吧。”

董德一听就不乐意了，“我才不领他去！”

“董德，听话。他已经知道错了。”王安水走出门把那根木棒子放在原处，“去吧，都累了，好好睡。”

董德撇了撇嘴，扫了宋宏达一眼，不情愿地说：“走吧！”

宋宏达连忙赔笑点头，“好，好，走。”

董德领着宋宏达去值班室了。

王安水提起喷雾器凑到鼻子前一嗅，刺鼻的味道扑面而来。他皱了皱眉头，把喷雾器放在门外地上，回身仔细检查西洋参和参种。他不能确定宋宏达有没有动手，哪怕是喷了一点点，也会造成严重后果。商人最要紧的是诚信，商品最要紧的是品质。如果他的西洋参品质有问题，甚至危及消费者的健康，那他就没有了诚信，失去了开拓市场的资格。

西洋参们静静地躺在灯光下，像安睡的婴儿们。那皎洁如月光的颜色纯净而美好，那根须相映成趣的模样浑然天成。

这是天地的灵气滋养出来的宝贝，是大自然对人类的珍贵馈赠之一。

王安水无比虔诚地拿起一棵棵西洋参看了又看，生怕有一点儿疏忽。还好，那些西洋参都很干净，气味也很清冽，没有被污染。

天蒙蒙亮的时候，王安水才把陈列柜上的西洋参全部检查完。他走到盛放参种的大簸箕前面，捧起一把米黄色的参种，让它们像沙子一样从指间滑落。轻柔的触感像轻风拂过发梢，细碎的声响是最动人心弦的欢歌。这数以千万计的种子，足够在成片的土地上萌芽成长，长成一片绿色的海洋……

王安水数出八粒种子，放在手心，久久失神地看着。

当年，郑少平给他了八粒种子。

那时，他也是这样摊在手心里看，反反复复看不够，似乎一瞬间拥有了全世界。

往事历历，王安水心里百味杂陈。他捧起一捧捧参种，眼眶不由得阵阵潮热。这一刻，他突然很想痛痛快快地哭一声，把胸口那些起伏涌荡的情绪发泄出来。可是，这许多年来，他一直都是流血流汗不流泪，眼睛已经酸涩得流不出一滴泪水。

他深情地看着那些参种，只觉得这每一粒种子都像珍珠一样璀璨夺目，令人爱不释手。他心念一动，脱下鞋子，躺在大簸箕里，躺在那些参种上面。

清冽的芬芳萦绕在鼻息间，那是西洋参种子特有的香气。他闭上眼睛，他疲惫的身体轻盈地飘忽起来，仿佛飘在一片白云之上。他恍惚地记起很久前做的那个梦，梦里，他也是这样驾云俯望，连绵起伏的绿色海洋一直涌向天际，那是成片茁壮成长的西洋参……

王安水睡了。

十多年来，他似乎从来没有这么安稳踏实地睡过。

他睡得很沉，很香，日出东方都没有唤醒他。

早起来到库房找他的董德和宋宏达看到这一幕，不由得停住脚步屏住呼吸。

睡在参种上的王安水，脸上带着柔和恬淡的微笑，浑身笼罩着橘红色的晨光。他如同达到参禅悟道境界般，有一种沉静而震撼人心的力量。

董德红了眼睛，扯了扯宋宏达的袖子，“让老师多睡会儿，他太累了。”

宋宏达却愣着没动，他看着熟睡的王安水，心里阴暗角落里的那座山蓦然间冰消雪融。他想起最开始的时候来口子李村跟王安水学种植技术，王安水站在黄土地上，背后是层层叠叠的群山，头顶是广漠无垠的蓝天，他的声音传得很远，他说：“学种西洋参是为了丰收卖钱，发家致富。可是各位兄弟，咱们是参农，就要当有仁义的参农；咱们当参商，就要当讲道义的参商。咱们求功、求名、求利都要走正道，求百世功、千秋名、万代利，不发不义之财！”

那一幕还记忆犹新。当时，宋宏达就觉得王安水是例行公事地唱唱高调儿，不必要当真。他听进去的就是第一句，学种西洋参就是为了丰收卖钱，发家致富。可头个四年种出参来也的确卖了高价，接下来的四年却颗粒无收。他不但把赚的钱亏进去了，还因为买种补苗欠了一屁股债。

昨天晚上，如果不是被王安水和董德撞破了，他真不知道他现在要面临什么样的结局。害人害己，两败俱伤，他不是不懂这个道理，可在气头上，他什么也顾不上了。他没想到王安水对他这么仁义，轻易就放过他不说，还承诺帮助他渡过难关。

宋宏达看着熟睡的王安水，脑海中反复回响着“仁义”两字。他突然真正明白了这两个字的分量。也许，就是王安水秉持着仁义的信念，他才能睡得这么踏实吧。

宋宏达想到自己的所作所为，不由得羞愧万分。他默默地看了王安水一眼，转身跟着董德往值班室走。当他看到放在门口的喷雾器，恨不得一头把自己撞死。

董德回头看了他一眼，想了想，停下脚步等他走近，“我们跟王老师学的不只是种植技术，更是做人的道理。你啊，以后再别干这样的缺德事儿，老天爷看着你顺眼了，也会让你像老师一样发家致富的。”

宋宏达窘着脸点了点头，“嗯。”

王安水怎么也没想到，宋宏达的合伙人是刘壮子。

王安水看到刘壮子的时候，刘壮子正穿着件破了洞的黑色丝棉夹克，坐在地头抽烟。他吸一口，半天才吐出烟圈来。那些白色的烟圈被秋风一荡，飘浮在他周围，让他看起来很落魄。

地里光秃秃的，泥土受了秋寒，开始结块。已经枯黄的野草稀稀拉拉地匍匐着，从刘壮子的脚下一路延展开去，跟刘壮子一样无精打采。

本来，王安水光看背影，根本没认得出刘壮子，可走近了，宋宏达指着刘壮子说：“这个就是我的合伙人刘壮子，原来是做木材生意的大老板。”

王安水一愣，盯着刘壮子的背影眯了眯眼睛。

刘壮子闻声转过来，看到王安水，眼神里闪过一丝慌乱，接着就咧开冻得发乌的嘴唇笑开了，还是那破锣般粗声大气的嗓门儿，“我们又见面啦！你怎么来啦？哎呀，你看我这记性，你现在是大老板啦，种西洋参发大财啦。呵呵，真是风水轮流转哈……”

刘壮子的话似乎特别多，一句句跟爆豆似的往外蹿。

王安水突然就想，宋宏达要往他的西洋参上喷农药，会不会是刘壮子的主意？看刘壮子这模样，分明就是做贼心虚。

“刘壮子，你别跟我扯那些没用的。你跟我说实话，是不是你编排宋宏达去祸害我的西洋参？”王安水直言不讳地问。

“我……这事我真不知道。不信，你问宏达。”刘壮子缩着脖子，眼珠子滴溜溜直转。

“对，不是刘哥让我干的，是我自己的主意。”宋宏达硬着头皮低着头说。

王安水看了看宋宏达，又看看刘壮子，一句话不说，转头就走。

“哎哎！王老师，你怎么说走就走？”宋宏达一看急眼了，赶紧拉住王安水。

“我不跟不说实话的人打交道！”王安水甩来一句，继续往前走。

“好，好，我认，主意是我出的！”刘壮子在后面叫了一声，“杀人不过头点地，死了几个？都算在我头上！”

原来，他以为王安水是来找他算账的。

宋宏达扑哧一声，笑了，“刘哥，人家王老师是来帮咱们的。”

“什么？帮咱们？”刘壮子眨巴了两下眼睛，伸手握住王安水的手，“哎呀兄弟，你真是来帮俺们的？你不生俺的气呀？你真是活菩萨呀！”

王安水没好气儿地瞪了他两眼，这家伙还是那副肥头大耳的模样，只是手上的金戒指没了，身上的名牌不见了，胡子拉碴的，往前一站，就跟李逵重生一样。

“你行啊，刘壮子，学会使心眼儿了。”王安水数落他，“祸害我对你有什么好处？”

“没好处，我就是寻思看看你抓瞎的时候是个什么德行，会不会像我这样，每天蹲在地头上两眼望天。”刘壮子摸着后脑勺，说出来的话让王安水哭笑不得。

“真的，我没想着就是怎么地。我知道你是个仔细人，宋宏达喷了药的西洋参你肯定能闻出味儿不对，根本不会卖。再说你也卖不出去呀，人都不是傻子，不会闻着有敌敌畏味儿还敢买是不是？我就是想让你也受点儿窝囊气，怎么知道宏达就被你抓着了。”刘壮子坦白交代了。

“刘壮子，我得罪你了？你这么祸害我?!”

“可不是咋的？你们村的那个陈晓云，我真看中了。我想带她到城里给她谋个差事，你不识好人心提醒她我有老婆。我有老婆不假，有老婆我就不能再交个红颜知己了吗？结果陈晓云进城就跟我闹，还闹到我家去了，我老婆一气之下把我赶出来了！你说我不恨你我恨谁？”刘壮子振振有词地说，“我的钱都在我老婆那里攒着，我身上没剩下多少。就琢磨着贷个款整点儿事。这两年木材生意不好做，我听宋宏达说之前跟你学种西洋参发了财，就入了股。没想到我们被你害惨了，赔了，欠了一屁股债。你说我让宏达去给你那点儿西洋参上喷点儿药过分？我觉得一点儿都不过分。”

“这都是什么歪理？你还理直气壮的？”王安水都被他气笑了，“你骗人家陈晓云在先，怪这些人干什么？种西洋参赔了是你们不会种，找出原因是正事，推卸责任能解决什么问题？你还指派宋宏达去使坏，错上加错，真不知道你是怎么想的。”

刘壮子闷闷地嘀咕了一声，“我就是气不顺。”

王安水说：“那行，我先回去，等你气顺了我再来。”

刘壮子一把拉住他，“你们村那个陈晓云有没有嫁人？不行你给我说合说合？反正我现在跟我老婆闹崩了，离婚也是早晚的事儿。”

王安水：“等你离了再说。”

刘壮子灰心丧气地叹了口气，“那行，不说这个了。安水，你既然都来了，就大人不计小人过，给我和宏达说说，到底怎么种西洋参能发财。”

王安水沉默了片刻，问他，“你种西洋参就是为了发财?”

刘壮子脖子一硬，“那当然，不为发财谁干啊?”

王安水又问：“那我问你，种植西洋参有两种选择，一种成本低，对顾客有害；一种成本高，对顾客有益。你选哪种?”

刘壮子眼珠子转了两转，嘿嘿一笑，“你当我傻呀？自然是成本低好，成本低自然赚得多嘛。至于顾客嘛，谁管他们买回家吃了有没有用。安水，你别当我懂得比你少，西洋参这种东西，也就是个保健品，吃点当然有好处，不吃也不见得活不下去。再就是吃多吃少的事儿了，可这东西不是说今天吃了明天就见效，还有就算吃得一样多，不同的人也有不同的效果，是吧？所以对顾客有没有害根本不用考虑……”

刘壮子话没说完，王安水打断了他，问宋宏达，“你呢？你觉得他说得对不对？你怎么选？”

宋宏达想了想，冲刘壮子竖起了大拇指，“到底是做过多年生意，有头脑！我当然也选成本低的。”说完这些话，他又猛地想起了什么，有些窘迫地看了王安水一眼，“不过……王老师，你说要讲仁义，也许我应该选第二种？”

王安水认真地想了想，看了看刘壮子，又看了看宋宏达。

刘壮子一副自作聪明的模样，宋宏达是犹豫不决。两个人站在那里，像从枯草里突兀地长出来的两棵树，只顾着自己繁荣，不管他人死活。

“我觉得你们不适合种西洋参。”王安水说。

“怎么不适合了呢？我们不适合不是还有你吗？你教给我们不就行了？”刘壮子不明所以。

“壮子，宏达，种西洋参先要心正身正才能种。你们立场不坚定，稍微有点儿利益诱惑，你们就动心。你们光顾着赚大钱，不考虑顾客的利益，种出来西洋参只怕不会给你们带来好处，只会带来坏处。我觉得你们要紧的不是种西洋参，应该多看点书，学会怎么做人。”王安水说。

“王安水，你这是埋汰人吧？我们怎么就心不正身不正了？我们不会做人？你明明知道我不识几个大字还让我看书，你这不是笑话我吗？你不想教给我们、怕我们赚得比你多就直说，拐弯抹角的，不实诚！”刘壮子恼了。

“壮子，我不想跟你吵，也没有笑话你。你静下心仔细想想，我说的在不在理儿。你不考虑顾客的利益，种出有农药残留的西洋参，或许一次可以蒙混过关，但绝不能长久。到时候，你会面临顾客的投诉和市场的惩罚，如果那样的话，我现在帮你就是在害你。”王安水说完，转身就走。

“哎！王老师，你别走！别走哇！”宋宏达还想拉住他。

王安水却已经甩开大步离开了。他的脚步坚定有力，他相信自己的做法是对的。

仁义不是无底线的宽容。心正，身正，才能种得出高品质、真正利国利民的西洋参。

第二十章

这天一大早，口子李村就在锣鼓喧天中沸腾起来。

村头巷尾的老树都精神抖擞起来，苍老的树干上贴着方正的大红喜字，衬得发黄的树叶娇艳动人。

村大队宽敞的院子里充满了欢声笑语。乡亲们忙活活的，有摆桌椅板凳的，有摆放餐具的，杀鸡宰羊，烧火做饭，忙得不亦乐乎。

王安水、赵建民、周东海、郑少平等人站在院门口，招呼前来贺喜的远亲近邻们。

在村大队办公室的正门上，“御龙旗西洋参产业发展有限公司”的招牌晃着阳光格外醒目。

陈月明穿着崭新的锦缎马褂，拄着拐杖站在门口，佝偻的腰身直溜了许多。他不时抬起皮包骨头的手擦擦眼睛，沧桑的脸上带着无比欢喜的笑容。

王松钰和陈晓云站在他身边搀扶着他，他却执意甩开她们，硬挺着身子去找王安水。

陈月明拉住王安水的手，枯瘦的手臂因激动而颤抖，“安水，我怎么也想不到晓云也能当上股东。她妈死得早，我这身子骨又不顶用，让晓云受了不少累。她之前嫁人的时候，自己收拾了个包裹背着走了。那个包裹里就装着你给她的那件军大衣，再就有两个干饼子……后来你也知道，她跟丛成过不下去离了，一大家子全都指望她一个女人，她连自杀的心都有……”

说到这里，陈月明擦了擦眼角，“我这病恹恹的，帮不上她，还一直拖累她。我眼瞅着没几天活头了，可我又一直不放心，怕我走了，她一个拉扯两个孩子怎么活得下去。现在好啦，我放心啦，她会种西洋参，还当上了公司的股东，以后生活有靠。我就是走了，也能闭上眼啦。”

王松钰和陈晓云跟过来，听了他这一席话，王松钰看了王安水一眼，王安水给了她一个安心的眼神。陈晓云红了眼眶，嗔怪地推了推陈月明，“爹，你没事儿说这些干什么?”

“你可别怪爹，爹怕再不说就来不及说了。安水呀，我也不怕你知道，晓云当年为什么嫁过去就为了给我拿点钱买药……是我害了她呀。”

陈月明说的，两行浊泪溢出眼眶。他背过身去，擦干了泪水，脸上浮起欣慰的笑容，“安水啊，你真是个好孩子。你不怪晓云，还帮她。你和继坤一样，都是好人呐。看到你和松钰和和美美的，叔打心眼儿高兴。你是个实诚人，带着大伙儿发家致富，晓云也不怕供孩子念书，不怕自己带着两个孩子过日子。可是，她到底是个女人，安水，松钰，今天我就把她和两个孩子拜托给你们了，回头有合适的人，替我留心给晓云牵个线……”

“哎呀，爹，你越说越离谱了。你快回家歇着，有什么事儿等我回家再说。”陈晓云羞得脸色绯红，搀扶着陈月明催他回家。

“好，好，听闺女的话，回家歇着。人老了，说话颠三倒四的，安水呀，你们可别怪我。我就是高兴，高兴啊!”陈月明乐呵呵地说。

“月明叔，别说晓云本来就是这村的人，就是我这个外人，你看，安水也能雪中送炭。你还有什么不放心的?”郑少平在一旁说。

“对，对，放心，放一百个心。”陈月明频频点头，又看了王安水一眼，拍了拍他的肩头，笑呵呵地转身就走。

“爹，我送你回家。”陈晓云追了两步说。

“不用，好日子来了，爹硬朗着呢。”陈月明冲女儿摆了摆手，拄着拐杖自顾自地走了。

“晓云!于香婶叫你打帮手!”

秀儿从院子里跑出来，扯住陈晓云往院里拉。陈晓云跟着秀儿进院子忙活去了。

王安水看着陈月明佝偻着身子远去的背影，久久没有回神儿。他有些伤感，“松钰，我怎么觉得月明叔像在交代遗言似的。”

“净胡说。好好的日子别说这些丧气话。”王松钰捅了捅王安水，想到什么，盯住王安水的脸半天不吭声。

王安水被她看得发毛，摸了摸自己的脸，“你看什么?我脸上有东西?”

王松钰撇了撇嘴，“我看你魂儿丢没丢。听月明叔说晓云的悲惨往事，你没心疼？你要是心疼了，我和小慧给你们腾个地方？”

王安水倒吸一口凉气，“你还不让我胡说，你看你又胡说！以后不许你再这么胡思乱想，随便说这样的话！”

王松钰这才笑起来，吐了吐舌头，“好，不说。”

王安水瞅了她一眼，“都是当妈的人了，说话不知轻重。同甘共苦的结发夫妻，我怎么也不能把你弄丢了。”

王松钰，“还算你有点儿良心。”

“你们两口子在这儿说什么悄悄话呢？没见镇长和镇委书记来了？快去招呼着！”

这时，赵建民风风火火地走过来，拉了王安水一把，指着那边的乡间小路说。

通往山间的那条小路仍然弯曲狭窄、杂草丛生。张程和周京梁的车进不来，两人一前一后步行过来，时不时让杂草碎石绊一下。

王安水远远地看着他们，蓦然就想起十多年前，自己复员回家的时候，他带着对未来的憧憬走在这条小路上，走向生他养他的故乡，寻找他离别多年亲情乡音……可是，等待他的是父母双亡、姐妹远嫁，是家徒四壁、断瓦残垣……

“主任，我们该把那条村路修一修了。还有，乡亲们的房子也该翻新了。”王安水没有去迎接张程和周京梁，而是没头没脑地说出来这么两句话。

“啊？修路？翻新房子？”赵建民乍一听这话，不由得疑惑地看向王安水，“公司刚成立，咱们手头都好不容易积累了点儿钱，你又想折腾啥？”

“既然钱不够，那就先修路。等再赚了钱翻新房子。”王安水底气十足地说完，才甩开大步迎向那两个远道而来的贵客。

“修路？翻新房子？”赵建民回过头来，看看蓝天下，青山前，坐落在绿树间的灰瓦房，咂巴了一下嘴，“听起来很不错。反正，跟着安水干，错不了。”

一旁的周东海听了乐了，“建民叔，你是村主任还是安水是村主任啊？”

赵建民腰板一挺，眼一瞪，“当然我是村主任，我当村主任是为人民服务的！人民就相信王安水同志，我跟着他干又有什么不对？”

“对，对极了！”周东海和其他人对赵建民竖起大拇指。

“少凑我笑话！赶紧，各忙各的，别闲着，今天咱们好好谢谢镇长和镇委书记。郑少平说了，要不是他们，咱这公司不能这么快就开起来了。”赵建民说到这儿，偏着头问，“对了，郑少平呢？”

周东海的脸上浮上一抹坏笑，凑近了压低声音：“在院里帮着晓云拔鸡毛呢！”

赵建民探着头往院里看了看，就见郑少平提着一只鸡往开水里一放，来回翻了几番，蹲下来熟练地拔鸡毛，动作干净利落。陈晓云在一旁弯腰看着，时不时舀一瓢水给郑少平冲冲手。两个人配合默契。

“怎么样？我看有戏！嘿嘿。”周东海挤眉弄眼。

“一边去！想什么呢？陈晓云俩孩子，郑少平也是俩孩子，你让他两人合起来开幼儿园啊？”赵建民没好气儿地说。

“这才叫势力相当。我看他们行，一个离了婚，一个死了老婆，各带两个孩子，同病相怜，准保能过到一块儿去！”周东海看向王安水那边，他正和张程、周京梁有说有笑地走过来了，“我回头跟安水说说，他一准赞同。”

赵建民想了想，也点了点头，伸长脖子看向院子里。这边，陈晓云和郑少平搭伙干活；那边，郑凯、郑小月和丛越生、丛越花玩儿在一起，大的看小的，小的黏着大的。怎么看，都像一大家子。

“月明叔刚刚交代安水给晓云找人家，我看啊，真不用咱们这些人操心，这算有现成的了。”赵建民拍了周东海一下，“看不出你小子平时大大咧咧的，关键时候挺有眼力见儿的。”

周东海摸着后脑勺得意地笑了。

张程和周京梁给大家带来了一个好消息，王安水被评为省劳模！

王安水能去省里参加劳模表彰大会。这个消息让整个口子李村沸腾了。

周京梁郑重地给王安水戴了个大红花，冲着乡亲们挥了挥手。乡亲们安静下来。

周京梁说：“咱们村的王安水同志要去参加省里劳模表彰大会，这是安水的光荣，也是我们张家产镇的光荣，是口子李村的光荣，更是我们每个人的光荣！”

大家热烈鼓掌。

周京梁接着说："咱们都要感谢王安水同志，是他和继坤叔辛辛苦苦把西洋参引种成功了，是他教给大家种植技术，带领大家一起种西洋参发家致富。口子李村现在已经由原来的贫困村变成了致富村，镇上许多农户也因为他的引领走上了致富之路。现在，让我们用热烈的掌声向王安水同志表示感谢！"

掌声如潮，经久不息。

王安水也心潮澎湃。他向乡亲们鞠了个躬，把脖子上的大红花摘下来，给旁边赵建民戴上了。

赵建民一愣，受宠若惊，浑身不自在，赶紧把大红花往下拽，被王安水按住了手。

人群静下来。

王安水激动地说："功劳不是我一个人的，离不开大家这么多年来对我和我岳父的支持和帮助。一晃眼，十多年过去了，我还记得刚开始我们在双顶山上开荒的时候，是主任领着大家伙儿帮我们盖起了那栋房子。现在，它还在山上。隔些日子，我就去看看。每次看到它，我都告诉自己，我一个人的成功不算成功，能带领大家共同走上科技致富的道路，才算真正的成功。我更要感谢镇政府领导和市委领导们给我的关怀和帮助。记得那年，我手上一粒种子也没有了，是镇上的领导给我捎来了西洋参种子。也是他们，雪中送炭般给我垫付了第一笔卖西洋参的钱……谢谢大家，谢谢你们！"

雷鸣般的掌声再次响起。许多人悄悄地擦去了眼泪。

王安水搓了搓手，脸上挂着憨厚的微笑，"不管我是市劳模还是省劳模，我都是王安水。现在咱们的公司开张了，以后我们就有自己的品牌产品啦。我会和以前一样，带领大家一起种植西洋参，开发西洋参产品，将我们的事业做得更大，更好！"

王安水的声音被扩音喇叭传得很响，回荡在口子李村的上空，震撼在每个人的心里。谁都知道，王安水从来不是个会说漂亮话的人。他说话算话，从不失信。大家看着他朴实的笑脸，看着公司亮堂堂的招牌，只觉得眼前的路宽阔敞亮，一直通往外面的大世界……

时光仍然从容不迫地往前流淌着，似乎一切都不曾改变。

人们的生活却日新月异，发生着翻天覆地的改变。

村里灰瓦石墙的老房子被一幢又一幢地拆除了，红瓦白墙的房子在原来的地基上拔地而起，前后几年的工夫，口子李村旧貌换新颜，人们都住进了敞亮的新房子。村里昔日的泥泞小路已铺成水泥硬化路面，每条甬路两边都有花圃。春暖花开的时节，各种鲜花争相绽放，美不胜收。许多人都买了轿车，生活富足美满。口子李村成为远近闻名的富民村。

这一切，都因为二十多年前，有个叫王继坤的老人，坚持引种西洋参；有个叫王安水的退役军人，坚守这一份事业。

如今，这一份事业已经做大做强，西洋参种植技术已经由口子李村推广到张家产镇，再推广到整个文登，文登已经成为中国最大的西洋参种植产地！

这是每个口子李村的骄傲，而王安水，为这一荣耀立下汗马功劳的人，仍然鞠躬田间。他担任着文登西洋参协会的会长，仍然夜以继日地为培育出质优价廉的西洋参兢兢业业。

大音希声，大象无形。他根植于土地，做最朴实的参农，无论贫穷富贵，矢志不移。

王安水的房子坐落在村东头，四合院的格局，后面的一排都是加工西洋参的厂房。烘焙原料、精细加工，他慢慢地上齐了全套的设备仪器，而后又申请了商标，做起了自己的品牌，面向全国销售产品。

每到西洋参丰收的季节，来自全国各地的经销商不远千里来到口子李村，找到王安水商谈合作事宜，村里的西洋参供不应求。口子李村成了远近闻名的富民村，王安水也成了镇上妇孺皆知的人。

面对接踵而至的荣誉，王安水安之若素。他还是像以前那样，穿着朴素，言谈亲切，踏踏实实地做着他的事。

地里的西洋参一茬茬地种，又一茬茬地成熟出土，王安水带的学员也分散在全国各地，将西洋参的种植规模不断扩大。各种品牌的西洋参争相上市，人们有了更多的选择，西洋参产品更广泛地应用到各个领域。

王安水最初的梦想慢慢成真……

时光如水。

2018 年初春。

下了一夜大雪，放眼望，银装素裹，天地素净。

一大早，赵建民拿着扫帚推开院门准备扫雪，一看，不由愣了。只见门前宽敞的水泥路锃光瓦亮，积雪整齐地堆在路边的花坛里。

“谁啊？这么活雷锋！”赵建民摸了摸后脑勺，抬眼一看，不光是他家门口的积雪被清理得干干净净，左邻右舍，房前屋后，全都一样模样。

乡亲们也都陆续晨起扫雪，看到这景象，大家心里乐开了花。

周东海说：“不用问，这一准是村主任干的。”

赵建民笑了，“说得对，也就安水有这本事了。他前几天不是买回台扫雪车吗，就这几天的工夫，他居然学会了，真能干啊！”

宋梅快人快语，“老主任，你有眼光！自从安水当选为新主任，咱们村就更有福气了！”

“可不是，咱们村有福气，咱们大伙儿都有福气呀！”陈月明拍着自己的老寒腿，“就说我，我都没想到自己还能活到今天，要不是安水一直给我找医生，恐怕我早就痛死啦。”

“安水这得半夜起来给咱们扫雪吧？他一定累得不轻，我们去看看他！”

赵建民一呼百应，乡亲们有说有笑地往王安水家走去。

大伙儿来到王安水家时，看到镇委书记刘伟书记、西洋参发展产业办公室主任谷田和其他几个镇委领导都在。

赵建民一看来得不是时候，刚要领着乡亲们走，王安水招呼他们，“来来，都别走，都坐。我和领导们正在商量投资建西洋参饮片厂的事，你们也给参谋参谋。”

大伙儿一听，赶紧坐好。

谷田说，“这要是建起来，生产规模和产量将是国内首屈一指的工厂，国内销售额和出口量都会有一个新的突破，后景可观呀。”

刘伟说：“嗯，但也不能盲目乐观。这个西洋参饮片厂要投资数千万，这可不是一笔小数目，有风险，需要进行相关的市场调研，进一步确定这个项目的可行性。”

七十六岁的赵建民忍不住了，“依我看呀，安水今年也六十二岁了，种了近四十年的西洋参，攒的钱也够花了，村里也早就脱贫致富了，还去担这么大的风险，不值当！”

其他人七嘴八舌地议论开了。

王安水一直沉默地听着大伙儿的议论，眉眼淡淡。

刘伟说：“虽有风险，也是势在必行。咱们文登已经成为全国最大的西洋参生产区。但由于深加工能力有限，没有掌握流通领域的定价权，大多参农只能挣个辛苦钱，产品附加值太低。这是我们必须要清醒认识和要突破的问题。”

谷田说：“刘书记说得对。咱们要进一步发展这一支柱产业，不是继续盲目扩大生产，而是必须稳定一产，做强二产，做活三产。促进一二三产融合，提高产品附加值，才能事半功倍有效增收。所以接下来，我们应该把更多的精力放在发展西洋参的深加工上。”

大家伙儿你看看我，我看看你，不约而同地静下来，最终全都看向王安水。

周东海说：“安水，你说。反正我们大伙儿都听你的。”

王安水想了想，语气还是那么不急不慢，“只要是有利于西洋参产业发展，能给大家增收的事就是好事，就该去做。当初我们只有八粒种子，都能克服困难试种成功，现在我们有这么多人力财力，建个药厂有什么可怕的？”

“对！建立我们自己的加工厂就算有风险，也要试一试。现在，我们区的西洋参产业已经在向百亿产业目标迈进，由我们自己直接投资兴建西洋参饮片深加工工厂，不求助于招商引资，不借力于外地工厂加工，省去了很多中间环节。这样降低成本不说，我们还能保证生产质量和数量，把我们参农辛辛苦苦种植出来的西洋参价值最大化。”刘伟说。

“那就办！”王安水一锤定音。

“种西洋参我们会，对于建工厂干工业我们两眼一抹黑。”赵建民实话实说，“安水，少平，之前咱们建的那个御龙旗西洋参公司不也运作得挺好吗，我们提供西洋参，找厂家按我们的要求生产，利润合理分配，不也挺省心的吗？”

“建民叔，咱们不能老依赖别人。这厂一定要办，必须办！少平，你听区里领导的，跑证件，办手续；周东海，你负责联系设备、招工人。”王安水指挥若定。

刘伟一拍大腿，“痛快！我们区政府监工建厂区！”

谷田乐呵呵地说：“等我们有了自己的饮片厂，我们的交易中心就能实现西洋参就地加工、就地销售、把流通领域的利润留在当地，造福更多的参农和商户啦。”

群情振奋。

“安水，你成了大老板，还得给我们当村主任啊！”

不知谁在人群里吆喝了一嗓子。

“当！只要大家想让我当，我就当！”王安水笑着说，“不管是村主任还是厂长，我都为大家服务到底！”

“好！”

乡亲们开怀大笑。

屋外，雪后初晴，万里艳阳。

成片成片的土地在厚厚的积雪下面休养生息，孕育着无限生机。

八粒种子，如星火燎原，被呵护，被坚守，已被繁衍成绿色的海洋（五万余亩的西洋参种植面积，年产量五千五百吨，稳占全国年总产量的百分之七十）。

这是一个奇迹。

这样悬殊的数字里，沉淀着近四十年的沧桑岁月，浓缩着一翁一婿不忘初心的坚守，饱含着政策扶贫的不懈努力，凝聚着参农们开拓的力量。

也许是因为时间段拉得太长，也许是淳朴厚道的人们不愿张扬，引种西洋参的艰辛历程少为人知。可是，这片土地上生产出来的西洋参将带着这种坚韧的力量和诚挚的祝福，走进千家万户，遍布全国，走向世界。

村外，宽敞的柏油公路四通八达，车水马龙络绎不绝。远处的城市高楼林立，气象万千……

世界在发展，中国在腾飞！

每一个中国人拥有共同的梦想，振兴华夏，富国强民。

希望的灵光在天地间跃动，纵横古今，从未消逝……

后　记

亲爱的读者们，谢谢你们与我的文字结缘。

不可否认，写作是一件美好的事情。

当文字从我指下流泻的时候，我与自己的灵魂安然相守。它安居在我的躯壳里，以冷静睿智的眼审视我所处的世界，体察古往今来的人生冷暖和世态炎凉。所有的喧嚣都静寂隐遁，文思是唯一灵动雀跃的存在，纵横古今，天上人间，无所不及，无所不能。

那样的时候，我化羽成仙，物我两忘。

那样的时候，我的灵魂不再囿于肉体凡胎，不再拘于陈规俗礼，肆意地展开自由翱翔的羽翼，在时光隧道中任意驰骋。

那样的时候，我是我，亦不是我。

我逆流而上，追溯光阴，去感同身受。那时的山水没有雕琢的痕迹，自然成趣。那时的人像山一样沉稳，像水一样清明。他们的人生更像一幅幅徐徐展开的山水画卷，沉静从容又气势磅礴。

我被打动，被震撼。

于是，我写了《参花红》。

我知道，你们会疑惑，一直写都市情感故事的一翎怎么选择写一个农村题材的故事。那是因为，我想与你分享这份震撼，相信这样一个平凡中蕴含着至伟力量的参农的故事，会让我们沉寂浮华、静心安守，去聆听自己内心深处的声音，努力做最好的自己。

从采访到阅读、整理相关资料，到创作成文，历时两年半的时间。

这是一部以乡村振兴为主题的创业励志故事。它叙写了退伍军人王安水靠种植西洋参自主创业并带领全镇农民脱贫致富的人生历程——王安水退伍后回到贫穷的家乡口子李村，父母双亡，姐妹远嫁，未婚妻离弃，家徒四壁。他的人生陷入四面楚歌的境地。他再次远离故乡做了一个铁路工人，他军人优秀的品质随处显现，不计得失，乐于助人，与工友郑少平情同手足，却差点儿因为替郑少平爆破而丧生。村里擅长种草药的王继坤慧眼识人，派女儿王松钰把王安水叫回家试种西洋参。

当时西洋参在中国尚未有成功试种的先例，王安水和王继坤为成功试种西洋参付出了常人难以想象的努力。他们为了模拟西洋参原产地的生长环境开荒试种，为了实现大田种植改良土壤，为了防治病虫害四处奔波，为了保护种子废寝忘食，最终成功把西洋参引进并大面积种植，并毫无保留地传授他人，带领全村、全镇，甚至是全国的西洋参种植农户创业致富，为中国西洋参种植产业的发展作出了积极的贡献。

做个军人式的农民，不忘初心，坚定信念，不怕苦不怕累，执着地把平凡的种植业做成伟大的事业。这是本书主人公王安水的人生追求。王安水历经磨难，穷时有志气，富时讲仁义，时刻以军人为家、为民、为国奋斗不息的信念自励自强，艰苦创业，造福一方。

没错，这是一个退役军人的创业史，是一段乡村振兴的发展史。

它比都市情感故事更深刻，更感人。

亲爱的读者朋友们，请在悠闲的时光里，给自己斟一壶绿茶，静心地翻阅这个看似平淡无奇的故事，希望你有更多的收获。

静守流年，惜时感恩。

一翎完稿于 2018 年 6 月文登